JN098723

CHARACTER
キャラクター
TENSHI WO IKASETE ITEM GET!!
IKIGACHA DE DUNGEON KOURYAKU!
KANKETSUHEN
ミサキ
元凄腕の探索者で
Hなお姉さん。
弓系のスキルで活躍する。
エリナ
小柄だが気が強く、
パーティの盾役として
仲間を守る。
ナギサ
ハルマと関係を持っていた
陰キャの元クラスメート。
攻撃魔法系のスキルが得意。
イノリ
普段は大人しい反面、
戦闘ではユニークスキル
〝ムエタイ〟でガンガン格闘する。
ハルマ
ユニークスキル
〝召喚天使〟で
ダンジョン世界を
楽しむ青年。
セラ
ハルマのスキルで
生じた美少女天使。
ハルマに好意を寄せる。
アイリ
元ヤンキー少女だが
気は優しく面倒見が良い。
白魔法を得意としている。
ヨシ江(若)
元は老女だが身体強化
スキルで若返り、
探索系スキルを
駆使する斥候役になる。

TENSHI WO IKASETE ITEM GET!! IKIGACHA DE DUNGEON KOURYAKU!

KANKETSUHEN

天使をイカせてアイテムゲット!! 絶頂ガチャでダンジョン攻略!（完結編）

著●ほーち
イラスト●アノ瀬ランド

VN
Variant Novels
TAKESHOBO

TENSHI WO IKASETE ITEM GET!!
IKIGACHA DE DUNGEON KOURYAKU! KANKETSUHEN

CONTENTS

プロローグ

シーツが乱れたベッドの上。

両手両膝をついて尻を突き出した格好のエリナが、俺を受け入れていた。

「あっあっあっあっ！」

彼女は明るい茶髪を振り乱しながら嬌声を上げ、快感に身を任せている。

アイボリーのようになめらかな肌にはじんわりと汗が浮かび、俺が腰を打ち付けるたびに、小柄なわりにはしっかりとした尻や大きな乳房が激しく揺れた。そんな彼女の尻に左手を添えつつ腰を振ると、とろとろにほぐれた膣肉が肉棒に絡みつき、心地よい刺激を与えてくれる。ぐちゅぐちゅと卑猥な音を立てる接合部からは、精液と愛液とが混ざり合ったものが溢れ出し、そのせいでシーツには大きなシミができ上がっていた。

俺はもう彼女の膣内に何度も射精しており、彼女もたびたび絶頂に達している。それでも俺たちは飽きもせず、交合を繰り返していた。

「ハルマぁ……！　もっと……もっと奥まで突いてぇっ!!」

俺の動きに合わせて自身も腰をくねらせながら、エリナはさらなる刺激を求めて絶叫する。

「ご主人さまぁ……もっとセラのおま×こぐちゅぐちゅしてぇ……！」

エリナと並んでよつん這いになるセラが、声を上げる。

セラはエリナと同じような格好で尻を突き出し、物欲しげに腰をくねらせていた。俺はそんな彼女の股間に右手を当て、指で膣内をかき回していた。指が動くたびにぐじゅぐじゅと音を立てる天使の秘部から、少し泡立った透明の粘液が次々に溢れ出している。

「あぁん……ご主人さまぁ……」

エリナにはもう何度も射精しているが、セラには挿入すらしていない。

そのせいか、セラの口からは切なげな吐息と声が漏れる。そんな彼女の姿に、俺は情欲をかき立てられた。

「はぁんっ！　なんか、ドクンって……！」

挿入された肉棒の強い脈動を感じたエリナが、身体をビクンと震わせた。

「ああっ！　だめっ……また、イッちゃう……!!」

それが引き金となったのか、エリナは何度目かの絶頂を迎えようとしていた。

だが俺のほうも似たようなもので、キュウっと締まった膣の刺激に強い快感を覚える。

「エリナ、出すぞ！」

俺の宣言を受け膣はさらにギュッと締まり、彼女は腰の動きを激しくする。

「出してぇっ！　ハルマのいっぱい、私の膣内にちょうだぁいっ……！」

捕らえた獲物を逃がさぬよう強くまとわりついてくる膣肉をずるずると引き剥がしながら、大きく腰を引いた。その強い刺激を受けて思わず果てそうになるのをグッとこらえ、彼女の膣腔を一気に貫く。強く締まりながらもどろどろにほぐれた肉襞（にくひだ）をかき分けながら、肉棒は最奥部に到達した。

「んぁああぁあああぁぁぁっ！！！」

勢いよく膣内をこすられ、そのまま子宮口を押し上げられたエリナが、絶頂に達する。

「くぁあっ……！」

そして俺は、思わず漏れた声とともにすべてを解放した。


――びゅるるるるーっ！！！　どびゅるるっ!!　びゅるっ　びゅるるっ……！


彼女の秘部に根本まで埋まった肉棒が、ビクンビクンと大きく脈打つ。

そのたびに先端からは精液が放出され、小さな戦士のもっとも神聖な部分を容赦なく穢（よご）した。

「あっ……うぅ……」

肉棒が脈打つのに合わせて身体を震わせていたエリナは、尻を突き上げたままの状態でぐったりと上体をベッドに預けた。半開きの口からよだれを垂らし、半ば白目を剥（む）いた彼女は、何度めかの絶頂に耐えきれず意識を飛ばしてしまったようだ。

「ふぅ……ちょっと、やりすぎたかな」

そう言いながら、俺はゆっくりと腰を引いた。彼女の内側に収まっていた陰茎がぬるりと引き抜かれ、ぽっかりと開いたままの膣口からごぼりと精液が溢れ出す。挿入したまま何度も射精したせいか、白く濁った粘液はしばらくのあいだドロドロと流出し続けた。

「よいせ……っと。おつかれさん」

寝息を立て始めたエリナに優しく声をかけながら、彼女の下半身をベッドに横たえてやった。

「ねぇ、ご主人さまぁ……はやくぅ」

その声に目を向けると、セラがいつのまにか仰向けになり、脚を大きく開いていた。

白磁のように艶やかな肌、そしてなだらかな曲線を描く彼女の肢体は、いつ見ても芸術品のようだった。それでいて胸部に実る大きな乳房や、粘液に濡れた金色の恥毛、そしてぱっくりと開いた割れ目から覗く桜色の秘肉は、彼女が物言わぬ芸術品ではなく、神聖ながらも淫猥なひとりの女性であると強く主張していた。

切なげに潤んだアイスブルーの瞳で俺を見つめながら、彼女は薄紅色の唇を小さく動かした。

「すぐ、挿れてぇ」

その言葉に胸はドクンと高鳴り、それと連動するように肉棒が脈打った。射精直後でしぼみかけた陰茎は一気に硬さを取り戻し、エリナの愛液と俺自身の精液をまといつかせたまま怒張する。

「セラぁっ！」

「あんっ、ご主人さまぁ」

彼女の名前を呼びながら勢いよく覆い被さると、セラは嬉しそうにしがみついてきた。背中に回された彼女の腕から心地よい体温を感じながら、俺は肉棒の先端を秘部に当てる。

「んんんーーーっ!!」

そのまま間髪入れずに肉棒を押し込むと、セラは身体を仰け反らせながら呻いた。

「セラっ……セラぁっ……!!」

俺のほうからも彼女を抱きしめながら、一心不乱に腰を振る。べっとりと張り付いてくる肉襞をずちゅずちゅとこすりながら、抽挿を繰り返した。傍らでエリナが犯されるのを見ながらかき回された天使の膣肉は充分にほぐれきっており、待ち望んでいた俺自身を離さぬようにとみっちりまとわりついてくる。それが、この上ない快感となって俺を悦ばせてくれた。

「あっあっ！　ごしゅじんさまぁっ、もっとぉ……!!」

セラは俺に強く抱きつきながらも、下半身を激しくくねらせていた。汗ばんだ彼女の乳房によって押し返されるような圧力を楽しみながら、俺もセラのか細い身体をしっかりと抱きしめ、腰を動かし続ける。

「んんぁぁあああっ!!　きもちいい……ごしゅじんさまとのエッチ、きもちいいよぉっ!!」

ツインテールにしたプラチナブロンドの髪を振り乱しながら、セラが歓喜の声を上げる。それが演技でないことは、彼女の手からころころとベッドに転がり落ちる宝石が物語っていた。赤や青に輝く宝石がいくつも生み出されるのは、彼女が小さな絶頂を繰り返している証しだった。

言うまでもないが、快感を得ているのは彼女だけではない。セラがそうやって小さな絶頂に達するたび、俺を包み込む膣腔がキュッとしまり、肉襞の蠕動が活発になるのだ。そのせいで、挿入後まだ大して時間が経っていないにもかかわらず、俺は絶頂が近いことを悟る。

「セラっ……もう……」

呻くようにそう言うと、セラの口元に柔らかな笑みが浮かぶ。

「いいよ、ご主人さま。いつでも出して」

「セラっ……！」

彼女の笑顔に刺激され、一気に限界を迎えた俺は、最後に思い切り彼女の股間を突き上げた。

「セラぁーっ!!」

「ああぁっ！　ごしゅじんさまぁーーっ！！！」


——びゅるるるるるーーーっ！！！！　びゅるるっ!!　びゅぐんっ……びゅるっ……！


セラの身体を強く抱きしめながら腰を押し上げ、その聖域に容赦なく精液を吐き出した。みっちりとまとわりつく膣肉の中で、肉棒が何度も脈動する。そのたびに先端からは粘液が放出され、快感が全身を駆け巡った。

「あはぁ……んぅ……ふぁ……」

俺の腕の中で小刻みに震えるセラの口から、吐息とも呻きともとれない声が漏れる。

「ん……ごしゅじんさまぁ……えへへ」

ぼんやりとした瞳に光を取り戻した彼女は、俺を見つめながら恥ずかしそうな笑みを浮かべた。

「どうした？」

「えっとね……セラも、イッちゃったぁ……」

そう言ってぺろりと舌を出す彼女が愛おしくて、俺は軽く頭を撫でてやる。

「ま、言わなくてもわかるよ」

「えへ、だよね」

彼女は少し視線を巡らせたあと、ふたたび俺を見つめてはにかむ。

「いっぱい出たなぁ」

自分たちの周囲に目を向けると、赤や青に交じって紫の宝石がいくつも転がっていたのだった。

○●○●

俺の名は香西遥真（こうざいはるま）。

三十代半（なか）ばでありながら、実家でフリーターもどきをやっていた田舎者だ。

そんな俺はある日突然、ひとつのダンジョンとその周囲に街があるだけの、小さな異世界へ飛ばされた。ダンジョンを探索し、そこに現れるモンスターを倒せば、レベルが上がったり、アイテムを手に入れたりできるというゲームのような世界に、俺は突然迷い込んでしまったのだ。

争いとは無縁に過ごしてきた現代人にモンスターと戦えってのも無茶な話だが、その手助けとしてひとりひとつ、先天スキルというものが与えられていた。また、探索や戦闘に対しては、ギルドと呼ばれる組織のバックアップもあるので、そのあたりを活用しながら生きていくしかないようだった。このダンジョン世界には数千人だか数万人だかの人が、俺のように現代日本から転移してきていて、それなりに適応して生活しているのだった。

俺が与えられたスキルは〈召喚天使〉といい、それを使って現れたのが――、

「んぅ……むにゃむにゃ……ごしゅじんさまぁ……」

――俺の隣で、文字通り天使の寝顔を浮かべて眠る女性、セラことセラフィーナだ。

あのあとさらに何度かの絶頂を迎(むか)えたセラは、そのまま意識を失うように眠ってしまった。さすがに俺も疲れたので、ベタベタに汚れた身体のまま彼女と一緒に眠った。

つい先ほど目が覚め、ぼんやりと彼女の寝顔を眺めていると、トコトコと階段を上る足音が聞こえた。その足音はどんどん近づいてきて、ほどなくガチャリと寝室のドアが開く。

「あら、起きたのね、ハルマ」

ノックも無しに入室してきたのは、さっき俺の腕の中でイキ果てたエリナだった。シャワーを浴びてきたのか、バスローブに身を包んだ彼女は、しっとりと濡れたライトブラウンの髪をタオルで拭(ふ)きながら室内を歩き、ソファに腰を下ろした。

「ふぅーっ……疲れたわね、誰かさんのせいで」

ソファに深く腰掛けた彼女はそう言って俺をねめつけたが、口元には笑みが浮かんでいた。

「お互いさまだろ」

「ま、そうなんだけどね」

そう言って彼女は、クスリと笑う。

彼女、エリナこと国分恵里奈(こくぶえりな)は、俺と同時期にこの世界へ連れてこられた女性だ。

ある日の探索中、絶体絶命の危機に陥っていたところを俺が助けに入り、それが縁でパーティー

を組むことになった。先天スキル〈盾術〉を持つ彼女は、小柄な体型にもかかわらず重装備でどっしりと構え、見事に盾役を務めてくれている。

「シャワー、浴びてきたら？」

「そうだな」

ベッドを抜け出した俺は、一階のバスルームへ向かった。まだ外は暗く、早朝と呼ぶにも早い時間帯のため、常夜灯だけがついた一階のリビングは、しんと静まりかえっていた。

「ごしゅじんさま……おはよー……」

シャワーを浴び終えて部屋に戻ると、ちょうどセラが目を覚ましたところだった。彼女は眠い目をこすりながら身体を起こし、ベッドから降りる。

「セラ、あなたもシャワーあびてらっしゃい」

一糸まとわぬ天使の肌は粘液に汚れ、髪もボサボサに乱れていた。

「んー……」

セラはぼんやりした表情のまま、軽く身体をよじって俺を見た。

その拍子に、彼女の膣内に残っていた精液がどろりと溢れ、内ももを伝い落ちていく。

「あーあーもう、床が汚れちゃうでしょ」

エリナは呆れたように言いながら、手にしたタオルでセラの脚を拭いてやる。

「えへへー、ごめんねエリー。ありがと」

「はいはい。いいからさっさとシャワー浴びてきな」

「えっとね、それなんだけどー」

一度エリナに笑いかけていたセラが、ふたたび俺に目を向ける。

「あのね、ご主人さま、いまから……する？」

「えっ？」

セラの問いかけに、俺は思わず声を上げる……と、同時に、下半身が疼いた。

「もう、いい感じにたまってると思うんだけど」

「いや、まぁ……そう、だな……」

昨夜は空っぽになるまで出し尽くしたが、少し寝てある程度は回復したし、最悪ポーションを飲めばどうとでもなる。せっかくシャワーを浴びたが、セラがそう言うならしょうがない。

「えっ、アンタたち、またするの？　ゆうべあれだけしたのに……」

「また？」

おどろくエリナの言葉に、セラが首を傾げる。セラの反応がなにか変だ。

「あははー、ちがうよー。そっちじゃなくてぇ」

彼女はそう言って笑い、ベッドに目を向けた。視線の先には、いくつもの宝石が転がっていた。

「ああ、そっちか」

「な、なるほど、そっちね」

「そうだよー」

俺は得心がいったように、エリナは少し恥ずかしそうな様子で、セラの意図を理解した。

「と、とりあえず集めるわね」

エリナは照れを隠すようにパタパタと動き、ベッドの上や床に転がった宝石を集め、紫色のものを選別していく。

「うわ、紫だけで十二個もあるわよ？　アンタたち、そんなにやったの？」

「えー、セラは四回くらいだよー？」

「えっ？　じゃあ……」

セラの答えに、エリナの顔が赤くなっていく。

「残りはエリナのぶんだな」

「ちょっ……!?　わざわざ言わなくていいでしょーが」

俺の言葉に、エリナはプンスカと怒りながらそう言った。

「ははは、すまんすまん」

彼女に軽く謝りながら、俺は〈インベントリ〉を確認する。

「お、紫は九十個くらいあったから、今日ので超えたな！」

俺はそう言いながら、八十七個の宝石を取り出した。

「んー、圧巻ね」

床に山積みされた紫の宝石を見て、思わずといったふうにエリナが呟く。

「それじゃセラ、頼む」

「うん。せっかくだから、気合い入れるね」

言い終えるが早いか、セラの身体が光を放つ。そのまばゆい光に目を細める俺とエリナ。

やがて光は収束し、視界が戻ると、その中心には天使の姿があった。

白を基調としたレオタードのような服に、無機物を思わせる硬質な羽、というなんだかサイバーな格好が、セラ本来のスタイルだ。後光が差すように光輪を背負って静かに立つ彼女の姿は、まさしく天使と呼ぶにふさわしい神々しさだった。そんな息を呑むような美しさに感心するのもつかの間、セラは厳かだった表情を崩して笑顔を浮かべ、首の横にピースサインを作る。

「いぇーい！」

そして満面の笑みを浮かべたまま、ぱちりとウインクをするのだった。

「ま、これでこそセラなんだけどな」

「ふふっ、そうね」

そんなセラの姿を見た俺とエリナは、半ば呆れたように呟きながら、ともに苦笑をもらした。

「えへへ、この格好になったら、身体もきれいになっちゃうんだー」

「あー、それで」

シャワーを浴びるかどうかの話で突然宝石へ目を向けたのは、そういうわけだったのか。

「それじゃ、さっそく始めちゃうねー」

セラはそう言うと、積み上げられた宝石の前にひざまずく。

「ふぅ……」

少し深呼吸したセラは、胸の前で手を組み、俯きがちに目を閉じて祈り始めた。静かな時間がしばらく過ぎたあと、積み上げられた宝石の真下から、光が溢れ出す。

そして部屋の床全体に広がるような、大きな魔法陣が浮かび上がった。

「おおっ、九十九連ともなると、すごいな……！」

俺がそう呟くやいなや、魔法陣の浮かび上がった床のあちらこちらから、様々なアイテムが現れ始めた。それは剣や鎧、ハンマーに槍、液体の入った小瓶、大小様々なバッグ、金銀銅貨の山、透明なクリスタルに、淡く光る球体などが顕現し続け、それと同時に紫の宝石は数を減らしていく。

「ちょっと、早く片付けないと部屋の中一杯になっちゃうわよ！」

「わかってるって」

エリナの言葉にそう返しながら俺が手をかざすと、床に転がっていた大きな鎧が一瞬で消えた。それを皮切りに、剣や小瓶なども次々に姿を消していく。

「どう、成果は？」

「さすが〈九十九連召喚〉、レアアイテムが多いぞ！」

俺が与えられたスキル〈召喚天使〉は、アイテム召喚ができる天使、セラことセラフィーナを呼び出すものだった。セラは【召喚石】と引き替えに、ランダムにアイテムを召喚できる。

わかりやすく言えば、ガチャだ。

最初は単発召喚しかできなかったが、召喚を繰り返し、スキルレベルが成長するうち、三連、十連と一度に召喚できる数が増えていった。連続召喚の数が多ければ多いほど、レアアイテムが含まれる確率も高くなる。先日〈九十九連召喚〉を習得した俺たちは、召喚に必要な宝石――【召喚石】をがんばって集め、今日ついに実行できたわけだった。

「ちょっとハルマ、まだ半分くらいしか終わってないわよ？　どんどん収納しないと、ホントに部屋から溢れちゃうからね」

「そうだな、とりあえず確認はあとまわしにして、収納に集中するか」

そう返事をしながら、俺は召喚物を次々に〈インベントリ〉へと入れていく。

この〈インベントリ〉も、〈召喚天使〉スキルが持つ能力のひとつだ。召喚されたものを無制限に収納でき、いつでも取り出せるうえ、収納したものの詳細を確認できる。異世界ものでおなじみの『鑑定』と『アイテムボックス』を合わせたようなスキルだが、対象となるのはセラが召喚したものだけだ。それ以外のものは収納もできないし、鑑定もできない。

「終わったみたいね」

気がつけば紫の召喚石はなくなっていた。どうやら〈九十九連召喚〉は無事終了したようだ。

〈インベントリ〉にはまだ青と赤の召喚石がそれぞれ数百個単位で収納されているが、紫に比べると低レアなアイテムしか得られないものだし、それらでガチャを回すのはまた今度でいいか。

「ふわぁー、つかれたぁー」

〈九十九連召喚〉をやり終えたセラは、その場に脚を投げ出し、うしろに手をついた。

「おつかれ、セラ」

「うん！」

疲れも露わに微笑みながらも、頬を上気させたセラが満足げにうなずく。

軽く〈インベントリ〉を確認してみたが、かなりいいものが大量に手に入った。ランクの高い武器防具に、回復薬などの消耗品、この街で使える通貨や、レベルアップに必要な『Ｅｘｐ』を得られる【クリスタル】、それに様々なスキルを習得できる【オーブ】など、俺の〈インベントリ〉にはとんでもない数のアイテム、そしてお金が収納されていた。

「おつかれ、セラ。それじゃ今日はこのへんにして休むとしようか」

「そうね、朝までちょっとひと眠りって感じで……ふわぁ……」

俺の言葉に答えながら、エリナはぐっと身体を伸ばす。そんな俺たちに、セラはなにか言いたげな視線を向けた。

「セラ、どうした？」

「んっとね、もちろん。すごくがんばったよね？」

「ああ、もちろん。セラ、がんばってくれたな」

かなり長い時間セックスをしたうえ、〈九十九連召喚〉までしてくれたんだ。そこまでがんばってくれたのだからゆっくり休ませてあげたいと、そう思っていたのだが……。

「それじゃ、ご褒美ほしいなぁ？」

セラはそう言って上目遣いに俺を見ながら自身の股間へ手を伸ばし、レオタードを少しずらした。

「おい、セラ……」

「だめ……？」

ずらされた生地の端から、桜色の花弁がぷるんと飛び出した。

セラはじっと俺を見つめたまま、さらにレオタードをずらしていく。秘部がほぼすべて露出され、ぱっくりと開いた割れ目の奥から、散々注ぎ込んだ白い粘液がじわりと溢れ出した。

「いや、疲れてるだろ？」

「ちょっと疲れてるけど、でもアイテムがいっぱいあると、ご主人さまも嬉しいでしょ？」

「そりゃそうだけどさ」

〈召喚天使〉は対価と引き替えに【召喚石】を生み出し、それを消費してアイテムを召喚する。その対価はさまざまで、一般的にはレベルや金銭を捧げるのだそうだ。なにを対価とするかは、最初に天使を呼び出したときに決めるのだが……。


——セラのこと、気持ちよくしてぇ……？


彼女は快楽を求めた。

結果、俺はセラをイカせることで【召喚石】を得られるようになったのだった。

「でもなぁ、疲れてるセラに無理させるのも……」

「セラ、ちょっと疲れてるけど、もっとしたいっていうのもホントだよ？」

「いや、うーん……」

「今日はご主人さまのお×んちんで、いっぱいイケそうなんだけどなぁ」

「くっ……！」

そう言われると、このままやめるのは惜しいと思ってしまう。というのも、セラのイキ方次第で生み出される石の色が変わるからだ。クリイキで【青】、Gスポットでイクと【赤】、そして挿入による膣内イキで【紫】が出る。セラの言い様からして、今日は貴重な【紫召喚石】をさらに手に入れられるチャンスということになるのだ。

「そんなおっ立ててんだから、あとちょっとセラちゃんに付き合ったげなさいよ」

エリナの言葉に視線を下げると、セラの痴態や言葉に反応してバスローブの生地を押し上げるイチモツが目に入った。彼女の言うとおり、なんやかんやで俺もやる気になりつつある。

「それじゃ、私はお先に失礼するわね」

「えー、エリーも一緒にしないの？」

部屋を出ようとしたエリナだったが、すぐさまセラに呼び止められた。

「いや、私はもう、充分だし……」

「でも、エリーも一緒のほうが、ご主人さまも嬉しいよね？」

「それは、まぁ、いろんな意味で、な」

「ちょっとハルマ!?」

セラのおかげで俺はかなりレベルが上がっており、その恩恵を受けて体力や精力がとんでもないことになっている、という自覚がある。セラのように素晴らしい女性を相手にするとなると手加減も難しいので、彼女にかかる負担はかなりのものになってしまうのだ。エリナがいればその負担を分散できるのだが、理由はそれだけじゃない。

「私もいたほうが、石がたくさん手に入るのはわかるけどさぁ」

〈召喚天使〉のスキルレベルが5になり〈対価共有〉を習得したことで、パーティーメンバーがイッたぶんも対価としてカウントされるため、エリナをイカせても【召喚石】を得られるのだ。

「セラはね、ただエリーと一緒に気持ちよくなりたいだけだよ？」

「むぅ……」

レオタードをずらして性器を露出させるという卑猥なポーズとは裏腹に、無垢な表情を向けられたせいか、エリナは頬を染めて視線を逸らす。

「はぁ……しょうがないわね」

エリナは諦めたように息を吐き出すと、勢いよくバスローブを脱いで瑞々しい裸体を晒した。

「こうなったらとことんまで付き合ったげるわよ！　ハルマ、ポーション!!」

「はいよ」

俺は〈インベントリ〉から【ヒールポーションSR】を取り出し、エリナに渡した。セックスで失った体力を取り戻すにはいささか過剰なアイテムだが、有り余っているんだから遠慮なく使わせてもらうとしよう。

あのあと完全に日が昇るまで延長戦を繰り広げた俺たちは、ほぼ気絶するように眠った。そして

目覚めるころには日も暮れかかっていた。

「おっ、またレベルが上がってるな」

ステータスを確認したところ〈召喚天使〉のスキルレベルが上がっていた。〈召喚天使〉はアイテム召喚をすればするほどレベルアップするので、昨日の〈九十九連召喚〉が効いたのだろう。あらたに追加された能力は〈対価効率倍増〉というものだった。

まだ気持ちよさそうに寝息を立てるセラとエリナを起こさないようにベッドを出た俺は、一階に下りてシャワーを浴びた。

浴室を出ると、リビングに人の気配があった。

「ハルマさん、おはようございます」

穏やかな女性の声が響く。

「おはようございます、ヨシエさん。つっても、もう夕方ですけど」

「ふふふっ、夕べはお楽しみでしたねぇ」

リビングに入ると、奥のキッチンで割烹着（かっぽうぎ）姿のヨシエさんが料理の準備を始めていた。

「少し早いですけど、夕飯にしましょうかねぇ」

「よろしくお願いします。そろそろあいつらも起きるでしょうし」

ヨシエさんこと海岸寺（かいがんじ）ヨシ江（え）は、俺が最初に勧誘したパーティーメンバーだ。

八十過ぎのおばあちゃんで、うまくこの世界に馴染めず行き詰まっていた彼女を捨て置けず、声をかけさせてもらった。彼女の加入を機にパーティーハウスとして一軒家を借り、ヨシエさんは家事全般をこなしてくれている。

「先にお飲み物でも用意しましょうかねぇ。コーヒーでいいですかねぇ?」

「はい、おねがいします」

手際よくコーヒーを淹れたヨシエさんが、俺の前にカップを持ってくる。

「どうぞ」

「ありがとうございます」

ことり、とカップを置く彼女を見る。

先述したとおり、ヨシエさんの年齢は八十を超えている。出会ったころは、おばあちゃんだった。

「あら、なにかありましたかねぇ?」

俺に見られて困ったように首を傾げる彼女の姿は、どう見ても八十過ぎの老婆ではない。それどころか、還暦を超えているとすら思えない容姿だった。

「ああ、いえ」

ヨシエさんの仕草に少しドキリとした俺は、慌てて視線を逸らし、コーヒーカップを手に取る。

彼女は出会ったころよりも確実に若返っていた。

「ああそうだ、ヨシエさん、これ」

俺はふと思い出し、〈インベントリ〉から〈身体能力強化〉のオーブをひとつ取り出した。

これこそ、彼女の若返りの秘訣だった。

「こんな稀少なものを、いつもいつもすみませんねぇ……」

オーブを目にしたヨシエさんは、そう言って頭を下げた。

〈身体能力強化〉とは、習得するだけで身体能力が常時5パーセント上昇するスキルだ。そしてランクが上がるごとに、10パーセント、15パーセントと、上昇率が増えていく。非常に有用なスキルではあるが、先天スキルとしてはハズレ扱いされていた。

この世界へ来た際に覚える先天スキルと、オーブによって習得する後天スキル。その大きな差は、スキルスロットを消費するか否かにある。人はレベルと同数のスキルスロットを有しており、後天スキルを習得するとその枠が埋まってしまう。対して先天スキルは、このスロットを消費しないので、有用な先天スキルを有していることは、探索を進めるうえで非常に重要となってくるのだ。

余談だが俺の〈召喚天使〉にはランクがなく、代わりにスキルレベルがある。理由はわからない。

ヨシエさんの〈身体能力強化〉の話に戻る。

非常に優れていながら、なぜこのスキルがハズレ扱いされているかというと、ハイランクのオーブが未発見だったからだ。スキルランクを上昇させるには、ハイランクのオーブが必要になる。だが、〈身体能力強化〉に『R』以上のものがこれまで確認されていなかった。

「私がこうやって元気でいられるのも、全部ハルマさんとセラちゃんのおかげですねぇ」

オーブを手にしたヨシエさんが、しみじみと呟く。彼女がいま手にしているのは〈身体能力強化SUR〉で、これは〈召喚天使〉によって手に入れたものだ。

「昨日、ちょうど出たんですよ」

「それはそれは……」

〈九十九連召喚〉、やった甲斐があったな。

「それではさっそく、使わせていただきますねぇ」

ヨシエさんは両手で包み込むようにオーブを持ち、祈るような姿勢を取った。ほどなく、彼女の身体が淡く光る。

「ふぅ……」

光が収まると同時に、ヨシエさんが小さく息を吐いた。

「なんだか、また元気が出てきましたねぇ」

そう言って顔を上げたヨシエさんは、ついさっきよりもさらに若返ったように見えた。もう四十前後……三十半ばの俺より少し年上のお姉さんくらいの容姿になってしまった。

「次で俺と同年代くらいになりそうですね」

「あら、それは嬉しいですねぇ」

ヨシエさんはそう言ってクスクス笑った。これまでハイランクのオーブが存在しなかったから知られていなかったが、どうやら〈身体能力強化〉には若返り効果があることに間違いはなさそうだ。ランクが上がるごとに五歳程度若返る……いや、全盛期に近づくという感じだろうか。

「でも、ハルマさんも若返ってますからねぇ」

「いや、まぁ、そうなんですけどね」

その効果がわかってから、俺とエリナはなによりも優先して〈身体能力強化〉を習得し、ランクアップに努めたのだが、どうも全盛期まで若返ると、あとは文字通り身体能力の強化に留まるようで、見た目はそこまで大きくは変わらなかった。

「ああ、そうだ。明日は探索に出かけますから、よろしくお願いしますね」

料理の準備に戻ろうとするヨシエさんに声をかけると、彼女はにっこりと微笑んでうなずいた。

真っ暗闇の洞窟を、俺は剣を構えつつ慎重に進んでいく。

数歩先を歩くエリナの後ろ姿がぼんやりと見えるのは、〈暗視ＳＲ〉のおかげだ。本来なら目を開けているのか閉じているのかすらわからなくなってしまうほどに、このエリアは暗い。

エリナがふと足を止める。そして素早く盾を左に構えた。

――カァンッ！

金属の刃が盾を叩く音に目を向けると、人型の存在がエリナに襲いかかるのがぼんやりと見えた。

「グェッ……」

次の瞬間には俺が踏み込み、剣を一閃して首を刎ねる。おそらくナイトリザードマンだろう。隠密行動に長けたリザードマンの上位種だが、スキルてんこ盛りの俺やエリナの敵じゃない。

「――っ!?」

背後に気配を感じて振り返ると、そこには闇に溶け込むような黒い鱗に覆われたリザードマンが、不自然な格好で立っていた。鎖でがんじがらめにされ、身動きが取れないようだった。

そして俺がなにをするでもなく、リザードマンの首がコロリと落ちた。

「余計なお世話でしたかねぇ?」

「いえいえヨシエさん、助かりましたよ」

いましがたナイトリザードマンの首を刈り落とした鎌を手に、ヨシエさんが笑顔で尋ねたので、俺は感謝の意を伝えた。

現在俺はエリナとヨシエさんを連れて、ダンジョンの三十九階を探索していた。

○●○●

この街にあるダンジョンは、一定階層ごとに環境ががらりと変わる。

一〜二十階までは草原や森林などの大自然が広がるエリアで、二十一階からは薄暗い洞窟エリアとなるのだ。迷路のように入り組んだほら穴で構成されているのだが、このエリアは一階下りるごとに暗くなっていく。三十階以降は対策なしに進むことのできない暗闇となり、探索者は松明(たいまつ)やカンテラなどの道具、灯りの魔法、そして様々なスキルを使って闇に対抗するのだ。

幸い俺たちはセラのおかげでいくらでもレベルを上げられるため、スキルスロットには余裕がある。なので、〈暗視〉や〈気配察知〉などのスキルを駆使して、暗闇エリアを攻略していた。

「ドロップアイテムは、私が拾っておきますからねぇ」

ヨシエさんはそう言うと、地面に落ちていた牙や骨、クリスタルなどを拾い、腰のポーチに入れていく。ダンジョンに現れるモンスターは倒せば消滅し、そのあとにドロップアイテムを遺(のこ)すのだ。

「まだ入りますか?」

「ええ、半分以上は空いてますねぇ」

ヨシエさんはそう言って、腰に提げた〈ウエストポーチＳＲ〉をポンと叩いた。バッグ類はレアリティが上がるほど収納量が増える。『ＳＲ』ともなれば物置くらいにはなるだろうか。

ヨシエさんは【くのいち装束】という『ＳＵＲ』装備にメガネという格好で、薄紫の長髪を十字手裏剣型の髪留めでまとめている。この【くのいち装束】は布面積が狭く、横乳や太もも、鼠蹊部（そけいぶ）あたりが目の粗いメッシュインナー越しにほぼ露出されており、絶妙にエロいのだ。

「ヨシエさん、おつかれさま。もうだいぶ戦闘には慣れたみたいですね」

周囲に敵の気配がないことを確認しつつ、エリナが駆け寄ってくる。

「ええ、これもレベルが上がったおかげですかねぇ」

最初は戦闘行為そのものに苦手意識を持っていたヨシエさんだが、ガチャで手に入れたクリスタルを使ってレベルを上げ、【精神力】が上昇したことにより戦いへの前向きな姿勢を見せた。そして本人の意志もあって探索へと参加するようになり、みるみるうちに実力をつけたのだ。

「それにしても、鎖鎌の扱いがかなり上達しましたね」

「これでも草刈りは得意でしたからねぇ」

ヨシエさんはそう言って、鎌を小さく掲げた。

「それじゃ、そろそろこの階も終わりです。次の階でボスを倒したら、いったん帰りましょうか」

俺の提案にうなずくふたりを連れ、俺は暗闇のなかを歩き始めた。

四十階に現れたボスをあっさり倒した俺たちは、ボスエリアの魔法陣を使って地上へと帰還した。

「さぁて、次は迷宮かぁ」

エリナが大きく伸びをしながら、そう言った。

四十一階からは石造りの迷宮エリアだ。洞窟に比べると少し通路が狭く、大人数を展開できないらしいが、三人組の俺たちはあまり気にせず攻略を進められるだろう。

「おい、聞いたか？　また『イレギュラー』が出たらしいぞ」

「なんだよ、ここのところ随分多いじゃないか」

ギルドに入ると、そんな話し声が耳に届いた。

イレギュラーと聞いたエリナが、以前のことを思い出したのか少しだけ眉をひそめる。

「そういえば今日、妙に大きな鳥型のモンスターが出たけど、あれもイレギュラーじゃない？」

ふと、エリナがそう言った。

「たしかに、あれは妙でしたねぇ……」

言われてみれば、そんなヤツもいたな。洞窟に棲息するにはやたら大きいうえ、暗闇のなか混乱したようにバサバサと羽音を立てていた鳥型のモンスターが。

「もしかしてあれ、周りが見えてなかったんじゃないか？」

「あ、そうかも」

あれは本来もっと広くて明るい場所に現れるモンスターかもしれない。俺たちはそんな感想を抱きつつ、そのモンスターから手に入れたドロップアイテムをギルドに提出した。

「これは……【ロック鳥の羽】ですね」

「なるほど、ロック鳥」

「本来は八十六階の渓谷エリアに出現するモンスターなのですが、これが洞窟エリアに？」

「ええ、たしか……三十七階だったと思います」

「そうでしたか……よくご無事で」

「真っ暗で狭い場所でしたから、まともに動けなかったようですね」

「……とにかく、貴重な情報ありがとうございます」

受付担当の女性は深刻そうな表情を浮かべつつ、そう言ってお辞儀をした。それと、最近未帰還者が急増しているようなので気をつけるように、との注意喚起をいただいたのだった。

報告と納品を終えた俺たちは、ギルドを出ることにした。

「それでは私たちは買い物をして帰るとしますかねぇ」

「ですね。ハルマはミサキさんのところでしょ？」

「ああ。悪いけど買い物と、セラのことよろしくな」

そしてふたりと別れた俺は、歓楽街へと足を運んだ。

薄暗く狭い室内に、ぐちゅぐちゅという卑猥な水音が響いている。鈴が鳴るのに似た小さな金属音が、かすかに混じっていた。

「んぅっ……ふぁっ……ごめ……ハルマくんッ……私またっ……！」

仰向けの俺にまたがるミサキさんが、腰を動かしながら声を漏らした。彼女が動くたびに豊満な乳房がぷるぷると揺れ、艶のある紫髪をまとめたかんざしの飾りがしゃらしゃらと音を立てる。

探索を終えてエリナたちと別れた俺は、その足で馴染みの風俗店を訪れ、いつものようにミサキさんを指名した。部屋に入るなり俺は服を剥（は）ぎ取られ、押し倒されてしまった。そんな俺にまたがったミサキさんは、前戯もそこそこにイチモツを自身の内に受け入れたのだった。

「はぁっ！　だめっ……また、イッちゃうっ……!!」

挿入して一時間ほど、彼女は騎乗位のまま行為を続けている。その体力は、さすが元高レベル探索者と言うべきか。ちなみにそのあいだ、彼女はおそらく十回以上絶頂に達しており、対する俺は一度も射精していない。

「ねぇ、まだ、イカないの……？」

「もうちょっと、がんばれそうです」

セラやエリナ、ミサキさんと何度も行為に及んでいるおかげか、あるいはレベルアップの恩恵か、このところ俺は射精のタイミングをある程度コントロールできるようになってきた。かなりの時間は耐えられるし、出そうと思えば何度でも出せるという具合に。

「んんっ……！　もう、いじわる……私ばっかり……あんっ、また……！」

そんな事情などお見通しのミサキさんは、自分ばかりイカされることに少し不満を漏らしながらも、また軽い絶頂に達した。

「ほんと、ミサキさんってイキやすいですよね」

「んっんっ……ちがうのぉ……ハルマくんのお×んちんが、気持ちよすぎるのよぉ……!!」

そう言いながら、ミサキさんは腰の動きを大きくした。ガチガチに硬直したイチモツが、どろどろにほぐれきった膣腔を容赦なくこすり上げる。接合部からは止めどなく愛液が溢れ出し、垂れ落ちたそれが俺の尻までべっとりと濡らしていた。

「んんんーっ！　もう、だめぇっ……!!」

腰を完全に落とし、根本まで肉棒を咥えこんだ状態で、ミサキさんは身体を硬直させた。

「くぅ……！」

その際、ぎゅうぎゅうと締まる肉壺の刺激を受け、思わずイキそうになるのをグッとこらえる。

「んぅ……限界……かもぉ……」

彼女はそう言うと、ぐったりと身体を倒し、俺にもたれかかってきた。汗の滲む肌がぴったりとはりつき、そこから伝わってくる彼女の体温が心地よかった。柔らかな乳房の重み、乱れて垂れ下がった髪が顔に触れる感触、トクトクと伝わる心臓の音。それらを愛おしく感じながら、俺はミサキさんをギュッと抱きしめ、上体を起こした。

「ハルマ、くん……？」

対面座位になったところで、まだぼうっとしたままの彼女がかすれたような声を漏らす。

「それじゃ、攻守交代ってことで」

「ま、待って……！　私、まだ、イッて――」

俺の言葉に反応し、驚きの声を上げる彼女をさらに強く抱きしめ、耳元に口を近づける。

「だめ、待たない」

「――りゅのぉぉおおおおぉっ！！！」

囁(ささや)くのと同時に腰を突き上げると彼女は絶叫し、全身をこわばらせた。ぐったりとしながらも断続的に身体を震わせていたミサキさんが、まだ絶頂の余韻(よいん)にあることを知りながら、俺は思いきり膣を貫き、最奥部を押し上げた。イチモツの先端で子宮口を押し上げられた彼女は、離れかけた快感の渦に、ふたたび引き戻されることになる。

「おおぉぉぁあぁぁああ……らめぇええぇぇ……!!」

呻き声を上げながら激しく痙攣(けいれん)し始めたミサキさんは、どうやらイキっぱなしの状態に陥(おちい)ったようだ。そんな彼女に対して、俺は容赦なくピストン運動を繰り返す。快楽の海に溺れ続ける彼女は、もうまともに思考できる状態じゃないだろう。それにもかかわらず俺に合わせて腰が動いているのは、プロ根性ゆえか。

「ぐっ……うぅっ……！　俺も、そろそろ……」

さすがにここまでくると、俺も限界だった。

「一緒に……一緒にイこっ、ハルマくぅん!!」

息遣いや鼓動、肉棒にまとわりつく肉襞の動きから、ミサキさんに大きな波が訪れようとしているのを感じた。それに合わせるように、俺はさらに動きを激しくする。

「きてぇっハルマくん！　私の膣内に、全部だしてぇーっ!!」

「ミサキさん、イクよっ!!」

最後にギュッと膣圧が高まるのを感じた瞬間、俺は溜まっていたものをすべて解放した。

──どびゅるるるるーーーっっっ！！！　びゅるるっ!!　びゅるっ！　びゅるるっ……!!

彼女を押さえ込むように抱きしめ、股間を思い切り押し上げながら射精した。膣肉に包まれた肉棒はどくどくと脈打ち、精液を吐き出し続ける。

「あっ……あっ……」

ミサキさんの口からは微かな声がイチモツの脈動に合わせて漏れ出す。それとシンクロするように、俺は脳髄を刺激する快感を味わっていた。

「あぅ……んん……」

俺の射精が落ち着くのとほぼ同時に、ミサキさんの身体から力が抜ける。

「ミサキさん？」

「んぅ……ふぅ……すぅ……すぅ……」

呼びかけに対して、返事の代わりに寝息が返ってくる。どうやら彼女は、気を失ったようだった。

「ん……う……あれ？」

ちゃぷん、という水音とともに、ミサキさんは目を覚ました。

「ここは……？」

「お風呂だよ」

あのあと気を失ったままの彼女を少し休ませながら、俺は風呂の湯をためた。彼女を指名するときはいつも最長の一八〇分にしているので、時間には余裕があるのだ。

「いつも悪いわね」

うしろから俺に抱かれるような格好の彼女は、そう言いながらゆっくりと身を預けてきた。ミサキさんとするときは、こうやってお風呂で話をするのが習慣のようになっている。

「それにしても、このところいいようにやられっぱなしよね。最初はもっとかわいげがあったのに」

「あのころからだと、かなりレベルも上がったからね」

「あら、じゃあもう抜かされちゃったかしらね。いまレベルいくつなの？」

「93だね」

「はぁ!?」

俺のレベルを聞いたミサキさんは、ざばっという音を立てて振り向いた。

「ちょっと待って、元一級のあたしでも、レベル72なのよ？」

彼女は驚いて俺を見ながら、そう言った。

ミサキさんこと津島美咲は、元一級の探索者だ。凄腕の先輩だが、彼女はいわゆるエンジョイ勢というやつで、リーダーの代替わりでガチ勢となった当時のパーティーと反りがあわなくなったため引退した。そしてセックスが好きだったこともあり、風俗店で働くようになったのだ。俺がこの世界に来てそれほど経っていないころ、店を訪れて最初に指名したのがミサキさんだった。それ以来彼女にハマってしまい、二～三日に一度はここへ通っている。

「ハルマくんって、いま何級？」

「四級だね」

「レベル93でそれって、どう考えてもおかしいでしょ……」

「ギルドにステータス開示してないからね」

「そうなんだ……。たぶん、開示すればすぐにでも二級にはなれるんじゃないかしら」

「別にいいかな。俺、エンジョイ勢だからのんびりやるよ」

「そっか」

彼女は納得したような、そして少し呆れたような笑みを浮かべると、ふたたび前を向いて俺にもたれかかってきた。

「それにしても、もうレベル20以上も差があるのね。そりゃいいようにやられちゃうわけよ」

「ミサキさん、すぐイッてくれるから嬉しくて、つい」

「こらっ」

ミサキさんはそう言って、風呂の湯をうしろに飛ばしてきた。

「うわっぷ」

さすが高レベル探索者の攻撃だ。避ける間もなく、正面からお湯をくらってしまう。

「女の子にそういうこと言うんじゃありません」

「ははっ、ごめんごめん。あっ、そうだ」

そこでふと思い出した俺は、〈インベントリ〉からオーブをひとつ取り出した。

「これ、ちょっと待たせちゃったけど」

「あら、もしかして『ＨＲ』？　本当に出るのねぇ」

俺が取り出したのは〈身体能力強化ＨＲ〉だった。

「こんな貴重なもの、もらってもいいのかしら？」

「もちろん。パーティーメンバーなんだから遠慮しないでよ」

そう、俺はミサキさんをパーティーに勧誘していた。

理由はいくつかある。第一に彼女が元一流の探索者だったってこと。プレイ後の雑談だけでもためになることをよく話してくれたし、疑問を投げかければ的確に答えてくれた。そして彼女はイキやすい体質なので〈対価共有〉で受ける恩恵が大きいというのもありがたい。だが一番の理由は、俺が彼女を気に入ったってことだ。身体の相性もいいし、雑談しているだけでも癒やされる。

「ふふっ、ありがと。助かるわぁ」

「なんの、こっちこそいつも話を聞いてくれて助かってるよ」

先輩かつ年上ってことで、ミサキさんにはいろいろ相談できるのだ。俺はセラのことも含めて隠しごとが多いから、最初のうちは話したくても話せないことがあって、少しもやもやしていた。だから、思い切ってパーティーに誘ったのだ。最初は断られたけど、〈身体能力強化〉の若返り効果について話したらイチコロだったよ。

「それで、ここ最近の探索はどんな感じなのかしら？」

それから俺は、この店に来られてないあいだの探索話を始めた。

「えっ、洞窟エリアにロック鳥が出たの!?」

「ああ、なんかとんでもなくデカい鳥がいるなと思って、ちょっとびっくりした」

「遭遇したのがハルマくんたちでよかったわね。他の探索者じゃ大惨事になってたかも」

「いや、狭い場所でバタバタしてただけだぜ？　誰だって倒せるさ」

「わかってないわね。普通の四級探索者だと、そもそも攻撃が通らないのよ。レベル30以下ならアイツの鳴き声を聞いただけでも死んじゃうかも？」

「ありゃ、そんなヤバいヤツだったんだ」

「そりゃそうよ、八十後半の階に出てくるようなモンスターだもの」

その流れで最近イレギュラーが増えていることを話すと、ミサキさんは少し黙り込んでしまった。

「ミサキさん？」

少し心配になって顔をのぞき込もうとすると、彼女はざばっと身体を起こした。そしてそのまま体勢を変え、互いに向き合うような格好で俺にまたがり、ゆっくりと腰を落とす。

「んっ……」

風呂の中でリラックスしながらも、彼女の柔らかさや重みを感じて半勃ちになっていたイチモツが、ぬるりと包み込まれる。

「あんっ……！」

その刺激で肉棒が一気に怒張し、それを感じたのかミサキさんが小さく声を漏らす。

「あの、ミサキさん？」

彼女は俺の首に腕を回し、少し真剣な眼差しを向けてくる。

「ハルマくん、無理しちゃだめよ？」

「えっと、うん。無理はしないよ」

「それと、油断もしちゃだめ」

「……わかった。ちょっと気を引き締め直すよ」

彼女のまっすぐな言葉を受け、俺は表情をあらためてそう返した。レベル93でスキルやアイテムが充実している俺にとって、いま探索している場所ははっきり言って楽勝だった。自分たちでは慎重に進んでいるつもりだったけど、ロック鳥の異常さにあとで気づいたあたり、やはりどこか気が抜けていたのかもしれない。それにこのところイレギュラーが頻発（ひんぱつ）しているのも気になる。

多くの人が挑戦し、命を落としているダンジョンだ。なめてかかって良いわけがない。そのことを、この先輩冒険者は教えてくれているのだろう。彼女の言うとおり、油断禁物だな。

「それじゃ、ハルマくん。あたしのこと、いっぱいイカせてね？」

「はい？」

急に話が飛んで戸惑う俺をよそに、ミサキさんは腰を動かし始めた。上半身はあまり動かさず、腰回りだけを巧みにくねらせているせいか、風呂の湯はちゃぷちゃぷと小さな波を立てるにとどまっている。だが、俺を包み込む肉棒は、ぐりゅぐりゅと強い刺激を受けていた。

「んっんっ……だって、あたしがいっぱいイケば、たくさんアイテムを召喚できるんでしょ？」

「ああ、そういう……」

彼女の言いたいことがようやくわかった。

「だから、あたしのこと、いっぱいイカせてっ……それで、たくさんっアイテムっ……持て、たら……ハルマくん、安全、だよねっ？　んんっ……！」

「ありがと、ミサキさん」

「んぁあっ!!」

ミサキさんの思いを受け、俺はお返しにと腰を突き上げた。肉棒の先端が最奥部を突き上げ、その刺激に彼女は大きく身体を震わせる。俺も動き始めたせいで、湯はざぶざぶと音を立て始めた。

「それとね、クリスタル、もらえないかしら？」

「クリスタル？　もちろんいいけど、どうして？」

すると彼女は身体を倒して俺にしがみついてきた。豊満な乳房で俺の胸を圧迫しながら、彼女は耳元に口を寄せる。

「だって、やられっぱなしは、趣味じゃないもの」

ミサキさんがそう囁いた瞬間、膣がギュウッと締まる。いかん、この不意打ちはまずいっ……!!

「ちょ、ま……ミサキ、さん……！」

「だぁめっ、さっきのお返しよぉ」

彼女はそう言うと、イチモツを締め上げたまま腰を複雑にくねらせる。それとは別に、彼女の膣腔が意志を持ったように蠕動し、容赦なく肉棒を攻め立てた。

「ぐぁっ……やばっ……！」

なんとか我慢しようとしたが、ひと足遅かった。

「出るっっ!!」

「うふっ、出して」


——びゅるるるるっ！！！　びゅるるっ!!　びゅぐんっ……!!


情けなくも俺は、彼女の不意打ちを喰らってさっさと果ててしまった。

そのあとは仕返しとばかりに反撃し、二時間延長してミサキさんをイカせまくった。そしてプレイを終えたあと、約束通りクリスタルを大量に渡しておいた。


翌日は探索を休み、セラとエリナから求められるままセックスをしたところ、たった一日で一〇〇個以上の【紫召喚石】が集まった。先日習得した〈対価効率倍増〉の効果もあるだろうが、それにしてもかなりの数だ。

「あんた、ミサキさんとどんだけやってんのよ」

エリナから呆れたようにそう言われると、俺はいろんな意味で申し訳なくて身を縮めてしまった。

とにかく、俺の探索者としての日常は、いまのところ順風満帆といった感じだった。

第1章　災厄の予兆

「申し訳ありませんが、四級以下の探索者は現在探索許可が下りないのです」

　洞窟エリアでロック鳥を倒した翌々日、俺がエリナとヨシエさんを連れてギルドを訪れた際、受付担当からそんなことを言われた。聞けば近々『大氾濫』なるものが起こると予想されるため、それにともなう特別措置がとられているそうだ。

「じゃあ、ここ最近のイレギュラー頻発は、その大氾濫とやらの予兆だったと？」

「はい。調査の結果、ここ半月以内に大氾濫が起こると昨日の段階で発表されました」

　ダンジョンには、一定空間内にモンスターが発生できる許容量、通称『キャパシティ』が存在し、それは下層へ行くほど大きくなる。モンスターが発生する際、極まれにキャパシティをオーバーすることがあるのだが、そうするとその個体は本来発生する場所からはじき出され、別の空間で生まれることになる。そうやって他の階層へ弾き出された個体を『イレギュラー』と呼ぶのだ。

　先述したとおり、ダンジョンは上層ほどキャパシティが小さいため、ひとつ上の階層だとキャパシティオーバーが発生する確率が上がる。その場合はさらに上の階へはじき出され、それでもだめならさらに上へ。そうやって、先日出会ったロック鳥のようなイレギュラーが現れるのだ。

イレギュラーはその名の通りそうそう発生するものではないのだが、極まれに頻発することがある。そうなるとイレギュラーによって本来その階層で生まれるはずのモンスターが通常より上の階層へはじき出され、さらにそれが上層のキャパシティを圧迫し……という連鎖反応を起こす。そうこうしているうちに上層階がモンスターで溢（あふ）れ、それが地上を目指して大暴走を始めてしまう。

これが、大氾濫と呼ばれる災厄だった。

「たしか大氾濫の際、四級以下の冒険者は……」

「防衛陣地の設営が義務づけられるはずよ」

隣で話を聞いていたエリナが口を挟む。

「申し訳ありません。本来なら先日の【ロック鳥の羽】を納品していただいた件でランクアップは間違いないのですが、なにぶんギルドもごたついてまして……」

「あー、はい。大丈夫です」

「早急にランクアップ手続きを進めますので、今日のところは設営をお願いします」

「了解です」

申し訳なさそうに頭を下げる受付さんに軽く返事をし、俺たちは久々に一階層へと入った。

「おー、やっとるやっとる」

一階層にはいつも以上に人が多く、みんな穴を掘ったり壁を作ったりしていた。ダンジョン内で穴を掘ったり木を伐ったり、あるいは建物を建てたりしても、一定期間で元に戻ってしまう。この復元能力は下層へ行くほど強くなるようだが、一階層だとひと月以上は元に戻らないそうだ。

というわけで、大氾濫の際は一階層に防衛陣地を作るのが定番の作戦となっている。

「たしか、大氾濫のときは草原エリアが緩衝地帯になるんだったわね」

この世界へ来て最初に渡される手引き書には大氾濫についても記載があり、それを思い出しながらか、エリナが視線を空に向けながらそう言った。

「草原エリアは、とにかく広いからな」

一～二十階層までを占める草原エリアは、とにかく広い。下層にくらべて空間あたりのキャパシティは小さいが、広大なおかげで大量のモンスターを受け止められるのだ。なので三級以上の探索者は、いまごろ草原エリアを駆け回ってモンスターの間引きをしていることだろう。

俺たちもランクアップすればそっちに回されるのかな。

とはいえキャパシティも無制限じゃない。もし一階層でキャパシティオーバーになると、モンスターが地上に溢れてしまう。そうなったら、大惨事は避けられない。なので大氾濫が発生した際は、防衛陣地を上手く使いながら、とにかくモンスターの数を減らす必要があるのだ。

「というわけで、今日は設営をがんばろう！」

「おー！」

「がんばりましょうねぇ」

三者三様に気合いを入れた俺たちは、現場監督らしき人の指示に従い、陣地設営を始めた。

実はＤＩＹ女子だったエリナは、木を伐ったり丸太を組み立てたりするのに力を発揮した。とくにハンマーの扱いには目を瞠るものがある。

「〈鎚術〉のおかげかしらねー」

なんて言いながら、ノミと金槌でサクサクと丸太を削っては大木槌を駆使して組み合わせていく。

〈鎚術〉は本来彼女の武器であるメイスを扱うためのスキルだが、ハンマーも鎚に違いはないのでいい影響が出ているのかもしれない。

「若いころは木登りが得意だったんですよねぇ」

なんて言うヨシエさんはひょいひょいと木に登り、鉈を使って巧みに枝を打ち落としていた。文字通り若いころに戻った彼女は、なんだかイキイキとしているようだった。

でもって、俺はひたすら穴を掘っている。落とし穴だったり塹壕だったり、とにかく穴がひとつ増えると、そのぶん戦いを有利に進められる……らしい。戦術なんてものはよくわからんので、とにかく俺は言われるがままひたすら地面を掘り返した。

「それにしてもお前さん、見事な仕事っぷりだなぁ」

サクサクと穴を掘っていく俺の姿を見て、現場監督が感心したような声を上げる。

「道具がいいんですよ。使ってみます？」

そう言って俺は〈インベントリ〉からスコップを取り出して監督に渡した。

「おわぁっ!?　なんじゃこりゃー!!」

しばらくのち、離れた場所から監督の声が聞こえてきた。あまりの掘り心地に、驚いたのだろう。

なにせ俺が渡したのは【スコップＬＲ】、伝説級のスコップだからな。ちなみに俺はさらにひとつ上の『ＳＬＲ』を使っている。俺が持つアイテムの中で最高レアリティなこのスコップ、実は絶大な攻撃力を誇るのだが、適した武術系のスキルがないため武器として使うのは断念した。

「旦那ぁ、ほかにいい道具があったら、貸しちゃくれねぇかい？」

なにやら態度の変わった監督からせがまれたので、スコップ以外にもハンマーやのこぎり、ツルハシなどの工具を一〇〇個くらい貸してあげた。

「おおっ、こんなに！」

「全部終わったあと、返すなり買い取るなりしてくれればいいよ」

「ありがてぇ!!」

ついでに『Ｃ』と『ＵＣ』の【ヒールポーション】をそれぞれ一〇〇本ずつ渡したら、さらにありがたがられた。現場作業は体力勝負だからな。

そんなこんなでその日は丸一日、陣地設営に励んだ。

「おつかれさまでした。手続きが終わりましたので、明日以降は討伐に参加してください」

作業を終えて受付に行くと、俺たちは三級へのランクアップを告げられたのだった。

三級になった俺たちは、翌日もギルドを訪れた。

大氾濫が終わるまでは毎日ダンジョンへ入ろうということになったのだ。

「エリナ、大丈夫か？　疲れは残ってない？」

「ええ、ゆうべは手加減してくれたでしょ？」

彼女はそう言って、艶やかに微笑む。

昨日は丸一日慣れない作業で疲れたが、かといってセックスをしないという選択肢はない。大氾濫に備えてアイテムはあればあるだけいいので、まずは帰りに風俗店へ寄った。ミサキさんも大氾濫のことは聞いていたようなので、これからできるだけ毎日通うと告げた。

『じゃあ、しばらくはハルマくん専属になるから、いっぱい気持ちよくしてね？』

そう言って提案を受け入れてくれた彼女に、俺はできるだけ多くのクリスタルとポーションを渡すことにした。レベル差が埋まれば激しいプレイにも耐えられるし、そうすることで短時間でもたくさんイケるのだとか。このあたりは個人差があるため、激しけりゃいいってものでもないんだけど、ミサキさんはそういうのがお好きらしい。

いつもより短いミサキさんとのプレイを終えて帰宅した俺は、その夜にセラとエリナを抱いた。エリナには翌日の行動に支障が出ないよう、セラにはあまり負担をかけすぎないよう、イカせるよりもみんなで楽しむのを意識した。そのほうが、結果的にたくさんイッてくれるのだ。

「ハルマ、あんまり無理はしないでね？」

「もちろん、無理はしないし、させないよ」

これからしばらくのあいだ、昼はモンスターの間引きに勤しみ、夜はセックスに励む。大変な日々なのかもしれないけど、なんやかんやで戦闘はやりがいがあるし、セックスは気持ちいい。むしろこれまでより充実した日々を送れるんじゃないかな、と実は少しワクワクしているのだ。

そんな思いを胸に、受付を訪れる。

「ハルマさん、ギルドマスターがお呼びです」

「はい？」

これから討伐をがんばるぞー！　なんて思っていたら、なぜか呼び出しをくらったよ。

「他のみなさんは、少しお待ちくださいませ」

と言うからには、それほど長い話にはならないのかな。

「なんかわかんないけど、いってらっしゃい」

「エリナさんとお茶でも飲みながら、待たせていただきますねぇ」

ふたりに見送られながら、俺は職員さんの案内でギルドマスターがいるという部屋に向かった。

○●○●

ギルドマスターの部屋は二階にあった。というかここ、二階があったんだな。

廊下の突き当たりにあるドアの前で立ち止まった職員さんが、トントンとノックする。

「マスター、ハルマさまをお連れしました」

「うむ、通せ」

ドアの向こうから、少し低めの澄んだ声が聞こえた。

「どうぞ」

ガチャリとドアが開けられ、職員さんに促（うなが）されるまま入室すると、室内には俺を待ち構えるようにひとりの男性が立っていた。

「よく来たな」

その男性から、先ほどと同じ声が放たれる。彼がギルドマスターで間違いないようだ。

俺は思わずその男性に見蕩れてしまった。

スラリとした長身に、キメの細かな肌。白に近い金髪は背中あたりまで伸びており、前髪はすべてうしろに流していた。服装は古いヨーロッパ的な民族衣装を彷彿とさせながらも、どこかフォーマルな……あれだ、ジョージアの正装みたいな感じだ。でもってご尊顔は超絶イケメン。切れ長の目が、俺をしっかりと捉えている。なにより目につくのが、長く尖った耳……!!

「エルフ？」

思わず口にすると、彼は呆れたように苦笑した。

「私を見た日本人は、大抵そう言う」

「あー、失礼しました」

思わず謝ってしまったが、彼は笑みを浮かべたまま小さく首を横に振った。

「まぁ、私のことはどう思ってくれても構わんよ」

「はぁ。とにかく、あなたがギルドマスターってことでいいんですよね？」

「ああ、その肩書きのとおり、私は探索者ギルドを統括する者である」

そこでじっと俺を見つめたままひと呼吸置いたところで、ギルマスはふたたび口を開く。

「それと同時にこの街と、そしてダンジョンの管理もしている」

「街と、ダンジョンの管理ですか……」

よくわからんが、とにかく偉い人ってことでいいんだろう。

「さて、キミも大氾濫のことは知っているな？」

「はい。今日から討伐に励みたいと思っています」

「うむ、それは結構」

俺の言葉を聞いて、彼は感心したように何度もうなずく。

「それはそれとして、頼みたいことがある」

「頼みごと……俺に、ですか？」

ギルマスが直々に頼みごとってなんだろう。ちょっと緊張する。

「そうだ。〈召喚天使〉を持つ、キミにだ」

「……全部お見通しってことですか？」

「とりあえずダンジョンでの出来事はすべて把握していると言っておこう」

「じゃあ、住人のステータスは？」

「ギルドに開示されたもの以外は知らない。あと、街での個々の生活について知るつもりもない。

君たちもあまりプライベートなことは知られたくないだろう？」

「それはそうですけど、じゃあなぜ俺のスキルをご存じで？」

「ふむ、どうやら当たりだったようだな」

おおっと、鎌をかけられたのか。

「ここへ来てさほど時間が経っていないにもかかわらず、豊富なアイテムやスキルを有しているようなのでね」

「なるほど」

ダンジョンでの俺の行動を見ていれば、ステータスを確認するまでもなくわかるってわけか。

「そもそもこの〈召喚天使〉ってスキル、なんなんですか？　他のスキルと毛色が違いすぎるっていうか……そもそもスキルランクじゃなくてレベルってのも変だし」

これはほんと、疑問なんだよな。

「〈召喚天使〉はユニークスキルだからな」

「ユニークスキル？　それって、俺以外には持ってるヤツがいないってことですか？」

「ほう、理解が早くて助かる」

まぁ最近のラノベにはありがちだからな。

「ほかにもユニークスキルが？」

「いくつかあるな」

この世界において自分は異質な存在ではないかという不安と、俺だけが特別なんだという優越感。漠然とそんな感情を抱いていた俺は、ギルマスの言葉に安堵しつつも少しだけがっかりする。

「その情報って、手引き書とかギルドの説明にありましたっけ？」

「いや、あまり公にはされていない情報だ。ただ、ギルドでステータスを開示してもらえれば、その際に説明することにはなっている」

ユニークスキルについてはなんとなくわかったが、それ以上に気になることがある。

「なぜ俺は〈召喚天使〉なんてスキルを与えられたんでしょう？」

「運だな」

「運、ですか」

「ああ。それはランダムに割り当てられるものだから、宝くじに当たったとでも思ってくれたまえ」

「なるほど……つまり、先天スキルの割り当てはランダムに決まると？」

「稀なケースだがな。大抵は生前の行動や考え、嗜好（しこう）と関連のあるものが割り当てられる」

おおっと、聞き捨てならない言葉があったぞ。

「生前、ということは、俺は……俺たちはもう、死んでいる？」

「……ふむ、余計なことを言ってしまったようだ」

俺の問いかけにそう言ったギルマスだったが、それほど深刻な様子ではない。

「生前、というのは言葉のあやだ。あちらの世界での君たちは、死んではいない」

死んではいない、か。なんとも気になる言い方だ。

「さて、そろそろ本題に……」

「ああ、最後にひとつだけ」

どこぞの刑事ドラマみたいなセリフがさらりと出てしまって少し笑いそうになったが、ギルマスの言葉を遮（さえぎ）った俺はそのまま言葉を続ける。

「俺たちはなぜ、なんのためにここへ連れてこられたんですか？」

「ふむ、君たちにとっては非常に重要な問題だろうな」

ワケのわからないままいきなりダンジョンのある街に放り出されて、モンスターを倒せ！　なんて言われたときは、とにかく困惑した。俺の場合はセラと出会えたし、そのおかげで楽しくやらせてもらっているから、いまとなってはそこまで重要な問題でもないのだが、目の前にいろいろと事情を知ってそうな人がいるのでつい聞いてみたくなった。

「ここがどこで、なぜ君たちが選ばれ、なんのために戦っているか。その答えを知るときがいずれ来るだろう。だが、いまじゃない」

「なるほど、わかりました」

「おや、随分物わかりがいいな」

「まぁ、楽しくやらせてもらってるんで」

「そうか、それはなによりだ」

ギルマスはそう言って、心底嬉しそうに微笑む。

「そうだな、君が真実を知るのは、それほど先のことではないと言っておこう。それまで生きていれば、だがな」

「そうですか。それじゃ、死なないようにがんばりますよ」

俺の返事を聞いて満足げに何度かうなずいたあと、ギルマスは表情をあらためた。

「それでは、本題に戻っていいかな？」

「あー、大氾濫絡みで俺に頼みごとがあるんでしたね」

ギルマスは真剣な表情のまま頷き、話を続ける。

「今回の大氾濫だが、これまでにない規模になりそうだ。このままだと、防衛に失敗して街にモンスターが溢れるかもしれない」

「それは……やばいですね」

「ああ、非常に深刻な事態だ」

大規模なレイドイベントくらいに考えていたんだが、そう甘いものじゃないらしい。そのうえでこの俺になにを頼むのだろうか。特殊なスキルを持っているとはいえ、俺は三級に上がったばかりの探索者に過ぎないのだが。

「そこで君には、アイテムを供与してほしいと思っている」

「アイテム、ですか。なるほど……」

死蔵しているポーションや武器防具を提供すれば、かなり貢献できそうだな。

「一応確認するが〈インベントリ〉は習得しているか？」

「はい」

「では、収納されているアイテムの一覧を見せてもらってもいいだろうか？」

「それは……かまいませんけど」

本当はあまり見せたくないけど、非常時だからな。それに、このギルマスは信用できそうだし、問題ないだろう。ただ……。

「どうやって見せればいいですか？」

「普段どおり一覧を確認してくれればいい。そうすれば私のほうでも見られるのでな」

なるほど、ギルマス特権ってやつか。この一覧、メンバーでも共有できると楽なんだけど、俺とセラ以外には見えないんだよなぁ。

「これは……」

アイテム一覧を表示した瞬間、切れ長なギルマスの目が大きく見開かれた。

「な、なんなのだこの量は!?」

そして驚愕の声を上げる。

……俺、なんかやっちゃいました？


〈召喚天使〉の対価はレベルか金、アイテムがよく選ばれるらしい。それらはすべて探索で得られるものなので、普通は探索者としての活動をがんばったご褒美くらいの感覚でガチャを回すそうだ。

それでも他の探索者に比べれば、かなり潤沢なアイテムに恵まれるのだが……。

その前提で見ても、俺のアイテム量はさすがに異常らしい。正直言いづらかったが、セラをイカせることが対価であり、〈対価共有〉の影響でメンバーも対象となったことなどを説明した。

「なんとまぁ、そのような方法があるとはな……」

感心とも呆れともとれる口調で、ギルマスはそう言った。

「あの、言っておきますけど無理やりとかじゃないですからね？」

「もちろんわかっている。対価の設定は互いの合意がなければならないからな」

よかった。そこを誤解されて非難されると、つらいからな。

「よし、ならば報酬は……これでいいか」

そう言うと、ギルマスはひとつのスキルオーブを俺に差し出した。

「〈精力増強〉のオーブだ」

「そんなものがあるんですか」

「いや、いま作った。ユニークスキルだ」

「そ、そうですか……」

この人、そんなことまでできるのかよ。

「あの、だったら強力なスキルをたくさん作ってオーブを配れば、戦力増強になるんじゃゃ？」

「いろいろ制約があってね。君に対しては協力に対する報酬ということで、用意できるのだよ」

「なるほど……」

ちなみにスキルの効果は名前のままらしい。精力が有り余ってる俺に必要かは微妙だけど……。

「レベルによる補正にも、限界はある。これが君の役に立つものだと、私はそう思っているよ」

「そうですか。では、遠慮なく」

まぁ、報酬といわれても欲しいものが思いつかないし、別にいいか。大量のアイテムも宝の持ち腐れになるくらいなら、ギルマスにあずけて有効利用してもらったほうがいいだろうし。

「では、提供してもらうアイテムだが……」

話し合った結果、『ＨＲ』以下の消耗品や装備などのアイテム類とオーブ、そしてクリスタルをすべて提供することになった。正直、そこらへんのものはほとんど使わず、どんどん増えていくばかりだったから、むしろ整理できてありがたいくらいだ。

今後も召喚で手に入れたアイテムは、随時提供してほしいとのことなので、それにも同意した。自分たちのために質のいいアイテムやスキルを用意するには、これからもセックスは続ける必要があるし、そうすれば自然と価値の低いアイテムも大量に得られるからな。

「うむ、では確かに受け取った。今後ともよろしくたのむぞ」

ギルマスに言われて彼と握手すると、驚いたことにアイテムの譲渡は瞬時に実行された。

都合三十分ほどで、ギルマスとの初対面は終了した。

一階のカフェスペースで待機していたエリナたちと合流した俺は、ギルマスからの依頼と報酬について説明した。

「そっか、それじゃこれからいろいろがんばらないとねー」

「そうだな、とりあえず今日のところは討伐をがんばりますか」

「そうですねぇ。できることをやりませんとねぇ」

ちなみに〈精力増強〉スキルは早速習得してみたが、いまのところこれといった変化はない。いずれその効果を実感できるときが来るのだろうか。

「しつけーんだよアンタら！　さっさと失せなっ!!」

いざカフェスペースの席を立ってダンジョンへ向かおうとしたところで、女性の怒鳴り声が聞こえた。どこかで聞いたような……と思いつつ声のほうへ目を向けると、少し離れたテーブルでふたり組の女性と三人組の男性が言い争っているのが見えた。

男性のほうはこちらに背を向けているので顔はあまりわからないが、女性のほうは確認できた。ふたりとも、全身をすっぽり覆うようなローブを身に着けている。ひとりはフードを被っていたが、そこから緑髪と大人しそうな容貌が見え隠れしている。もうひとりはフードを脱ぎ、明るい金髪と気の強そうな顔を晒していた。

「あの子たち、最初に一緒だったわよね、たしか」

エリナの言葉で思い出した。エロい視線を向けてたおっさんを蹴飛ばしていた元ヤンっぽい娘と、突然泣き出した黒髪さんかな。髪色は変えてるみたいだけど。

「こっちは親切で声かけてやってんだぜ？　ちょっとくれぇ話聞いてくれてもいいだろうがよ」

三人組のひとりがそう言った。その声にも聞き覚えがある。

ヨシエさんを一瞥すると、彼女も声の主に気づいたのか眉をひそめていた。

「あの声、カズマさんですねぇ……」

カズマこと箕浦和馬は、以前に俺を腰抜け呼ばわりし、ヨシエさんをクラン『アイアンフィスト』に勧誘しながら身ぐるみを剥いで放り出した男だ。あいつ、まだ強引な勧誘をしてるのかよ。

「何度も言ってますけど、間に合ってます」

「そうそう。イノリが言うとおり、アタシたちふたりで充分やっていけてるんだから、余計なお世話だっての」

緑髪さんの言葉に、元ヤンさんが同意の声を上げる。

「でもよ、大氾濫の話は聞いただろ？　クランに入ってなきゃ、最悪死ぬぜ？」

「防衛戦本番でもポーションなんかが不足して、ソロとか少人数パーティーは苦労するって話だぞ」

「ウチのクランはいま、本番に備えてアイテムの大放出をしてるんだ。入るならいまだと思うぞ？」

カズマとその取り巻きが、嘲るような口調で言う。

「大体よぉ、なにが気にくわねぇんだ？　片方は格闘系スキルも持ってないってのに、両方まとめて面倒見てやろうってんだからよ。感謝してほしいくらいだぜ！」

そう言ったカズマを見ながら、元ヤンさんが鼻で笑う。

「聞いたよ。アンタのほうこそ格闘系スキル持ってないのに、『アイアンフィスト』に入れてもらったって話じゃん。結局誰でもいいんじゃない？」

そういや『アイアンフィスト』って、格闘系のスキルを先天スキルに持ってるやつだけを集めたクランだったよな。なのに、カズマはそれを持ってなかったのか？

「オレは特別なんだよ。なにせ元はプロの総合格闘家だからな」

へぇえ、そうなんだ。

「なにそれ、アンタのことなんて知らないんだけど？」

「ふん、マイナーな団体だからな。だが、実力は確かだぜ？」

元ヤンさんがバカにするように言ったが、カズマは特に気にした様子はない。

「ほんとに格闘家なの？　フードファイターじゃなくて？」

「……バカにしてんのか？」

おや、今度は気に障ったようだ。沸点がよくわからんな。

「アヤノちゃん、行こ」

「そうね。こんな連中の相手するだけ、時間の無駄だわ」

緑髪さんの言葉でふたりは席を立ち、カズマたちを無視してカフェスペースをあとにした。

「後悔してもしらねぇからな！」

去って行くふたりの背に向けてそう叫んだカズマだったが、負け惜しみにしか聞こえなかった。

○●○●

それからは怒濤の日々が始まった。

日中はギルドから指定された階層へ行き、ひたすらモンスターを倒しまくった。行き先となる階層は探索者ランクやモンスターの発生状況を見て決められるようで、その日その日で違っていた。

どの階層へ行こうと、いつもの草原エリアには現れないようなモンスターが、大量発生していた。

たまにアンデッドモンスターが現れるものの、日光を受けてすぐに消滅するさまはちょっと憐れに思えたけど。

ドロップアイテムの回収に関しては、特別に編成された回収班と呼ばれる人たちが一手に担っていた。隠密行動や高速移動、回避スキルなどに優れた人たちで構成されており、普段は斥候(せっこう)役の探索者が多いみたいだ。フィールドはどこも乱戦状態で、俺たち討伐組はとにかく目についたモンスターをひたすら狩っていくから、索敵なんかはあまり必要ないんだよな。

あと、ギルマスと話した翌日から、さっそくアイテムやオーブ、クリスタルの配布が始まった。クランに所属していない、下級〜中級探索者を中心に配られたので、戦力の底上げにはもってこいのようだ。それと、渡したアイテムには工具類も含まれているので、陣地設営も当初の予想を大幅に上回る規模となっているとのことだった。もっとがんばってほしかったので、工具については高レアリティのものも含めて提供することにした。

日中の討伐作業を終えたあとはミサキさんの待つ風俗店へ行き、三時間ひたすらセックスをする。かなり激しく攻め立てたが、さすがプロだけあってきっちりと受け止めてくれた。

店を出るころにはとっぷりと日も暮れている。家に帰ったあとは食事と風呂を済ませ、ひと息ついたところでセラとエリナを相手にセックス。エリナには日中の討伐もあるので無理をするなと言っているけど、役に立ちたいという思いからか、ポーションを飲みながらがんばってくれる。

エリナやミサキさんと違ってレベル補正のないセラにとって、高レベルの俺と毎日セックスするのはかなりの負担だろう。毎日『紫』での〈九十九連召喚〉をノルマにしており、『青』と『赤』も合わせると多い日で五〇〇個近いアイテムを召喚しているから、それも相当しんどいはずだ。それでも彼女は、一切の不満を言わずに協力してくれる。ほんとうにありがたいよ。

あと、ヨシエさんが家のことをしっかりとやってくれるので、生活が維持できている部分もある。討伐とセックスに集中できるのは、彼女のおかげだ。

そんな濃密な日々に変化が訪れたのは、討伐作業を始めて六日目のことだった。

探索中にエリナが倒れ、魔法やポーションでも治せない事態に陥ったのだ。慌てて地上に戻り、ギルド経由で医師に診せると、どうやら疲労の蓄積によって回復が阻害されていたようで、地上でしばらく休めば治ると知りひと安心した。だから今夜くらいはゆっくりしようと思ったのだが……。

「だめよ。もう少しアイテムがあれば……って後悔するあなたの姿を、見たくないもの」

とエリナに諭され、俺はひとり風俗店へ向かうこととなった。

いつものようにミサキさんを指名し、シャワーを浴びたあと、備え付けのソファに並んで座った。

そして俺は今日の出来事について話した。

「そう、大変だったわね。ハルマくんは大丈夫？」

「うん、俺はギルマスのくれたスキルがあるから」

もらったときは意味あるのかな？　って思ってたけど、こんな形で実感するとはね。

「それより、ミサキさんは大丈夫？　かなり無理させてる気がするんだけど」

「いまはハルマくん専属だから、一日三時間労働なのよ？　無理なんてしてないわ」

「そうかもしれないけど……」

三時間、とにかくイカせまくってるから、かなり疲れそうな気がするんだが。

「ふふっ、そうね。正直に言うと、ハルマくんとの三時間は、フルタイムで働くより疲れるわね」

「じゃあ……」

「だけど、ハルマくんがクリスタルをくれるおかげでレベル差も埋まったし、エリナちゃんと違ってしっかり休めるから、大丈夫よ」

「そっか」

エリナはフルタイムの重労働を終えたあと、俺とセックスしていたもんな。ミサキさんのほうが絶頂の回数は何倍も多いけど、それでも休める時間が長いってのは大きいんだろう。

「でも、そうねぇ」

俺の話を聞き終えたミサキさんは、少し思案する様子を見せると立ち上がり、備え付けのキャビネットからローションのボトルを手に取った。そして浴衣のような制服の前をはだけて乳房を晒すと、谷間にローションをたっぷりと垂らしていく。

「うふ、失礼するわね」

彼女はそう言うと、右手で自身の乳房にローションを塗りたくりながら、ソファに座る俺の前で膝立ちになる。

「あの、ミサキさん……?」

イチモツはすでに勃起している。エリナのことがあったのでそういう気分にはならないかもしれないと心配していたが、シャワーを浴びているうちに大きくなり始め、ミサキさんを前にすると一気に怒張した。これも〈精力増強〉の効果かもしれない。

「楽にしてね」

そう言いながら、彼女は俺のイチモツを乳房で挟み込んだ。いつもとは違う、ふわりとした柔らかな感触に、肉棒が包まれる。

「ミサキさん、これ、なんの意味が……」

俺はセックスをしなくちゃいけない。ミサキさんをイカせなくちゃいけない。だから、いつもは前戯もそこそこに挿入していた。彼女はプロだから、それでもちゃんと感じて、イッてくれるのだ。でも、さすがに女性側がパイズリでイクのは無理だろう。じゃあなぜ、彼女がこんなことを……。

「ハルマくん、このところずっとあたしたちをイカせるためにセックスしてたでしょ？」

「それは、もちろん。でも、俺だってちゃんと気持ちよかったから……」

俺がそう答えると彼女は顔を上げ、少し寂しげな笑みを浮かべた。

「たまにはさ、ハルマくんだけが気持ちよくなってもいいいんじゃない？」

そう言いながら、ミサキさんはしっかりと胸で奉仕してくれる。ローションまみれの谷間からはぬちゅぬちゅという音が鳴り、ときおりイチモツの先端が顔を出している。

「これはね、いつもがんばってるハルマくんへのご褒美。なにも考えずあたしに委ねてほしいな」

その言葉に、なんだか少し軽くなったように感じた。なにが、と言われても答えづらいんだけど、肩の荷ってやつかな。

俺ひとりが、がんばってるわけじゃないんだよな。いま目の前で奉仕してくれるミサキさんを始め、エリナ、ヨシエさん、そしてセラ。そんな素晴らしい女性たちに、俺は支えられてるんだ。最初からわかっていたことだけど、今日あらためて実感させられたよ。

「んっ……ハルマくん、どう？」

「すごく、気持ちいいです」

ローションまみれの素肌ごしに感じる柔らかな乳肉がもたらす刺激は、膣とはまた違った趣が
あった。肉襞のように複雑な快感とは異なるが、これはこれで気持ちいい。なにより俺をいたわろ
うというミサキさんの思いに、胸が温かくなるのを感じた。

「あむ……れろぉ……」

谷間から突き出た亀頭がミサキさんに咥えられ、舐め回されることで、快感が一気に加速した。

「ミサキさん、もう……」

「くちゅ……じゅぶぶ……んふ……」

乳房で竿を挟み、先端を咥えたまま俺を見る彼女の目が、笑みをたたえる。そこからさらに激し
く攻められた俺は、躊躇なく絶頂を迎えた。


――どぴゅるるっ！　びゅる!!　びゅくんっ……!!


ミサキさんの口内に射精する。

「んぶっ……ごく……こく……」

彼女は口の端から精液を漏らしながらも、喉を鳴らして飲んでくれた。

そのあとは俺のほうからミサキさんを押し倒し、セックスへと移行した。パイズリのおかげで興が乗ったのか、彼女はいつも以上に絶頂を繰り返し、三時間では満足できず一時間延長した。

○●○●

その日の夜は食事と風呂を終えて、すぐに寝た。エリナはもちろん、セラにも休んでもらった。

いつもより早い時間に寝たせいか、夜中に目が覚めてしまう。とりあえずトイレに行こうと部屋を出ると、一階のリビングに薄明かりがついているのに気づく。

「ヨシエさん？」

「おや、見つかってしまいましたねぇ」

階段を下りてリビングに入ると、ヨシエさんがひとりで晩酌していた。トイレを済ませた俺は、ご相伴にあずかろうと思い、彼女の隣に座る。

「ヨシエさん、いつも晩酌を？」

「毎晩というわけではないですが。秘かな楽しみですねぇ」

「もしかして、お邪魔でした？」

「いえいえ、付き合っていただけるなら、それはそれで楽しいですよぅ」

そう言いながらヨシエさんはとっくりを手に取り、新たに用意したお猪口に酒を注いでくれた。

彼女お手製のつまみとともに、お酒を堪能する。

「そういえばヨシエさんって、まだ目が悪いんですか？」

彼女は出会ったときからずっと、メガネをかけている。こちらに来た時点で全盲の人でも目が見えるようになるんだから、近視や遠視なんかは治りそうなものだけど。

「ふふっ、実はこれ、レンズが入ってないんですねぇ」

ヨシエさんはフレームに指を入れて伊達メガネであることをアピールしながら、いたずらっぽく微笑んだ。その仕草や表情に、少しドキリとしてしまう。

「そ、そうなんですね。なんでまた伊達メガネなんかを？」

動揺を隠すように視線を逸らしながら、尋ねる。

「あちらではずっとかけていましたからねぇ。ないと、落ち着かないんです」

いま隣にいるヨシエさんは、見た目アラフォーのおねえさんだ。出会ったときがおばあちゃんだったからこれまであまり意識してこなかったが、今夜あらためて容姿の変化に気づいてしまった。

そうなると、ヨシエさんの一挙手一投足に目がいってしまう。

「ヨシエさんが着てるのって甚平(じんべえ)ですか？　そういうの、こっちにもあるんですね」

「ええ、あちらではずっと和装だったので、こういうのは助かりますねぇ」

以前はザ・おばあちゃんというふうにしか見えなかった甚平姿のヨシエさんだが、いまは、こう、なんというか……いいな。若返って背筋が伸び、肉付きがよくなったせいで甚平の布が少し足りないように見えるのだが、それも、いい。

やばい、俺、さっきからずっとヨシエさんのこと見てるわ。

「んく……ぷふぅ……」

お猪口をあおり、お酒を堪能したヨシエさんが、大きく息を吐きながら背中を丸める。その拍子に甚平の衿が緩み、乳首がちらりと見えた。

「あら、やだ」

俺の視線に気づいたのか、ヨシエさんが慌てて衿を直す。

「ごめんなさいねぇ、お見苦しいものを……」

「見苦しいだなんてとんでもない！」

俺は思わず大声を上げてしまい、ヨシエさんが目を見開く。いやでも、さっき見えたおっぱいは形もよかったし、ちらりと覗いた乳首もきれいだった。

「いやですよハルマさん、年寄りをからかっちゃあ」

「いや、ヨシエさんいま、きれいなおねえさんですから」

自嘲気味な笑みを浮かべていたヨシエさんだったが、俺の言葉で改めて驚きの表情となる。顔が真っ赤になっているのは、酔いのせいだけじゃなさそうだ。

「ふふっ」

だが、ヨシエさんはすぐに呆れたような笑みを漏らした。

「そんなこと言っても、私のことなんて抱けやしないでしょう？」

「抱けますけど？」

「えっ？」

三度目の驚愕。俺もさらっと言えたのはお酒の力があるのかもしれないけど、本心であることはたしかだ。いまのヨシエさんなら、余裕で抱ける。

「あぅ……その……」

呆然としていたヨシエさんはふと我に返ると、俯いてもじもじし始めた。

「えっと……私、おばあちゃんですよ？」

顔を赤らめたままの彼女は、俯き気味のまま上目遣いに俺を見て小さく呟いた。

「年齢は関係ないでしょう。若返りのできるこの世界なら、なおさら」

「そういうものですかねぇ……」

彼女は静かにそう言うと、視線を落とした。そのまましばらく、無言の時間が過ぎる。

一分くらい経ったころだろうか。ヨシエさんがふたたび、視線を俺に向けた。

「それじゃ……なさいます？」

控えめに言う彼女の言葉に、股間が大きく脈打つ。

「なさいましょう！」

「ハ、ハルマさん、声が……！」

彼女は慌ててそう言い、エリナとセラが寝ている部屋のドアに目を向ける。そうか、あのふたりに知られるのは、まだ恥ずかしいんだろうな。

「じゃあ、俺の部屋にいきます？」

ここでそのままってのも悪くないけど、ヨシエさんは気が気じゃないだろう。彼女の部屋だと、音が漏れるかもしれないし。そう思って尋ねると、ヨシエさんは無言でうなずいた。

「それじゃ、ご案内しますね」

「ひゃぁっ!?」

勢いよくお姫さま抱っこすると、ヨシエさんはちょっとマヌケな悲鳴を上げた。うん、かわいい。

「ちょ、ちょっと、ハルマさん?」

「エスコートはおまかせあれ、お嬢さん」

「お、お嬢さんだなんて……そんな……」

彼女は俺の腕の中で、自身の頬に両手を当てて身体を小さくよじった。なんとも昭和な恥じらい方に、俺は胸をキュンキュンさせてしまった。

○●○●

ヨシエさんを抱えたまま、星明かりが射し込むだけの暗い寝室に入った。灯りはなくてもいいか。

「はぁ……ふぅ……」

腕の中で俯き加減に身を縮めるヨシエさんの呼吸は荒く、とくとくと速い鼓動も伝わってくる。かなり緊張しているみたいだ。

「ヨシエさん」

俺が名を呼ぶと、彼女は軽く顔を上げた。暗い中でも、メガネの奥にある瞳が潤み、頬を上気させているのがわかる。そんな彼女の視線を受けながら、俺はゆっくりと顔を近づけた。意図を察したのか、ヨシエさんは一瞬だけ目を見開いたあと、すぐまぶたを閉じて俺を迎え入れる。

「ん……」

唇同士が重なる。

ぷるぷるとした柔らかな感触を少し堪能したところで、俺はゆっくりと舌を出した。

「あむ……んぅ……」

ヨシエさんは小さく口を開き、俺の舌を受け入れてくれた。

「れろ……ちゅる……んちゅ……」

それから互いに舌を絡め合った。最初はただ受け入れるだけだったヨシエさんも、やがて自分から舌を出して俺の口内を舐め回してきた。互いの舌と唾液とが絡み合う、ねちゃねちゃとした音が暗い寝室に響いた。

「ちゅぷ……じゅる……んはぁ……はぁ……ふぅ……ふふっ……」

どちらともなく顔を離し、キスが終わると、ヨシエさんは恥ずかしげな笑みを漏らす。

「口を吸われるのなんて、何十年ぶりですかねぇ」

そして照れたようにそう言った。言い回しになんとなく時代を感じながらも、俺は彼女を抱えたままベッドに向かって歩いた。

「おろしますね」

無言でうなずく彼女を、ゆっくりとベッドに横たえた。

キスで少しはリラックスしたようだが、それでもヨシエさんの緊張はほぐれきっていないようだ。

「もう長いこと、こういうのとは無縁でしたからねぇ……」

上目遣いに俺を見ながら、彼女は照れたようにそう言った。

「大丈夫、俺に任せてください」

俺は安心させるようにそう言ってヨシエさんにまたがり、腰のあたりにある衿先の紐をほどいた。

「ん……」

それを見てヨシエさんが少しだけ身を縮めたが、抵抗のそぶりは見せなかった。前立ての裾当たりから手を入れ、もう片方の紐をほどいた俺は、彼女が纏っていた甚平を開く。

ふくよかな乳房が、露わになった。

晒されたその肌は、星明かりを受けて青白く見えた。少し外向きに膨らむ乳房の中央、そこにある乳首は今は薄紫だが、照明や日光の下では淡いピンク色なのだろうと想像がついた。

「胸、大きいですね」

ヨシエさんの乳房を見下ろしながら、つい口にしてしまう。彼女の胸は、思っていた以上に大きかった。EとかFとか、それくらいはあるんじゃないだろうか。

「若いころは、こんなに大きくなかったはずなんですがねぇ……」

ヨシエさんが恥ずかしげに答える。彼女が若いころといえばまだ物が不足している時代で、成長期に栄養状態が悪かったせいだろうか。

まぁ、細かいことを気にしてもしょうがない。俺は考えるのをやめ、彼女の乳房に手を伸ばした。

「ん……」

手のひらが肌に触れた瞬間、ヨシエさんは吐息のような声を漏らして顔を逸らした。

「やわらかい……」

思わず声に出してしまうほど、胸は柔らかかった。軽く置いただけの手指が、沈み込んでしまう。

「もう……やめてくださいよぅ……」

ヨシエさんは恥ずかしげに顔を逸らしたまま、少し責めるような視線を俺に向けた。

「はは、すみません。でも、すごくいいです」

俺はそう言いながら、両手で彼女の乳房を揉（も）み始めた。

「あんっ……んっ……！」

その刺激に、ヨシエさんは微かに喘（あえ）いだ。

「あっ……ふぅ……んんっ……」

できるだけ優しく、ゆっくり乳房を揉む。するとヨシエさんは、恥ずかしげに顔を赤らめながら、小さな声を漏らした。

おっぱいの感触をしばらく堪能したところで、乳首を軽くつまんでやる。

「はぅんっ！」

するとヨシエさんは、ピクンと身体を仰（の）け反（ぞ）らせた。

俺は乳首を指先で転がしながら、彼女の乳房へ顔を近づけ、舌を伸ばした。

「ひゃうっ……！　ハルマさん……それ、ダメですよぅ……」

ヨシエさんの抗議を無視して、俺は片方の手で乳首をもてあそびながら、もう片方を舐め回した。

舌や指先の動きに合わせて彼女は声を漏らし、身体を震わせる。そんなヨシエさんの反応を楽しみつつ、俺は乳首を舐め回しながら片方の手を股間へと滑らせる。

「んぅ……まって、ハルマさん……」

俺の意図を察して声を上げるヨシエさんだが、抵抗するそぶりはない。そのまま手を伸ばして甚平の腰紐をほどき、緩んだウエストから手を差し込むと、指先にふわりとした毛の感触があった。

「ヨシエさん、下穿(は)いてないんですか？」

「つい、着物の習慣で……」

俺の問いかけに、彼女はそう答えた。そういうものかと深く考えず、俺はさらに手を伸ばす。

ねちょ……。

「んんーっ！」

指先が秘部に触れるや、ヨシエさんは身体を反らした。そこはすでに、ねっとりと濡れていた。

表面をじっくりとなぞったあと、指先を割れ目に差し入れる。

「ああっ！」

くちゅり、という音とヨシエさんの喘ぎが重なった。

「はぁっ……あっあっ……だめですよぅ……こんなのぉ……!!」

膣の浅い部分をくちゅくちゅとかき回すと、彼女は戸惑いながらも喘ぎ、身体を揺らした。久々の快感に、少し驚いていているようだった。俺は乳房への愛撫をやめ、彼女の股間から手を引き抜くと膝立ちのまま少し後ずさりし、甚平のウエストに左右の手をかける。

「あ……」

そんな俺にヨシエさんはなにか言おうとしたが、その前に俺は甚平の下を脱がせた。窓から射し込む星明かりの下に、ヨシエさんの下半身が完全に晒される。

ほどよく肉付きのいい下腹、ふくよかな尻、むっちりとした太ももなどが目に飛び込んでくる。上は一応甚平を羽織っているが袖だけが通されている状態で、胸元から乳房、腹などが露わになっていた。なんともエロい格好だ。視線を落とせば、愛液に濡れた恥毛と、その陰にある秘部が見えた。指先でもてあそばれたせいか割れ目は少し開き、奥にある花弁が見え隠れしている。

「ん……」

内ももに手を当てて軽く促すと、ヨシエさんは恥ずかしがりながらも脚を大きく開いてくれた。そうやって完全に晒された彼女の股間に、俺は顔を埋めた。秘部から漂う甘酸っぱい香りに少しくらくらしながら、舌を伸ばす。

「んひぃっ……!」

舌先が花弁に触れるや、ヨシエさんは俺の頭を軽く押さえながら悲鳴を上げた。

「ひゃ……あぁ……それ、だめですよぅ……」

彼女はそうやって少し抵抗しようとしたが、俺は無視して舌を動かし続けた。陰唇をなぞるように舐めたあと、尖らせた舌先を膣口へねじ込む。

「あっ……ああっ……だめ……ハルマさん……!」

指先でかき回されるのとは異なる快感に襲われながら、ヨシエさんは細かく身体を震わせ、喘ぎ続ける。粘膜をねぶり倒したあと、続けて陰核を攻め始めた。舌先で包皮をめくり、露わになった肉芽を舐め回す。

「あっあっ！　だめです、ハルマさん……だめですよぅ……!!」

俺は陰核を舌先で転がしながら、膣口に指を突っ込んだ。すでにほぐれていた肉壺は、俺の中指を抵抗なく飲み込んでいく。

「いやっ！　ハルマさん、これ以上はぁっ!!」

そんなヨシエさんの声を無視して、容赦なく攻め続けた。陰核を舐めながら、突っ込んだ指で膣肉をかき回す。ぐちゅぐちゅといやらしい音が鳴るとともに、秘部からは淫液が溢れ出していた。

「あっあっああーーーっ!!」

やがて彼女はひときわ大きな声とともに、身体を硬直させた。それと同時に、膣口からプシャッと潮を吹いた。それを確認した俺は、彼女の膣から指を抜き、股間から顔を離して身体を起こした。

「はぁ……はぁ……はぁ……」

ほどなくして身体を弛緩させたヨシエさんは、ぐったりとベッドに身を預けたまま、俺を見る。頬を赤くしたヨシエさんは、メガネの奥から少しだけ恨めしそうな視線を向けていた。

「すみません、ちょっとやりすぎちゃいましたか」

「……別に、かまいませんけどねぇ」

彼女はそう言いながらも、軽く唇を尖らせていた。その表情がなんともいえずかわいらしい。

甚平に腕だけを通し、乳房も秘部もさらけ出したまま、ヨシエさんは膝を立てて脚を開いた状態で、荒い呼吸を繰り返していた。肌の表面には汗が滲み、胸元が少し赤らんでいるのがわかる。

散々にかき回された割れ目はぱっくりと開き、かすかに蠢く花弁は愛液を纏って妖しく光っているようだった。そんな淫猥な彼女の肢体を見下ろしながら、俺はルームウェアを脱いで全裸になった。

「ハルマさん、それ……」

いきり勃つイチモツを見て、ヨシエさんが息を呑む。血管を浮かび上がらせた肉茎は硬直し、赤黒い亀頭はパンパンに膨らんでいた。先端から溢れ出しした粘液が、裏筋を伝い落ちていく。

「すごい、ですねぇ……」

俺のイチモツが想像以上だったのか、彼女はそんなことを言った。巨根、というほどではないが、どちらかと言えば大きい方だと思う。以前は標準サイズだったが、ここへ来てふた回りほど大きくなったような気はするな。レベルのおかげか、スキルのおかげかはよくわからないけど。

「それじゃ……」

俺はイチモツをつかみ、先端を彼女の秘部にあてがった。

「んんっ……」

その瞬間、ヨシエさんが小さな声を上げ、ピクンと身体を揺らす。わずかに触れただけで、愛液に濡れた花弁が亀頭にまとわりついてきた。

「いきますね」

返事を待たず、俺はゆっくりと腰を押し出した。

「んふぁ……！」

ぬぷり、と肉棒が飲み込まれるのと同時に、彼女は小さな喘ぎ声を漏らした。数十年ぶり、ということで少し心配だったが、イチモツはとくに抵抗を受けることなく根本まで飲み込まれた。

「はぁ……はぁ……」

ヨシエさんはメガネ越しに不安げな視線を向けていたが、ほどなく口元が緩む。

「ふふ……この感覚、本当にひさしぶりですねぇ……」

彼女は安堵したように、そう言った。

「動いても、よさそうですか？」

「はい。ハルマさんの好きにしてくださいねぇ」

心身ともに準備は整ったようなので、俺はゆっくりと腰を動かし始めた。膣内もしっかりほぐれているようで、肉棒を引き抜き、押し込んでも、とくに抵抗はない。まとわりつく粘膜が肉棒を心地よく刺激しながら、ぬちゅぬちゅと卑猥な音を立てた。

「んっ……ふぅっ……んんっ……」

ヨシエさんは少しだけ眉を寄せながら、吐息とも喘ぎともとれるような声を漏らし、自身の内側を犯される感触に身を委ねているようだった。痛みはなさそうなので、徐々にペースを上げていく。

「んっんっ……はぁっ……！　あっあっあっ！」

ヨシエさんの腰を掴みながら腰を振る。その動きに合わせて柔らかな乳房がゆさゆさと揺れ、股間を打ち付ける衝撃に尻肉が波打った。こじ開けられた膣口からは愛液にまみれた肉棒が何度も出入りし、それが繰り返されるたびに互いの快感が高まっていく。

「あっあっあっ！　ハルマさん、すごいっ……きもち、いいですよぉ……!!」

彼女は仰向け(あおむ)でベッドに身を預けたまま、俺を受け入れてくれた。完全に受け身の状態だが、それでも行為に快感を覚え、それを言葉で伝えてくれる。その言葉に嘘がないのは、肉棒にまとわりつく粘膜の感触でなんとなくわかった。

イチモツを押し込み、先端が最奥部を突くと、その刺激に膣腔がキュンと締まる。最初はほとんど動く様子もなかったのだが、繰り返し刺激していくうちに、反応が強くなってきた。

「あああぁっ!! こんな……久しぶりなのに、私……もうっ……!!」

ヨシエさんが絶頂に近づいているのを感じ取る。

「いいですよ、ヨシエさん。俺も、もうすぐなので」

キュンキュン締まる膣の刺激に、俺のほうも限界が近づいてきた。

「あっあっ! 一緒に……おねがいしますっハルマさんっ……!」

「ええ、一緒にイキましょう……!」

俺はさらにペースを上げ、激しく彼女を犯し続けた。接合部からはジュブジュブという音とともに、粘液が溢れ出している。互いの性器をこすり合いながら、俺たちは限界まで高め合った。

「ヨシエさん……!!」

「ハルマさんっ出してくださいぃっ!!」

——びゅるるるるーーーっ!! どびゅるるるーっ!! びゅるるるっ!! びゅるんっ!!

彼女の腰を思い切り引き寄せ、股間を押し出しながら射精した。肉棒は根本まで埋まり、亀頭は彼女の子宮口を突き上げている。そんな状態のまま、先端からは何度も精液が放出された。

「あはっ……あっ……はぅっ……！」

ヨシエさんは身体を弓なりに反らしながら、何度も身体を震わせた。膣肉に包まれた肉棒は何度も脈打ち、そのたびに快感が全身をほとばしる。

「あぅ……ふぅ……はぁ……はぁ……」

絶頂の快感が落ち着いたのか、硬直していた彼女の身体から力が抜けた。

「ふぅ……」

ヨシエさんは仰け反らせていた背をベッドに預け、大きく息を吐き出した。肉棒を包む膣腔の圧力が弱まるの感じた俺は、ゆっくりと腰を引く。

「んぁっ……」

まだ硬さの残るイチモツが抜けきった瞬間、ヨシエさんは一瞬だけ身体を強(こわ)ばらせた。肉棒が完全に引き抜かれたあとの膣口から、ドロリと精液が溢れ出す。

「ああ……この感覚、懐かしいですねぇ」

ヨシエさんはうっとりとした表情のまま、そう呟いた。

俺はヨシエさんから少し離れて尻をつき、あぐらをかいた。一度のセックスを終え、べっとりと汚れた肉棒は、まだ硬さを失っていない。

「ふふ……」

そんな俺の様子を見たヨシエさんが、ゆっくりと身体を起こした。

「ヨシエさん、大丈夫ですか？」

「ええ、問題ありませんよぅ」

彼女はそう言いながら、俺に這い寄ってくる。

「というか、まだまだ物足りませんねぇ」

そう言いながら微笑むヨシエさんに、俺はドキリとした。どうやらさっきのセックスが、彼女のなかに眠っていたものを刺激し、目覚めさせてしまったようだ。

「いいですね。俺もまだまだし足りないんですよ」

だがそれは、望むところだった。

「それでは引き続き、お相手ねがえますかねぇ」

「ええ、よろこんで」

それから俺たちは、気が済むまで互いを貪り合ったのだった。

○●○●

翌朝目覚めると、ヨシエさんの姿はなかった。部屋を出ると美味そうな匂いが漂ってきたので、先に起きて準備をしてくれているのだろう。

一階に下りると、セラとエリナがテーブルに着いていた。

「ご主人さまおはよー！」

「おはよ、ハルマ」

「おう、ふたりともおはよう」

「ゆうべはお楽しみだったみたいね」

挨拶もそこそこに投げられたエリナの言葉に、キッチンからガタンと音がした。

「あー、うん。まぁ、そういうことだ」

俺がそう言っていると、ヨシエさんがパタパタと駆け寄ってきた。

「セラちゃん、エリナさん……ゆうべのは、その……」

「いいえ、時間の問題だと思ってたし、むしろ遅かったんじゃないです？」

「うんうんそうだねー。とにかくヨッシーおめでとー」

申し訳なさそうなヨシエさんだったが、セラもエリナもケロッとしたものだった。そんなふたりの様子に、ふっと安堵の笑みを漏らしたヨシエさんだったが、すぐに表情をあらためる。

「あの、私もこれからはお勤めをがんばりますので、よろしくお願いしますねぇ」

彼女は俺たちを見回したあと、そう言って頭を下げた。俺としてはなにも考えずヨシエさんとのセックスを楽しみたいけど、いまはそうも言ってられないか。

「ええ、よろしくお願いします」

「セラ、ヨッシーと一緒にご主人さまとするの、楽しみだよー」

「ちょ、ちょっとセラちゃん……！」

セラの無邪気な言葉にヨシエさんは顔を赤らめ、少し慌ててそう言った。

「まぁこれで当面の問題は解決ってことかしらね」

「ああ、そうだな」

セラとミサキさんには毎日がんばってもらい、エリナとヨシエさんには一日ずつ交代してもらうことになった。これで誰かが疲労に倒れることなく、アイテムを得られるだろう。


予想どおり、それからの討伐作業とアイテム供与は順調だった。俺たちが大量に提供するアイテムのおかげか、探索者たちの実力が日に日に上がっているのを実感できた。

配布されるクリスタルでレベルアップし、オーブでスキルを充実させ、装備を調(ととの)える。そのうえで実戦を経験すれば、三級になるのもそれほど難しくないのか、討伐に参加する探索者がかなり増えた。そのぶん一階層の陣地設営が手薄になるが、それは普段ダンジョンに入らない支援者を強化して増員しているようだ。戦いの苦手な支援者だが、モンスターが街に溢れれば自分たちが餌食になるとわかっているので、意欲的に参加する人も多いらしい。

そんなこんなでさらに数日が経過した朝のこと。俺たちはいつもどおり受付に行くと、ギルドの職員さんが緊迫した眼差しを向けてきた。

「一階層へ行き、指示された皆に向かってください。本日よりしばらくのあいだ、二階層以降への転移は停止されます」

ついに防衛戦の本番が始まるときが来たのだった。

第2章　大氾濫

ダンジョン一階層は周囲が森や山に囲まれた、なだらかな平原となっている。

周囲の地形によって多少歪(いびつ)ではあるものの、ほぼ円形のエリアであり、その直径は約10キロメートル強と、ちょっとした地方都市なみの面積を有している。

その外周に沿って、エリアを囲むように八つの砦が設けられていた。エリア中央に敵を集中させることになってしまうが、背後からの不意打ちを喰らうよりはまし、という考えらしい。どこで発生するかわからないモンスターだが、エリアの外側に現れることはないからな。

俺たちが配置されたのは第八砦だ。岩山を背に設置された砦なんだが……。

「でかっ!!」

砦は思っていたよりも大きかった。ちょっとしたスーパーマーケットほどの広さで、高さは三階建てくらいかな。コンクリートのように見える壁は、木材で組んだものを土魔法でコーティングしているそうだ。言うなれば、木筋コンクリートってところか。急ごしらえでひと月ほどもてばいいものなので、これで問題ないのだとか。結構頑丈だし、それなりの耐火性もある。

砦の周囲には高さ五メートルほどの、同じく木筋コンクリート製の防壁が張り巡らされていた。

その内側にはロッジやらテントやらが多数建てられた居住スペースがあり、探索者はそこで寝泊まりできるのだ。とはいえ、防衛戦中もダンジョンの出入りは自由なので、俺たちはギルドの近くに部屋を借り、そこへ帰ることにしていた。少々家賃はかかるが、金は有り余っているし、さすがに自宅から動けないセラを何日もひとりにしておけないからな。

砦内には支援者やギルド職員などの非戦闘員も多数おり、探索者をサポートすべく動いていた。

街からはさまざまな物資が運び込まれ、回収班の集めたドロップアイテムが次々に納品されていく。

「まじギルドって太っ腹だし。誰かさんの勧誘なんて断って正解だったわー」

砦内を散策していると、聞き覚えのある声がした。そちらを見ると、白いオシャレなローブを着た金髪の女性、元ヤンさんことアヤノさんがいた。その傍らにはブラウンの質素なローブを着て、あいかわらずフードを目深に被る緑髪の女性、イノリさんもいる。

「ねぇ、単独パーティーは物資不足で困るって、いったいどこ情報なんですかぁー？　アタシらぜんぜん困ってないんですけどぉー？」

煽るように言うアヤノさんの視線を追うと、その先にはカズマがいた。

「ふんっ……！」

カズマはわざとらしく鼻を鳴らすと、メンバーらしき男性ふたりを連れてその場を去っていった。

にしても、彼らと同じ地区を担当するとは、奇遇だな。ほかにも見知った顔がいるかもと思ったが、少なくとも見回った範囲にはいなかった。

砦内には無料配布の食事以外に、有料の屋台などもたくさん出店されている。まるでお祭り騒ぎだなと思いつつ、俺たちはどこか浮ついた雰囲気に流されながら、屋台で買い食いをしていた。

《防衛戦に参加する探索者は正午までに砦正面に集合してください》

突然、頭の中にメッセージが流れた。メッセージはその場にいた全員が受け取ったようで、どよめきとともに浮かれていた雰囲気が冷めていくのを感じた。

防衛戦開始前とはいえ、戦いがおこなわれていないわけではない。現在進行形で討伐班が戦っており、それは陣地設営中もずっと続けられていたのだ。そうじゃないと一階層にはモンスターが溢(あふ)れかえり、陣地設営どころではなかっただろう。それでも徐々にモンスターの数は増え続け、この階層の討伐班だけでは抑えきれなくなったのと、砦などの設置が終わったので、他の階層で活動していた探索者も集めて一斉攻撃に移ろうというわけだ。

《討伐班はすみやかに戦闘を中止し、最寄りの砦に撤退してください》

正午近く、砦前にぞろぞろと探索者たちが集まり始めたところで、またもメッセージが流れた。

このメッセージは通常、パーティーの加入や脱退などがおこなわれた際に流れる、システムメッセージのようなものだ。こういう非常時には伝令に使われるらしい。

砦から数百メートル離れた場所で戦闘がおこなわれており、そこから数十名の人がこちらへ向かって走ってくるのが見えた。彼ら討伐班の撤退を、砦の屋上や各地に設置された櫓(やぐら)から放たれる矢や魔法が援護する。

《遠距離班は中央平原への攻撃準備に入ってください》

遠距離攻撃を得意とする探索者が配置されていた。そこにもすでに、砦の屋上から弓の弦を引いたり、杖を構えたりというガチャガチャとした物音が聞こえる。

《五秒後に一斉射撃を開始します……三……二……一……発射》

その合図と同時に、色とりどりの攻撃が放物線を描いて平原へと飛んでいく。矢、炎、氷、土塊、雷撃、光弾など、この砦と周囲の櫓から数百発が放たれたようだ。中央に目を向けると、あらゆる方向から同じような攻撃が集まっていくのが見えた。そしてそれらが地上に到達すると、連なる轟音とともにいくつも爆発が起こる。

「すごいわね……」

隣に立つエリナが、緊張の面持ちで言った。

すべてが爆発するような攻撃ではないものの、見た目以上の戦果はありそうだ。だとしても、密集した群れの外周をほんの少し削ったに過ぎない。なにせ砦から中心部までは四キロはあるからな。長射程の弓や魔法でも、二キロを超えるのはむずかしいようだ。

《一班は出撃準備をしてください。遠距離班は第二射の準備を始めてください》

そのメッセージを受けるや、周りの探索者たちが一斉に武器の準備を始めた。

俺もそれにならい、剣を抜く。先日手に入れたばかりの『ＬＲ』武器【聖剣エクスカリバー】だ。

ヨシエさんとエリナはそれぞれ【死神の鎖鎌】、【破邪の打槌】という『ＳＵＲ』武器を構えている。さらにエリナのほうは【大盾ＬＲ】というシンプルだが超高性能な盾も身に着けていた。

「それじゃイノリ、いこっか」

「うん」

不意にそんな声が聞こえたので目を向けると、例の二人組女子がいた。そしてイノリさんのほうが、ブラウンのローブを勢いよく脱ぎ去る。

——おおっ……！

その光景を目にした周囲の冒険者からどよめきが湧く。かくいう俺も軽く声を上げていた。

イノリさんは、驚くほどの軽装だった。ヘソ出しタンクトップにホットパンツ、頭には鉢巻き、両腕のつけねあたりに紐が巻かれている。手首から拳にかけてと、足首から足の土踏まずあたりにバンテージが巻かれているが、それ以外に武器や防具はなく、そもそも靴すら履いていないので、つま先と踵は露出していた。

「はぁーっ!!」

イノリさんはその場でファイティングポーズを取るなり、自身を鼓舞するように叫んだ。その瞬間、周囲の空気がビリビリと震えたように感じられた。一見大人しそうな雰囲気の彼女だが、先ほどの雄叫び（おたけ）びや堂に入った構えを見る限り、ただ者じゃなさそうだ。

そんな意外な一面を見せてくれた彼女のスタイルだが、どこかで見たような気が……。

「あの格好、それに構え……ムエタイかしら？」

「ああ、それだ」

そういやカズマは片方が格闘系って言ってたけど、それはイノリさんのほうだったのか。アヤノさんは杖を構えているので、あのローブからして回復職かな？　人は見かけによらないもんだ。ここにいるってことは後方支援じゃなく前線へ出るわけだから、イノリさんのサポートかな。

《五秒後に一斉射撃を開始します……三……二……一……発射》

ふたたび遠距離攻撃が発射される。討伐班がいなくなったのと、さっきの一斉射撃のせいか、中央に密集していたモンスターがあちこちにばらけ始め、一部がこちらへ向かっていた。

《一班、出撃してください》

——おおおおおおおおおお！！！！！！

号令を機に各所から雄叫びが上がり、それにつられた大勢が声を上げながら駆け出す。

「うおおおりゃあああああっ!!」

俺もその熱気に当てられて声を上げ、迫り来るモンスターに向かって走り始めた。

砦前から出撃した俺たちより先に、手前の塹壕から駆け出した探索者たちが接敵し、戦闘を始めている。そんな乱戦の中へ、俺たちは身を投じた。

「死ねおりゃあああっ!!」

かけ声とともに聖剣を振るうと、前方約十メートルの範囲にいたモンスターがいともたやすく両断され、ドロップアイテムを遺して消滅する。幾人かの探索者は目の前の敵が突然倒されたことに戸惑っているが、俺は気にせず剣を振り回した。

俺はいま〈セイクリッドブレード〉という聖属性の付与魔法を使っていた。これのいいところは、人に当たってもダメージがないことだ。モンスターだけを切り裂く長大な刃を生成する魔法なのだが、他の付与魔法と違って攻撃力の上昇がない。同士討ちを気にせず攻撃範囲を広げられるという、ただそれだけの魔法だが、そこは高いレベルと『ＬＲ』武器の攻撃力でゴリ押しすればいいのだ。

「おりゃおりゃおりゃおりゃおりゃーっ!!」

気合いとともに、とにかく剣を振り回す。ひと振りで数十匹のモンスターを消滅させながら、中央の密集地帯を目指した。正直言って体力任せにひたすら剣を振り回すだけの簡単なお仕事なので、周りを見る余裕もある。


「せやぁーっ!」

盾を構えたエリナが気合いとともに突進すると、十数匹のモンスターが一気に押しつぶされて消滅した。あれは彼女を中心に左右二メートルほどの透明な壁を作り出し、前方約三メートルの敵に体当たりを喰らわせる〈フォートレスチャージ〉というスキルだ。彼女に直接ぶつからない限り、人がダメージを受けることはない。それどころかスキル発動中、透明な壁に触れた人は数分間防御力がアップするという攻守を併せ持った素敵スキルなのだ。〈盾術SUR〉でようやく習得できる派生スキルなので、使える者はほとんどいないだろう。


「それっ、ほいっと」

人とモンスターが入り乱れる中、ヨシエさんはその隙間を縫うように移動し、強そうな個体を選んでは鎖で牽制しつつ首を刎ねていた。あちらこちらで不意にモンスターの首が落ちる光景は、なんともシュールだ。

さらに周囲を見回すと、イノリさんたちの姿が目に入った。


「せいっ!　はぁっ!」

イノリさんは襲い来るモンスターを相手に、パンチやキック、肘打ちや膝蹴りを繰り出していた。

それらを受けた敵は、ほぼすべてが一撃で粉砕され、消滅する。彼女もかなりの実力者らしい。

「右っ！　次は左っ！　上から来るよっ!!　二秒後にバフいくね！」

イノリさんから数歩離れたところで、アヤノさんが声をかけつつ支援魔法をかけていた。まるでリング上の選手とセコンドのようだ。アヤノさん自身は防御魔法で障壁を展開しつつ、杖で敵を牽制していた。いろいろな戦い方があるものだと、思わず感心してしまう。

《一班は撤退準備を始めてください。二班は出撃準備を始めてください》

俺たち一班出撃から三時間ほど経過したあたりで、メッセージが流れた。

普通は三時間も連続で戦えないものだが、さすが探索者と言うべきか、疲れを見せている人もいるが、戦闘は継続されていた。それでも人数はかなり減っているようなので、自己判断で撤退した人もいるのだろうが、なにせこの乱戦だ。残念ながら犠牲者も出ているに違いない。

《遠距離班は撤退の支援をしてください。二班は出撃してください》

まだまだ体力に余裕がある俺は、殿（しんがり）を務めながらじりじりとさがっていく。逃げ遅れた人がいれば周囲の敵を打ち払ってポーションを渡し、回復と撤退の支援を続けた。エリナも攻撃から防御に切り替え、ひたすら敵を押しとどめるのに注力した。ヨシエさんは撤退する探索者に追いすがろうとするモンスターを引き剥（は）がしては倒していく。

そうこうしているうちに、二班が前線に到着した。

「おらおらどけどけぇ！！！」

聞き覚えのある声に目を向けると、カズマがモンスターの群れへと突進していった。空手道着の上から革の胸甲を身に着けているが、それ以外の装備はなく、素手に素足だ。

あいつもイノリさんみたいなスキルか？　いや、格闘系じゃないとか言ってたな。

「おらぁーっ！！！」

カズマが拳を突き出すと、前方にいた数匹のモンスターが弾(はじ)き飛ばされ、消滅した。その後も彼は突きや蹴りを繰り出し、そのたびに敵が倒されていく。あいつもそれなりの実力者らしい。

「エリナ、ヨシエさん、退こうか」

続々と戦場に到着する二班と入れ替わるように、俺たちは撤退した。

砦の前には、座り込んだり倒れ込んだりする人が溢れていた。それらを非戦闘員や回復要員が介助している。その場でポーションや魔法を用いて回復させたり、肩を貸して歩かせ、砦内へ連れ込んだり、あるいは担架で運んだりしていた。厳しい戦いだが、生き延びた探索者は必ず強くなる。レベルアップに必要なＥｘｐはクリスタルからだけじゃなく、敵を倒すことでも得られるからだ。

「とりあえず、今日のところはお役御免ね」

「ああ、そうだな」

「セラちゃんも待ってますし、新しく借りた部屋に帰りましょうかねぇ」

とりあえず初日を生き残った俺たちは、砦内部に臨時設置された青い魔法陣まで移動した。明日以降は、ここからダンジョンの出入りが可能となるようだ。

「それじゃ、帰るか」

魔法陣に乗って地上へ戻った俺たちは、セラの待つ部屋へ帰るのだった。

夜のあいだは魔道士たちが広範囲の魔法を駆使して魔物の数を減らしつつ、夜間特別報酬を目当てに居残った探索者たちが防衛に注力する。その防衛戦が相当激しかったことを、あちこち損傷した砦や防衛施設が物語っていた。

二日目、俺たちは早朝から一度出撃し、順調に戦闘を終えて一度砦に戻った。この日も大きな問題はなく終わるのかなと思っていたが、二度目の出撃後に事件は起こった。

正午からふたたび出撃し、ひたすらモンスターを倒しまくる。いまのところ、まだ〈セイクリッドブレード〉一撃で倒しきれない敵はいない。

午後の戦闘開始から二時間ほど経ったころだった。今回もこのまま大きな問題なく戦闘を終えられると思っていたところ、聞き覚えのある声が耳に届く。

「イノリ！　やだ、イノリぃっ……！」

アヤノさんの声だった。ただ事ではないと、聖剣を振り回しながら声のほうへ向かう。

「イノリ、大丈夫だかんね？　アタシがぜってー守ってやっからぁ!!」

ようやく声の主を視認できる場所まで行くと、血まみれのアヤノさんが障壁を展開していた。

ひしめくモンスターどもの隙間から目をこらして様子をうかがうと、イノリさんが地面に倒れているのが見えた。イノリさんは腹部に大きな傷をうけ、横たわる地面には血の海が広がっている。

どうやらアヤノさんのローブに着いているのは、イノリさんの血のようだ。

「アヤノ……ちゃ……だめ……逃げ……」

喧噪のなか弱々しい声が聞こえたのは、レベルによる能力補正のおかげか。その声はいまにも途切れそうで、彼女から流れ出る血は止まることを知らないようだ。このままだと、まずい。

「やだぁ……！　誰か助けて……助けてよぉっ……!!」

イノリさんを振り返りながら悲痛な声を上げるアヤノさんに、モンスターが殺到する。まずいな、障壁はあと一秒ももたない。なんとか駆けつけてやりたいが、間に合わない……！

「どっせぇぇぇぇいっ!!」

そんなアヤノさんのすぐそばを、黒い影が駆け抜ける。それと同時に、ふたりの周囲にいたモンスターがまとめて押しつぶされ、消滅した。エリナの〈フォートレスチャージ〉が間に合ったようだ。

「足止めしとくから、早く回復して!!」

エリナはスキルを〈ランパート〉に切り替え、アヤノさんに向かって叫ぶ。これは彼女の周囲半径二メートルに敵を寄せ付けず押し返す防御スキルだ。

「わ、わかった……！　イノリ、すぐに助けてやっから……!!」

周囲にモンスターがいなくなったのを確認した彼女はイノリさんのすぐそばにしゃがみ、杖をかざす。直後、イノリさんの身体が淡い光に包まれ、出血は治まったように見えたが……。

「だめ、アタシの魔法じゃ足りない……回復が間に合わないよぉ……!!」

イノリさんはおそらく大量出血と重傷によって継続ダメージを喰らっており、アヤノさんの使える魔法では減り続けるＨＰをプラスに転じられないのだろう。ＨＰ減少速度はゆるんだが、それはイノリさんの死を数秒先延ばしにする程度のことだった。……が、それで充分。

「間に合えっ！〈エクスヒール〉!!」

エリナとアヤノさんが稼いだ数秒で俺はイノリさんを間合いに捉え、回復魔法を使う。彼女を包む光が収まると、内臓がはみ出しそうだった腹部の傷が消えているのを確認できた。

「うぅ……ごふっ！　けほっ……こほっ……」

「イノリ!?　イノリ……!!」

「んぅ……ふぅ……はぁ……はぁ……」

一度大きく咳(せ)き込んで多量の血を吐き出したイノリさんだったが、すぐに状態は落ち着いた。

「ああっ、よかった……イノリぃっ！」

アヤノさんはそう言って、イノリさんに抱きついた。

〈エクスヒール〉はＨＰの大半を回復し、肉体的な損傷による継続ダメージを解消する、俺が使える中で最高の回復魔法だ。これでとりあえずイノリさんは死を免(まぬが)れただろう。

「あっ、ありがとっ!!　ほんと、助かったぁ……」

アヤノさんは思い出したかのように顔を上げ、俺たちに礼を述べる。

「とりあえず目覚めてからでいいから、これ飲ませてあげて」

俺はそう言って〈ヒールポーションＳＲ〉を渡した。いまならこれで充分全快するはずだ。

「い、いいの？　これ、高そうなんだけど……」

「大丈夫、売るほど持ってるから」

「そっか、ありがと」

俺からポーションを受け取ったアヤノさんは、素直にそう言って頭を下げた。

「それじゃ――」

俺は立ち上がり、聖剣を数回振り回す。それだけで、エリナが足止めしていた周囲のモンスターが完全に一掃された。

「すげ……」

それを見たアヤノさんは、なんだかポカンとしていた。

「エリナ、ふたりを連れて先に砦へ戻っといて」

「了解。ハルマは？」

「俺は時間まで残るよ」

「それじゃあ、私はハルマさんにお付き合いしましょうかねぇ」

いつのまにか近くにいたヨシエさんがそう言った。

「それじゃエリナ、頼む」

「ええ、任せて。じゃあ、いったん戻りましょう」

俺に返事をしたあとエリナはアヤノさんに語りかける。

「えっと、その……お願いします」

完全に状況を飲み込めてはなさそうだが、アヤノさんは頭を下げた。

「準備はいい？」

「うっす」

エリナの問いかけに、イノリさんを背負ったアヤノさんが力強く頷く。そして盾を構えて走るエリナを先頭に、三人は前線をあとにしたのだった。

○●○●

午後三時に戦闘を終え、砦へと撤退した俺とヨシエさんは、エリナと合流した。イノリさんはまだ目を覚まさないようで、アヤノさんが看病しているようだ。

とりあえず食事にしようということで、砦内に設けられた広いイートインスペースに向かうと、その中央で山積みにされた肉をガツガツと食っている男性がいた。

「あいつは……」

カズマだった。あの量をひとりで食うのか？　と驚いているそばから、肉の山がどんどん消費されていく。そういえば以前、カズマのことをフードファイターと呼んでいたのは誰だったか……。

豪快に食事を進めるカズマに、迫る人影があった。

「カズマてめー！　ふざけてんじゃねーぞっ!!」

荒々しい声とともにずかずかと歩いているのは、アヤノさんだった。

「……メシの邪魔だ。失せろよ」

口の中のものをごくりと飲み込み、カズマはアヤノさんを見ることもなくそう告げる。

「てめーらがなすりつけたせいで、イノリは……！」

なすりつけとは、穏やかじゃない言葉が聞こえたな。たしか、わざと敵に追われてそれを他人に押しつけるという、現実世界のネットゲームでも見られる嫌がらせ行為だ。

「なんだ、あのネクラムエタイ女が死んだのか？　そりゃご愁傷様だな」

「てめ――」

「で、オレらがなすりつけたって？　証拠でもあんのかよ？　あぁっ!?」

「――くっ……でも、あんときてめーらがモンスターを大量に引き連れてきたからアタシたちは！」

「だぁーかぁーらぁー!?　証拠はあんのかって聞いてんだよ!!」

「証拠は、ねぇけど……でもっ……！」

アヤノさんはカズマを睨みつけながら、杖を構える。

「あぁ？　やんのかぁコラァ!?」

「アヤノちゃんやめて!!」

カズマが立ち上がろうとしたところで、イノリさんの声が響く。彼女はふたりのほうへ駆け寄ると、そのままアヤノをかばうようにカズマの前に立ち塞がった。

「……んだよ、生きてたのかつまんねぇ」

「なんだとてめぇーっ!!」

カズマの言葉にさらに激昂し、アヤノさんはそう叫びながら相棒を押しのけようとする。

――ピィーーーッ！！！

突然警笛の音が響き、数名のギルド職員がカズマたちのほうへ駆け寄っていった。

「なにをしているのですかあなたたちは！　探索者同士で争っている場合じゃないことくらい、わかっているでしょう⁉」

職員の警告に、アヤノさんは歯噛みしながらも俯く。

「そいつらがケンカ売ってきただけで、オレはなんも悪くねーよ」

悪びれもせずそう言うカズマに、アヤノさんが顔を上げる。

「てめーが先になすりつけしたんだろーが！」

「だから証拠はあんのか――」

――ピッ！　ピッ！

職員の鳴らした笛で、ふたりはすぐに口を閉じる。

「どんな事情であれ、とにかくいまは大氾濫収束に向けて尽力してください。探索者の力が向けられる先は、モンスターであるべきなのですから」

職員はどちらかというとアヤノさんを宥めるように、そう言った。

「あと、これは言うまでもないことですが……」

そう前置きしたところで、職員はチラリとカズマを見たあと、その場にいる探索者全員を見回し、ふたたび口を開く。

「ダンジョン内の行動はすべて把握されています。探索者はそのおこないに応じた賞罰が与えられることをお忘れなきよう」

職員はそう言うと、最後にもう一度カズマを一瞥し、その場を去って行った。

「アヤノちゃん、行こう」

イノリさんの言葉にアヤノさんが悔しげな表情のままうなずき、ふたりはカズマのもとを離れる。

「ふん……」

カズマは不満げに鼻を鳴らし、椅子に深く腰掛けた。

「おい、もっと肉持ってこい」

そう言ったあと、近くにいたメンバーらしき男のほうを見る。

「もっと強ぇモンスターの肉を、じゃんじゃん持ってこい！」

「お、おう。待ってろ」

メンバーが慌てて駆け出すのを気にするそぶりも見せず、カズマは食事を再開した。

「みなさん、ほんと、あざっした!!」
「ありがとうございました」
金髪の魔道士と緑髪の格闘家が、頭を下げる。
あのあとエリナがふたりに声をかけ、一緒に食事をとることとした。ただイートインでは変に注目されてしまったので、彼女たちが借りているというテントの前でバーベキューをすることになった。

金髪の魔道士は鬼無彩乃、緑髪の格闘家は端岡依乃里といい、俺たちは自己紹介がてら、この世界で最初に連れてこられた部屋で一緒だったことを話した。

「ああ、そういやどっかで見覚えがあったと思ったよ」

「ごめんなさい、あのときは取り乱してて……」

アヤノはなんとなく覚えていたようだが、イノリはあのとき泣いていたから周りを見るどころじゃなかったようだ。そうそう、自己紹介を終えたところで俺たちはすぐに打ち解け、ふたりからは呼び捨てでいいと言われたよ。

「そういや、イノリはあのときなんで泣いてたの？」

「実は……」

イノリは小さいころ事故に遭って以来、車椅子生活を送っていたのだが、あのとき自分の脚で立てたことに気づき、感極まってしまったのだそうだ。

「あんとき、なんかほっとけないなって思っちゃってさ。それでアタシはずっとイノリと一緒にいんだけど……先天スキルのせいですぐ足手まといになっちゃってねー」

「そんなことない！　アヤノちゃんのおかげで、私は最初の一歩を踏み出せたんだから！」

アヤノの先天スキルは〈白魔法R〉で、多数の〈回復魔法〉〈防御魔法〉〈支援魔法〉に加えて他のスキルにはない特殊な魔法もいくつか使えるという便利なものだが、実はデメリットも多い。

「他の魔法ぜんぜん覚えらんねーくせに、オーブが出ねーからスキルランクも上げらんなくて、ほんとしんどかったんだよね」

〈白魔法〉は回復、支援、防御という、いわゆる白魔法に属する魔法を広く覚えられるかわりに他の系統および個別の魔法系スキルを習得できなくなり、新たに強力な魔法を覚えるには高ランクオーブでスキルランクを上げるしかないという、なかなか扱いづらいスキルなのだ。

「それでも、アヤノちゃんがいてくれたから、私は戦えたんだよ？」

そう言うイノリの先天スキルは〈ムエタイ〉だ。

そのまんまムエタイが使えるという格闘スキルなんだが、これ実はユニークスキルなんだよ。現在のスキルレベルは5なので、ランクで言うと『ＳＲ』相当になるのかな。

「それにしても、すごい格好で戦ってたわよね？」

エリナが言うと、イノリは恥ずかしげに身を縮める。いまはローブで見えないけど、ヘソ出しタンクトップにホットパンツだったんだよな、戦場では。

「あの格好が、一番スキルの効果を発揮できるので……」

なるほど、そういう制約のあるスキルも存在するのか。

「まーギルドがいろいろ配布してくれたおかげで、だいぶ楽んなったけどさ」

俺がギルドに提供した『ＨＲ』以下のアイテムには〈白魔法〉のオーブもあった。おかげでアヤノはスキルランクを『ＨＲ』に上げ、上級の防御魔法を習得できたのだ。

「私も、まさか〈身体能力強化〉を『ＨＲ』まで上げられるとは思いませんでした」

さすがにユニークスキルである〈ムエタイ〉のオーブは存在しないが、〈身体能力強化〉なら格闘技に対する恩恵は大きいだろう。ただ『Ｒ』以上の〈身体能力強化〉は数が少ないので、誰かれかまわず配布されてはいないはずだ。そのあたりはギルマスのさじ加減なのかな。オーブに加えてクリスタルや装備品も配布してもらえたので、ふたりはかなり強くなれたとのことだった。

バーベキューをしながらなんやかんやと話しているうちに、さっきのカズマとの話になった。イノリの戦闘スタイルは多数の敵を相手どるのに向いてないので、アヤノたちはできるだけ敵が密集していない場所を選んで戦っていたらしい。囲まれれば危ないとわかりきっているので、戦場選びにはかなり気を使っていたそうだ。そこへ、カズマが大量のモンスターを引き連れてやってきた。

「あのヤロー、アタシらの顔を見て笑いやがったんだ……！」

カズマはアヤノたちの姿を見るや、突如姿を消したのだという。隠蔽系のスキルかアイテムを使ったのだろう。そしてふたりは、カズマが引きつけてきたモンスターに囲まれてしまった。

「アイツら、まじ腹立つわ……！」

「うん……」

ふたりとも、そうとう悔しかったようだ。アヤノはもちろん、大人しそうなイノリもぎゅっと拳を握りしめている。

「ねぇあなたたち、強くなりたい？」

そんなふたりに、エリナが問いかける。

「そりゃもちろん、強くなりてーっすよ！」

「私も、強くなりたいです。どんな悪意もはねのけられるくらい、強く……」

その答えを聞いたエリナが、ふっと微笑んだ。

「じゃあさ、ふたりともウチのパーティーに入らない？」

エリナがいきなり勧誘するもんだから驚いたが……うん、このふたりならいいか。話してみていい娘たちだとわかったし、同期ということで少し気になっていたから。

「エリ姉ぇのパーティーに入ると、ほんとに強くなれんの？」

「強くはなりたいですけど、でも……」

アヤノは興味ありげな表情でエリナに問いかけ、イノリは不安げにちらちらとオレを見る。うん、俺みたいなおじさんと同じパーティーなんて、心配だよな。

「そうねぇ、アヤノにはこれで……イノリにはこっちかな」

エリナはそう言いながら、いつのまにか取り出したオーブをひとつずつ、ふたりに手渡した。

「えっ……これって〈白魔法ＳＲ〉じゃん!?」

「これは、〈身体能力強化ＳＲ〉!!?」

オーブを受け取ったふたりは同時に驚きの声を上げた。

「こ、これをくれるの？　パーティーに入ったら？」

「んー、そうね。再会の記念ってことで、それはもうあげちゃうわ」

アヤノの問いかけに、エリナがさらりと答える。

「ええっ!?」

「い、いいんですか!?」

そんなエリナの太っ腹発言に、ふたりは一層の驚きを見せる。

「いいわよね、ハルマ？」

「ああ、もちろん」

エリナの問いかけに、俺は余裕たっぷりに見えるよう、うなずきながら答えた。

「ほ、ほんとにいいの？　アタシ使っちゃうよ？　使っちゃったら返せないんだかんね!?」

俺とエリナを交互に見ながら、アヤノは恐る恐る尋ねてきた。そう言いながら勝手に使う気配がないあたり、やっぱいい娘なんだなぁと思うよ。

「いいよいいよ、遠慮なくどうぞ」

「でも、こんな貴重なものをいただくわけには……」

「んー、私たちからすれば、ぜんぜん貴重じゃないし。ね、ハルマ？」

イノリの言葉にかぶせるようにエリナはそう言って、俺へ笑いかける。

「おう、そうだぞ。ほれっ」

俺はそう答えながら、オーブをひとつ取り出してアヤノに向かって投げた。

「わわっ……と」

慌ててそれをキャッチしたアヤノは、手を開いてオーブを見るなり目を大きく見開く。

「げえっ！〈白魔法ＳＳＲ〉!?」

こらこら女の子が『げえっ』なんて言うもんじゃありません……っていうのはジェンダー問題になるのかな？　口には出さないでおこう。

「アタシ、これで〈白魔法ＳＲ＋〉までいけるんだけど……？」

スキルは使い続けるか上位のオーブを使うとランクに『＋』がつく。これを習熟状態というんだが、このときにもうひとつ上のランクのオーブを使うことで、スキルランクをアップできるのだ。

アヤノはすでに『ＨＲ＋』になっているようなので、エリナが渡したオーブで『ＳＲ』にランクアップし、俺が渡したオーブで『ＳＲ＋』になるわけだ。

「おっ、じゃあ『ＳＳＲ』でさらにランクアップだな」

「わーっ！　待って待って、こんなの頭がおかしくなっちゃうよ!!」

俺がもうひとつオーブを取り出すと、アヤノは右手にふたつのオーブを持ったまま、左腕を前に出してバタバタと手を振った。とりあえずこのオーブはしまっとくか。

「貴重なオーブを、こんなにたくさん……」

「あら、オーブだけじゃないわよ？」

イノリが発したひとり言のような呟き（つぶや）に答えるよう、エリナが言う。

「クリスタルもお金もたくさんあるし、装備だって見ての通り、ほら」

エリナがそう言って軽く両腕を広げると、アヤノとイノリは視線をせわしなく動かしながら、俺たちの装備を確認した。注意深く見れば、高レアリティな装備ばかりだとわかるだろう。

「……いったいどうやったら、そんな貴重なオーブや装備が手に入るの？」

「そこはほら、パーティーの秘密ってやつよ」

アヤノの問いに答えながら、エリナは小さく肩をすくめた。

「パーティーに……」

アヤノはそう呟きながら、イノリと顔を合わせて思案しているようだった。

「まっ、いますぐ決めろとは言わないわよ。ひと晩ゆっくり考えなさいな」

エリナがそう言うと、ふたりはほっとため息をついた。

「というわけであなたたち、今夜はウチに泊まんなさい」

「へっ!?」

「それって、どういう……」

続けて発せられたエリナの言葉に、アヤノたちはまたも驚かされたようだ。っていうか、俺もちょっと驚いてる。

「ギルドの近くに部屋を借りてるのよ。ここじゃちゃんと休めないでしょ？　だから、今夜くらいはゆっくりしたほうがいいわ」

イノリ一度死にかけたわけだし、ステータス異常として表面には現れない精神的なダメージなんかがあるかもしれない。せめてひと晩くらいはゆっくりしたほうがいいのは確かだろう。

「そうだね、アタシはいいけど」

アヤノはそう言ってイノリに目を向ける。

「私は、その……」

イノリは不安げな表情で、俺とエリナを交互に見た。

うん、そうだよね。こんなおじさんとひとつ屋根の下とか、不安だよね。

「大丈夫よ、ハルマは今夜ここに残るから」

「えっ!?　なんで俺が今夜ここに残るつもりだってわかったんだ……?」

「なんとなく、ね」

彼女の察したとおり、俺は今夜……というか、大氾濫が終わるまではダンジョンから出ないでおこうと考えていた。今朝、残った探索者の話を聞き、そして傷ついた陣地を見て、そう思ったのだ。

ただ、部屋で待つセラをひとりにはしたくなかった。

「それじゃあ、私が残ってハルマさんのサポートをしますねぇ」

「お願いしますね。私はこの娘たちを連れて部屋に戻りますから」

「おいおい……」

セラに寂しい思いをさせたくなかった俺は、エリナかヨシエさんのどちらかには毎晩帰ってもらうつもりだったのだ。

「なんか、みんな同じこと考えてたんだな」

「ふふっ、そうみたいね」

そう思うと、なんだか嬉しいな。

「それじゃ、ふたりはウチに泊まるってことでいいわね?」

「あ、うん。お願いします」

「よろしくお願いします」

「よかった。帰ったらもうひとりのメンバーも紹介するね」

話がまとまったところで、俺たちはバーベキューを片付けた。そしてアヤノたちが借りていたテントを解約し、新たにロッジを借りることにする。多少なりとも寝心地にはこだわりたいからな。

「〈インベントリ〉のものは自由に使っていいからな」

「うん、ありがと」

準備期間に召喚しまくった結果スキルレベルはさらに上がり、〈インベントリ共有〉という派生スキルを習得していた。スキル名からわかるとおり、これがあればパーティーメンバー間で〈インベントリ〉を共有できる。なので部屋に帰ったあとでも、エリナは〈インベントリ〉内にあるアイテムを自由に出し入れ可能なのだ。

「それじゃハルマ、ヨシエさん、気をつけて」

「おう。セラのことよろしくな」

「みなさんゆっくり休んでくださいねぇ」

片付けを終え、ロッジの手配を終えた俺たちは、居残り組と帰宅組に分かれた。

《【アヤノ】【イノリ】が【ハルマのパーティー】に加入しました》

そろそろ寝ようかというとき、そんなメッセージが頭に響いた。どうやら話はうまくまとまったらしい。同じメッセージを聞いたであろうヨシエさんと顔を見合わせ、笑顔でうなずき合ったあと、俺たちはいったん眠った。

深夜に目を覚まし、魔物の襲撃をなんなく退けた俺たちだったが、ある程度は睡眠時間を確保したかったので翌日は九時から出撃する第二班に参加すると決めた。

そのことを【メモ帳】に書き、〈インベントリ〉に入れる。召喚アイテムは使用後も収納できるので、こうやって離れた場所にいるメンバーとも連絡を取り合えるのだ。

九時からの出撃に間に合うよう目を覚まし、ロッジを出ると、すでにエリナたちが待っていた。召喚アイテムには家具や食器もあるので、ロッジ前ではちょっとしたお茶会が開かれていた。ヨシエさんも、先に起きて合流していたようだ。

「ハルマ、おはよ」

エリナの言葉で、アヤノとイノリが俺に気づいて立ち上がる。

「アヤノ、イノリ、おはよう。それと、今後ともよろしく」

「あ、うん。その、よろしく、ハル兄ぃ……」

「ハルマさん、よろしく、おねがいします……」

あれれ、なんだかふたりとも緊張してるな。

「ハルマ、ふたりにはウチのパーティーのこと、全部話しといたからね」

「お、おう」

なにやら意味深な笑みを浮かべるエリナに、俺は微妙な返事を返した。えーっと、全部って……あー、そういうことか。

「アヤノ、イノリ」

「うっす……！」

「は、はい……！」

ふたりに向き直り、声をかけると、彼女たちはぎこちなく返事をした。

「セクハラみたいなことはしないから、安心してくれ」

「へ？」

「えっと……」

俺の言葉を聞いたふたりは戸惑いつつも、少し安堵した様子だった。

俺はこれまで、パーティーメンバー全員と関係を持ってきた。ただ、それはお互い合意のうえだ。アヤノとイノリが望まないなら、手を出すつもりはない。

「とにかく、いまはこの大氾濫を生き残ることだけを考えよう。それなりに強くなったんだよな？」

アヤノの装備がかなりよくなっていた。エリナの判断で、ほかにもいろいろ渡しているんだろう。

「そりゃ、もちろんだよ」

「いまでも、ちょっと信じられません」

メンバーの状態は把握しておきたいので、詳しく話を聞いたところ、アヤノは〈白魔法〉を一気に『ＳＵＲ』までランクアップさせていた。これにより〈回復魔法〉は上級、〈防御魔法〉〈支援魔法〉は特級となり、いくつかの固有魔法も覚えたようだ。ほかにも白魔法の効果をアップさせる

〈精神力向上〉や、ＭＰ切れを防ぐために〈ＭＰ回復力向上〉〈ＭＰ限界突破〉などをそれなりのランクで習得。また、護身用に〈杖術〉と〈身体能力強化〉のランクも上げていた。

イノリは〈身体能力強化〉を『ＳＲ』にし、レベルも50まで引き上げていた。これ以降、身体が慣れるのに合わせてスキルランクやレベルを上げていくようだ。また、自分ひとりである程度の危機に対処できるよう、回復や防御などの簡単な魔法系スキルを習得していた。

出現するモンスターが強くなっていることもあり、今日一日戦うだけで六十近くまではレベルアップするだろう。その後クリスタルで80くらいまで上げておけば、死の危険はかなり低減できるはずだ。せっかく俺たちのパーティーに入ってくれたんだ。絶対に死なせたくはない。

「よし、それじゃそろそろ時間だし、行こうか」

情報のすりあわせを含む準備を終えた俺たちは、三日目の防衛戦に向けて出発するのだった。

○●○●

三日目以降も俺たちは順調に戦果を上げ続けた。アヤノとイノリはどんどん強くなり、もともと高レベルだった俺とエリナ、ヨシエさんも、そこそこレベルアップした。ただ日を追うごとに戦闘は激しくなり、リタイアする探索者が増え、砦の損傷も無視できなくなった。

そこでギルドは砦の半分を放棄し、残る四つに戦力を集中すると決めた。所属していた第八砦が放棄の対象となったため、俺たちは近くの第四砦へと移動することになった。

「エリナ、無事だったか!!」

「ソウカも、元気そうでなによりね」

第四砦へ到着した俺たちは、ここに配属されていた『ヴァルキリーズ』のみんなと再会した。リーダーのソウカを始め全員健在のようで、元メンバーのエリナと互いの無事を喜び合っている。

再会を果たしたのは、彼女たちだけじゃない。

「ハルマくんごぶさた～」

「おう、ミサキさん」

馴染みの風俗嬢ミサキさんもここで戦っていた。引退したとはいえ元一級探索者という戦力をギルドが遊ばせておくわけもないからな。もっともミサキさんは俺からイレギュラー頻発(ひんぱつ)の情報を聞いたあたりで大氾濫を予想していたようで、自らギルドに一時復帰を申し出ていたようだ。そのうえで古巣の『ヴァルキリーズ』に顔を出したところ、ソウカに請(こ)われてこちらへの配属を希望した。

風俗嬢と客という繋(つな)がりしかない俺と違って、ソウカたちとはパーティーメンバーとしてともに戦った経験があるからな。連携やらを考えると、そちらのほうがいいと判断したのだ。

「無事でなによりだよ」

「ええ、お互いにね」

【メモ帳】のやりとりで無事なのは認識していたが、やはり直接会って顔を見ると安心感が違う。

「そうだ、新しいメンバーを紹介するよ」

新たに加入したアヤノとイノリを、ミサキさんに紹介した。ちなみにエリナとヨシエさんは、すでにミサキさんと面識がある。というか、俺のいないところで会ったりもしているらしい。そういえばミサキさんと会うようになってからエリナのテクが上がったような……。

「あなたのおかげで私たちは強くなり、生き延びられた。あらためて礼を言わせてもらうよ」

ヴァルキリーズも含めた自己紹介が終わったところで、ソウカから礼を言われた。

「どういたしまして。でも礼ならエリナとミサキさんに」

ヴァルキリーズのメンバーには、ミサキさんを通じてアイテムを融通している。元メンバーとしてソウカたちには生き残ってほしいというミサキさんの願いにエリナも賛同したことから、俺が許可したのだ。ソウカたちなら、俺たちのことを吹聴するようなことはないだろう。

「にしても、デカいなぁ」

会話が少し落ち着いたところで改めて砦を見上げた俺は、思わず呟いてしまった。最初から放棄予定だった第八に比べ、第四砦は倍ほどの規模だった。

その巨大な砦もかなり損傷しており、この地での戦いが激しいことを物語っている。

「せっかくだし、これからみんなでご飯でもどうかしら？」

ミサキさんの提案に全員が賛同し、俺たちは砦内へ移動した。

よそから移動してきたばかりの俺たちが戦わされることはなく、ヴァルキリーズとミサキさんも今日のノルマは達成しているようなので、ゆっくりと食事をとることができた。

翌日からも激しい戦いが続いたが、第四砦所属の探索者は目に見えて強者揃いだったおかげで、戦況は安定していた。そもそも第一～第四は古参、第五～第八は新参の探索者が集められていたようだ。ただ第八からの合流組だって負けてない。ここまで生き延び、成長した者ばかりだからな。

俺は相変わらず〈セイクリッドブレード〉を付与した【聖剣エクスカリバー】を振り回し、エリナは盾での力押し、ヨシエさんは大物狙いという戦い方を続けている。新メンバーのイノリは得意の〈ムエタイ〉で敵を撃破しており、アヤノはそのサポートをしつつ新たに覚えた〈ホーリーバースト〉という魔法で積極的にモンスターを倒していた。

「ハルマくんにもらったこの弓、すっごくいいわぁ」

ミサキさんには【コンパウンドボウSLR】という武器を渡している。

滑車付きの現代弓で、エクスカリバーのように伝説的なエピソードのない武器だが、素の性能と高いレアリティが合わさってとんでもない威力を発揮しているらしい。〈弓術〉の上位スキルである〈セイクリッドアロー〉を使用することで、矢を番えることなく強烈な貫通攻撃をおこなえるうえ、聖属性のためフレンドリーファイアを一切気にしなくていいので、彼女が弓の弦を弾くたび後方から平原中央部まで、一直線にモンスターが消えていくのだ。

「よし、あの一点に向けて全員突撃！」

ミサキさんが群れの一角に穴をあけ、そこへ十数名の女性探索者が一斉に駆け込む。先頭を切る槍士ソウカが率いるその集団は、剣士のヤエを始めとする前衛アタッカーで構成されていた。弓士のユミや魔道士のユイを含む十名ほどの後衛陣がそれを援護し、周囲ではシノブたち数名の斥候が露払いをしている。彼女たちは全員がクラン『ヴァルキリーズ』に所属しているそうだ。この防衛戦で優秀な女性探索者に声をかけ、クランメンバーを増やしたらしい。

ほかにも、平原のあちこちで奮闘する探索者たちが目に入った。

「俺たちも負けてられないな」

俺は気合いを入れ直し、ひたすら剣を振り回した。

○●○●

俺たちが第四砦に合流して数日、防衛戦も十日目を迎えた。

モンスターは数を減らしながらも強さを増し、脱落する探索者もあとを絶たない。砦もかなり破壊され、修復が間に合わない状態だ。

俺たちは誰ひとり欠けることなく、順調に強さを増している。

『ヴァルキリーズ』はあのあと第八砦から合流した探索者を加えて、一時は五十名を超える数となった。いまは半数を残して戦線を離脱しているが、幸い死者は出ていない。

一応、カズマたちも健在だ。

激戦は続いたが、終わりは見えてきた。平原中央では各砦から出撃した探索者が合流しており、数で言えばモンスターを上回りそうだ。

「あとひと息だ！　このまま残ったモンスターを殲滅(せんめつ)するぞ!!」

どこからかそんな声が響き、各所でそれに応じる声が上がった。勢いを増した探索者たちの攻勢に、モンスターが押され始める。俺たちもその勢いに乗り、ひたすら目の前の敵を倒しまくった。徐々に剣を振るよりも敵を求めて走る時間が長くなり、夕暮れを前にして平原のモンスターはほぼ駆逐された。その後もモンスターはちらほらと発生していたが、現れるたびに倒されるということが繰り返され、出現の間隔も長くなってくる。

「そろそろ終わりかな」

周囲にモンスターの気配を感じなくなり、そう呟いたときだった。

「みなさん、気をつけて」

ヨシエさんがそう口にしたのを皮切りに、各所で注意を促す声が上がり始める。どうやら斥候役の人たちが、なにかに気づいたようだ。

《強大なモンスターの出現を感知しました。平原中央から一時距離を置いてください》

続けて、ギルドからのメッセージが頭に響く。

「ちょっと、さがろうか」

平原中央からは少し離れた位置にいた俺たちは、武器を構えて警戒しつつ後退した。

警告を受けた探索者たちも同じくさがり始めたが、さすがここまで残ったベテランだけあってパニックを起こすようなことはない。誰が指揮をとるでもなく、みんな整然と後退し、エリア中央に無人のスペースができ上がった。

警告メッセージから数分後、俺は爆発的な魔力の発生を感じ取った。それはみんな同じだったようで、各所でどよめきが起こる。直後、空間が大きく歪んだ。そして地面から生えるように、なにか巨大なものが現れた。

「なに、あれ……」

隣にいたエリナが呟く。ほんと、なんなんだろうな、あれ。

遠目にはそれは、巨大な芋虫が蠢いているように見えた。目をこらすと、それはいろんなものが寄り集まってでき上がった、なにかしらの塊だとわかる。土塊や草木、岩、生き物の肉や骨など、とにかくいろんなものがぐちゃぐちゃに固まって、ひとつの大きな芋虫のようになっているのだ。

「なんか生えてきたけど……人、かな？」

アヤノの言葉を聞き、あらためて目をこらしてみると、芋虫の表面から顔のない人間の上半身みたいなものが、いくつも生えてきた。

「あれは、『守護神』か！」

「知っているの、ソウカ!?」

どうやら敵の正体を知っているらしいソウカの言葉に、エリナが反応する。

「ああ。あれは九十九階層に現れるボスモンスターだ」

『キーパー・オブ・セブン・キーズ』、通称『守護神』。

本体から生えた人型の上半身は七つで、それぞれ剣、槍、斧、槌、杖、棒、盾を装備している。

完全攻略を目標とする多くの探索者を葬った、恐るべきモンスターだという。

「あんなに大きかったかしら？」

「いや、私たちが遭遇したのは、あれの半分程度だったはずだ」

以前あれに出会ったことがあるらしいミサキさんとソウカがそう言った。半分だとしても、充分デカいと思うけどね。

「ミサキさん、あれと戦ったの？」

「ううん、無理って思ってすぐに逃げたわ」

俺の質問に、ミサキさんがあっさり答える。

「あのときは敵わないと思っていたが、いまなら……」

ソウカが呟き、周囲を見回す。以前よりも彼女たち自身かなり強くなったうえ、一〇〇名以上の探索者が周囲を囲んでいる。大きさが倍になったとしても、勝てると思えたのだろう。

「どうせアレを倒さなきゃ終わらないいんでしょ？　やってやりましょうよ」

エリナはそう言い、どこか緊張気味なソウカの腕をポンと叩いた。

「そうだな、やろう」

ソウカの言葉に、周囲にいた全員がうなずく。

「そうね、それじゃ注意事項から」

守護神と戦うにあたって注意すべきことを、ミサキさんが説明する。そうこうしているうちに各所で鬨の声が上がり、守護神を取り囲み始めた。

一番槍は逃してしまいそうだが、あれだけの大物だ。そう簡単に戦いは終わらないだろう。

「じゃあ、そろそろ始めましょうか」

説明を終えたミサキさんがコンパウンドボウに矢を番える。

――ヒュッ!!

彼女が弦を弾き、高速で射出された矢は、群がる探索者の合間を縫って守護神に到達した。

――カァンッ!!

守護神の盾が矢を弾き、それを見たミサキさんは不敵な笑みを浮かべるのだった。

『守護神は聖属性を吸収するから注意してね』

というミサキさんの忠告を受け、俺は武器を【ロングソードLR】に切り替えた。エクスカリバーは聖剣の名を冠するだけあって聖属性を纏(まと)っているからだ。もちろん〈セイクリッドブレード〉なんて使えるわけがない。

『〝盾〟はすべての魔法攻撃を反射するの。あと人型はそれぞれ弱点属性が異なるから気をつけて』

属性の相性次第ではダメージを無効化されたり、逆に敵を回復してしまうこともあるので、まずは物理攻撃で押すってのが守護神戦の基本らしい。

「おらぁ!!」

守護神のもとへ辿(たど)り着いた俺は、駆けつけいっぱいとばかりに剣を振るう。

――ガキィンッ!!

その攻撃は、突如現れた人型の盾によって防がれる。

「よっしゃあ!」

俺は思わずガッツポーズを取った。

『〝盾〟は一番ダメージの通りそうな攻撃を防ぐのよ』

というミサキさんの説明どおりなら、並み居る探索者の中で俺の攻撃力が一番だという証明だ。

「悪いけど、最後まで相手してもらうぜ！」

俺は気合いとともに攻撃を打ち込み続ける。盾は俺に釘付けとなったようで、さっきまで防がれていたミサキさんの矢がドスドスと刺さり始めていた。

「だっしゃぁああっ!!」

そんな声が聞こえたかと思うと目の前の盾がなくなり、俺が振り下ろした刃は本体らしき部分を切り裂いた。

「ふふんっ」

ちらりと左を見ると、盾の人型はエリナの体当たりを防いでいた。くそっ、俺の攻撃よりあっちが上なのか……！

「いっけぇーイノリーッ!!」

「せやぁあああっ!!」

背後からそんな声が聞こえ、エリナの前から盾が消える。振り返ると、イノリの肘打ちがそちらへ移動した盾によって防がれていた。

「ふっ」

得意げな笑みを向けるイノリに負けじと、俺は左腕の盾を外し、両手持ちで剣を構える。

「負けるかーっ!!」

「私だって!!」

そこからなぜか、三人による盾の争奪戦が始まる。

「イノリー、負けるなー」

アヤノはイノリを応援しつつ俺たち全員に支援魔法をかけ、周囲でダメージを受けた探索者を回復していた。

「みなさんがんばってますねぇ」

ヨシエさんは少し離れた場所から俺たちを見ながら、手裏剣で攻撃している。そのあいだも、ミサキさんの矢は淡々と敵にダメージを与え続けていた。

○●○●

守護神との戦いが始まって数時間、あたりはすっかり暗くなっていた。周囲には魔法による光が大量に灯され、ナイター球場くらいの明るさは保たれているため、戦闘は継続されていた。

最初は〝盾〟を取り合っていた俺たち三人だが、この長丁場を動き続けられるはずもなく、いまは交代で休んでいた。

「どぉりゃあああっ!!」

そしてエリナが何百回めかの体当たりを喰らわせたとき、人型の盾が弾かれた。

――――ツッツ!!!!

のっぺらぼうの人型から驚きのような感情が伝わったかと思うと、それは声を発することなく消滅した。それを皮切りに、剣や槍を持つ人型が次々に消えていく。どうやら〝盾〟が倒されたことで、全体の防御力が激減したらしい。最後に槌を持つ人型が消えると、巨大な芋虫状の本体も動きを止め、少しずつ形を崩しながら消滅した。

「勝ったぞぉーーーーっ！！！」

どこからか上がった声を皮切りに、あたりは歓声に包まれた。

守護神の討伐を最後に、大氾濫は無事終息したのだった。

防衛戦に参加した探索者たちは、我先にと地上へ帰っていく。

とはいえ、魔法陣が転送できる人の数は限られているので、少し待たなくちゃいけないだろう。中には【帰還宝玉】を使ってさっさと帰る探索者もいたが、比較的ダメージも疲労も少ない俺たちは、急ぐ必要はないと判断した。

平原から砦に戻ると、ささやかな宴会が開かれていた。職員や非戦闘員が残り、順番待ちの探索者たちを労(ねぎら)っている。食事や酒も用意されていたので、俺たちも遠慮なくいただいた。

守護神討伐から一時間ほどが経ったところで、俺たちの順番が回ってきた。

「おう、これはこれは……」

地上に戻ると、そこはお祭り騒ぎだった。ギルド内のあちこちで人が酒を飲み、なにかしら食べていた。どうやら酒と料理が無料で振る舞われているらしい。

「あはは、なんだかすごいわね」

呆れたように呟くエリナだったが、すべてが終わって嬉しいのか、口元は緩んでいる。

「エリナ、ミサキさん、遅かったじゃないか!!」

ギルド内の人混みを歩いていると、俺たちを見つけたソウカが駆け寄ってきた。

「待っていたんだ、みんなで飲もう!」

ちらりとこちらを見るエリナに、俺は無言でうなずく。

「そうね、今夜はとことん飲みましょう!」

「あたしもつきあうわね」

エリナとミサキは、ソウカに連れられて人混みに消えていった。

「それじゃ、アタシたちもどこかで飲もっか!」

「うん、そうしよう」

アヤノとイノリはそう言って駆け出し、ギルドを出て行った。

今日は街全体がお祭りで、どこも無料で飲み食いできるそうだ。

「私もちょっとどこかで一杯ひっかけましょうかねぇ」

一緒にギルドを出たところで、ヨシエさんがそう言った。

「ハルマさんはどうされます？」

「俺はまっすぐ帰りますよ」

「ふふっ、それがいいでしょうねぇ」

最初から答えがわかっていたかのように微笑んだヨシエさんは、ほどなく雑踏に姿を消した。

「よし、帰るか」

俺は騒ぎまくる人たちのあいだを縫って足早に歩き、借りていた部屋に到着する。


――ガチャリ。

ドアを開けると、俺がなにか言うより前にトットットッと軽快な足音が聞こえた。

「ご主人さまぁーっ！」

そして部屋の奥から現れた天使は、俺を見るなり笑顔を浮かべ、そのまま駆け寄ってくる。

「おおっと……！」

俺はダイブしてくる彼女を、しっかりと受け止めた。

「ご主人さまおかえりー！」

そう言ってしがみつき、俺の胸に頭をぐりぐりこすりつけてくる天使をギュッと抱きしめ、さらさらの髪を撫でてやった。

「ただいま、セラ」


久々にセラとふたりきりの夜を堪能した俺は、翌朝ふと、〈インベントリ〉に収納されている大量の金銀銅貨に気が向いた。ここに大氾濫の報酬も加わるので、所持金はさらに増える予定だ。この大量の金をいったいなにに使おうかと悩んだ結果、俺は閃いた。

「そうだ、引っ越ししよう」

パーティーメンバーが増えたこともあり、俺はこの有り余るお金を使って引っ越しをすることにしたのだった。

「わぁー、ひろーい！」

ちょっとしたパーティーでも開けそうな広いリビングをセラが嬉しそうに駆け回っていた。

「外から見たときも驚いたけど、中に入るとこれまたすごいわね」

エリナは感心しつつもどこか呆れた様子で呟きながら、家の中を見回った。以前の家もそこそこ広かったが、新しい家は格が違う。なにせ三階建ての大豪邸だからな。クランハウスとしても充分に使えるほどで、部屋数は二十以上あり、大食堂は三十名ほどが集まれそうな広さがあった。

それだけ広いと管理が大変そうに思えるが、実はそうでもない。ホコリや汚れは自動で洗浄されるため、掃き掃除や拭き掃除は必要ない。洗濯物はランドリーボックスに入れれば綺麗になってクローゼットに並ぶという、あの『はじまりの部屋』方式であり、汚れた食器類もシンクに突っ込むだけでピカピカになったうえ食器棚へ収められるのだ。家事の大半を魔道具が肩代わりしてくれるため、この規模の家でありながらハウスキーパーを雇う必要がないのは、ありがたい限りだ。

とはいえ散らかしたものを片付けるなど、家事のすべてが魔道具任せとはいかないので、一階には住み込みのお手伝いさんに寝泊まりしてもらう部屋がいくつかあった。

「ああ、ここが落ち着きますねぇ。私はここにしましょうかねぇ」

そんな中、八畳ほどの部屋を見たヨシエさんは、早々に自分の部屋を決めてしまった。

一階は食堂やリビング、バスルームなどの共用スペースが大半で、二階と三階にいくつかの個室があった。多人数に対応できるよう、二階は六〜八畳の少し狭めの部屋が多数用意され、三階は十二〜二十畳の部屋がいくつかある、という間取りだ。クランで使う場合、二階を新人や中堅、三階を古参や幹部が使うというふうになっているのだろう。

「私はあんまり広すぎると落ち着かないから、二階にしようかな」

「あたしも二階がいいわ。エリナちゃんのお隣にしようかしら」

「あ、それいいですね」

そんなことを言いながら、エリナとミサキさんは二階へ向かった。

ちなみにミサキさんは大氾濫への参加をきっかけにお店を辞め、探索者として復帰していた。今後は俺たちとの探索にも参加してくれるそうだ。

「私、アヤノちゃんと同じ部屋がいいな」

「アタシもそう思ってた！　じゃあ三階にしよっか。いいよね、ハル兄ぃ？」

「おう、いいぞ」

アヤノの問いかけにそう答えてうなずくと、ふたりは手をつないで階段を上っていった。

前から思ってたけど、あのふたりって百合なのかな？　だとしたら、挟まれないよう気をつけたほうがいいのだろうか。

「ご主人さまはどのお部屋にするのー？」

一階をひととおり見て回って満足したのか、セラが腕を絡めながら俺に問いかけてきた。

「俺は三階の一番奥だな」

別に自分の部屋はどこでもいいんだけど、家主だから一番広い部屋にするべき、とメンバーに言われたので従うことにした。

「セラは自分の部屋、いらないのか？」

「んー……いらなーい」

セラは一瞬だけ考えるそぶりをみせながら、ほぼ即答した。

さみしがり屋の彼女はその日の気分で、誰かの部屋に泊まるのだろう。

「ねーねー、ご主人さまの部屋に行こうよー」

「おう、そうだな」

俺はセラに引っ張られるような格好で階段を上り、自分の部屋へと向かうのだった。

引っ越し作業があるていど落ち着いたある日の夜のこと。

「ハル兄ぃ、ちょっといい？」

「ん？　ああ、どうぞ」

ノックのあと、アヤノが声をかけてきたので入室を促した。

「やっほー、こんばんちー」

「あの、失礼します」

アヤノに続いてイノリも部屋に入ってきた。アヤノはえんじ色のジャージ姿で、イノリはパステルカラーのモコモコしたルームウェアを着ている。

「どうした、ふたりそろって？」

俺がそう尋ねると、ふたりとも少し気まずそうに顔を見合わせる。

「どうしたって、ねぇ……？」

「えっと、その……」

そして困ったようにそう言いながら、ふたりそろって頬を赤らめる姿になんとなく察した。

「前にも言ったけど、別に無理してそういうことしなくてもいいんだぞ？」

俺がそう言うと、ふたりとも少し不機嫌そうな表情を浮かべた。

「いや、別に無理とかしてねーし」

「私も、ハルマさんには男性として魅力を感じてますから」

「そっか、うん。ありがとう。まぁふたりがそう言ってくれるのは、俺も嬉しいかな」

俺が言うと、アヤノは嬉しそうな笑みを浮かべ、イノリは安堵したように息をついた。

「じゃあさ、いまからするってことで、いい？」

アヤノがからりとした口調でそう尋ねてきた。その隣で、イノリは胸に手を当て、緊張の面持ちで俺を見ている。

「いや、うん、俺はいいけど……ふたり一緒に？」

そこは少し気になるところだ。いまでこそ他のメンバーとは３Ｐ４Ｐも当たり前になっているけど、最初はみんなふたりきりだったからなぁ。

「あー、うん。イノリがさ、はじめてだから……」

アヤノは少し困ったように頬をかきながら、イノリのほうを見た。いや、はじめてこそ、ふたりきりがいいんじゃないのか？

「あの、できれば、その……最初は、見学をしたいというか……」

聞けばイノリは、ティーンズノベルやレディースコミックなどで、セックスに関する知識はあるらしい。ただ向こうの世界では下半身不随で行為に及べず、興味だけが高まっているのだとか。そこでアヤノに頼んで、実際にセックスしているところを見たいと言い出したようなのだ。

「いやぁ、アタシも恥ずかしいから無理って言ったんだけどさ……イノリに頼まれたら、ね？」

「ごめんなさい……でも、いきなりふたりきりっていうのは、怖くて……」

そこでイノリは慌てて顔を上げて俺に目を向ける。

「いえ、あの、ハルマさんが怖いとかじゃなくて、その……男の人と、ふたりきりになった経験が、ないから……」

そう言うとイノリは、申し訳なさそうに俯いたが、いきなり他人のセックスを見るほうがハードルは高くないだろうか。俺だって人がしてるのを生で見た経験なんてないんだけど……。

「あー、ふたりがそれでいいなら、そうしようか」

というわけで、なんだかよくわからないままアヤノたちとのプレイが始まった。

ベッドの上で、俺とアヤノは正座で向かいあっていた。まずはイノリにお手本を見せようとなり、ベッドに乗ったあと、気づけばそういう形になってしまったのだ。というわけでイノリは向かいあう俺たちに興味深げな視線を向けている。彼女も同じくベッドの上で正座しているが、とくに狭さは感じない。大豪邸の主寝室ということもあり、ベッドはキングサイズ以上の大きさなのだ。

「えっと、どうしようか？」

「んー、ハル兄ぃにまかせるよ」

そうか。じゃあ……。

「キスしても、いいかな？」

「ん、いいよ」

アヤノは返事をすると、目を閉じて軽く顎を突き出した。完全に受け身のつもりらしい。

とりあえず俺は膝立ちになり、前のめりに彼女へ身を寄せた。そしてアヤノの背中に腕を回しつつ顔を近づけ、唇を重ねる。

「わぁ……」

ふたりの唇が重なった瞬間、イノリの口からかすかに声が漏れる。それを耳にしたアヤノはほんの少しだけまぶたをあけてイノリを見たあと、すぐに閉じた。口を塞がれた彼女の鼻から、ふっと笑みのような息が漏れる。その直後、アヤノは俺の背中に腕を回し、それと同時に舌を出した。

「あむ……れろ……じゅぶ……」

俺にしがみつきながら、アヤノが舌を絡めてくる。

「大人のチューだぁ……」

すると傍らから、感嘆を含む小さな声が聞こえた。

「れろぉ……ちゅぷる……んちゅ……」

そのまま流れるようにアヤノが足を崩して倒れ、俺がそこへ覆い被さった。俺が押し倒したのか、彼女に引き倒されたのか、そのあたりは曖昧だった。互いに舌を絡め合うなか、俺は彼女が着るジャージのファスナーに手をかけ、ゆっくりとおろしたが途中で引っかかって止まってしまう。

「ふぅっ……んっ……ちゅる……れろぉ……」

そのことにアヤノも気づいたようだが、特に指摘はせず、彼女はキスを再開する。俺もそちらへ少し気を取られながらも、舌を絡ませ続けた。

そうやってキスを続けたままカチャカチャとファスナーをおろすべく努めたが、片手ではむずかしい。かといってキスを中断するのもどうかと思い、俺は諦めることにした。半分以上はおろしているので胸をはだけるぶんには問題ないだろう。そう思ってファスナーから手を離したときだった。

「あの、お手伝いしますね」

いつのまにかすぐそばにいたイノリが、ファスナーへ手を伸ばしていた。

「えっ？」

「ちょ、イノリ？」

気づけば俺とアヤノは顔を離し、イノリを見ていた。

「あの、ふたりは気にせず続けてください」

とは言われたが、どうにもキスを再開する気にならず、互いに顔を見合わせて苦笑を浮かべた。

「これで……よしっと」

ファスナーのひっかかりはすぐに取れ、イノリはそのまま下まで引き下ろした。

「あの、ごめんなさい。続きをどうぞ」

イノリはファスナーを完全に外すと、身を引いて俺たちを促した。

「えっと……」

どうしたものかと困っていると、アヤノは自身のジャージに両手をかけ、はらりとめくった。ジャージの下にインナーは着ておらず、そのせいで褐色の乳房や、ちょっとむっちりしたおなかが照明のもとに晒(さら)される。

「ハル兄ぃ……次は、胸……かな」

褐色で張りのある大きな乳房と、薄紅色の乳首、そして柔らかそうな腹を晒しながら、彼女は恥ずかしげに顔を逸らしながらそう告げた。

「おう、わかった」

俺は少し戸惑いながらも、アヤノに促されるまま乳房へ手を置いた。

「ん……」

じわりと汗の滲む褐色の肌に手のひらが触れ、同時にアヤノの口から声が漏れる。彼女の乳房は、指に軽く力を込めると心地よい弾力を返してきた。

それから俺は、どこかで見たアダルトビデオのような手順で彼女の胸を揉み、乳首をつまみ、舌で舐め回した。そのたびにアヤノはいい反応を返してくれたのだが……。

「はぁ……はぁ……アヤノちゃん……すごい……」

それ以上にイノリの吐息や声が気になって集中を乱されてしまった。

「アヤノ……下、脱がすよ？」

なんだか前戯を続ける気を削がれた俺は、さっさと挿入してしまったほうがいいんじゃないかと思いアヤノにそう告げた。

「うん、そうだね」

彼女も同じように感じていたのか、あっさりと同意してくれた。ジャージのウエストに手をかけ、引き下ろす。その下に穿いていた黒いレースのショーツも、続けて脱がせた。

「すごい……濡れてる……」

イノリが小さく言ったとおり、アヤノの秘部はすでに濡れており、脱がされたショーツのクロッチと秘部とのあいだで、粘液がとろりと糸を引いた。

「むぅ……」

自覚はあったのだろうが、あらためて言葉にされたことで羞恥を覚えたのか、アヤノは頬を染めて口を尖らせた。そんな彼女を微笑ましく思いつつ、俺はすべてを脱いで全裸になった。

「わ……お×んちんだぁ……」

傍らにいたイノリが少し前のめりになって、俺の股間をのぞき込んでいる。

「先っぽからお汁って、ほんとに出るんだ……」

イチモツをまじまじと見ながらそう言われると、さすがに少し恥ずかしい。

「アヤノ」

「ん、アタシのほうはだいじょぶ」

仰向(あおむ)けのまま大きく脚を開いたアヤノの前まで移動した俺は、イチモツをつまんで腰を寄せた。

先端の位置を調整して秘部に当て、そのままゆっくりと挿入する。

「んっ……ふぅ……」

ぴたりと閉じたままの膣口をこじ開け、肉襞(にくひだ)をかき分けながら、肉棒を最奥部まで押し込んでいく。その様子を、イノリは息を殺して見守っていた。

「あは……これ、やば……」

俺のイチモツを完全に受け入れたアヤノの口から、どこか嬉しそうな声が漏れた。

「アヤノ、動くぞ?」

「ハル兄ぃの、好きにしていいよ……」

蕩(とろ)けるような彼女の声を受け、俺は腰を動かし始めた。

ずっ……ずっ……とアヤノの膣内をこすりながら、肉棒を出し入れする。

「あっあっ……ハル兄ぃのち×ぽ……すげーきもちぃ……!」

ほどなくアヤノのほうも、快感を求めるように腰をくねらせ始める。そうやってじゅぶじゅぶと音を立てながら続けられる交接を、イノリは鼻息を荒げて見守っていた。

アヤノを犯しながらイノリのほうを見ると、ふと顔を上げた彼女と目が合った。イノリからなにやら訴えるような視線を向けられた俺は、ふっと苦笑をもらしつつ手招きをする。すると彼女は嬉しそうに這い寄ってきて、アヤノのおなかの上あたりから接合部をのぞき込んだ。

「んっんっんっ……なんか、おなかくすぐったい……って、イノリぃ!?」

接合部をのぞき込むイノリの髪の毛が褐色の腹に触れ、その感触にアヤノが驚いて顔を上げる。

「ちょ、イノリ、なにしてんの!?」

「ごめんなさいアヤノちゃん。でも、私気になっちゃって」

アヤノの言葉に謝罪はするものの、イノリの視線は俺たちの局部へ向けられたままだった。

「やっ、ちょっ、さすがにそれは、ハズい……んんっ!」

接合部を間近で見られるのが相当恥ずかしいらしく、しかし逆にそれが興奮するのか、アヤノの膣がキュンと締まる。

「すごいよ……ハルマさんのお×んちんが、アヤノちゃんのおま×こをを、ジュボジュボ出たり入ったりしてるの……」

「んぅ……そんなん、言うなし……！」

自分の状況を言葉で説明されることに、アヤノはさらなる羞恥を覚えたようだ。

「イノリ、そこ触ってみる？」

「えっ、いいんですか!?」

「いやよくねーしっ！」

俺の言葉にイノリは顔を上げ、アヤノは抗議の声を放つも、俺はさらに続ける。

「優しく、撫でるようにな」

「はい、わかりました」

「だから待てって！」

あいかわらず抗議を続けるアヤノを無視して、イノリは接合部に手を伸ばす。彼女の細く白い指先が、肉棒の出入りする膣口の縁に触れた。

「ひゃあああっ!!」

イノリが膣口をなぞるように優しく撫でると、アヤノは大きく背を仰け反らせた。肉棒も同時に撫でられ、少しムズムズする。

「イノリっ……それ、やば……やめぇ……！」

「ふふっ……アヤノちゃん、気持ちよさそう」

アヤノの反応を楽しみながら、イノリは接合部をゆっくりとなで続ける。

「クリトリスとか舐めると、もっと気持ちいいかもな」

「ちょっ！　ハル兄ぃ、それ、まじシャレんなんないって……！」

アヤノは肘で身体を支えて上体を起こし、抵抗しようとするが、それより早くイノリが局部に顔を埋め、舌を伸ばした。

「んひぃぃっ!!」

肘をついたままの上体を大きく反らしながら、アヤノは甲高い悲鳴を上げる。チロチロと根本あたりを舐められる感触は、気持ちいいというよりくすぐったいといった感じだ。

「あっあっあっあっ！　これ、ホント、ヤバいってぇ……！」

間もなくアヤノは抵抗を諦めたのか、上体を支えていた肘を外してベッドに身を委ねた。

「ん……アヤノちゃん、ちょっとごめんね」

しばらく接合部を舐めていたイノリは、一度股間から顔を離すと、アヤノの身体に覆い被さった。

シックスナインのような格好でアヤノにまたがり、ふたたび接合部を舐め始める。

「やぁあああっ！　ほんと待って、まじヤバ……イクイクイクイクーっ!!」

俺とイノリから膣内と陰核を同時に攻め続けられたアヤノは、身体をガクガクと震わせ始めた。

「んあああああ……ヤバいって……クリイキかナカイキかまじわかんないよぉーっ!!」

そう言って全身を硬直させたアヤノは、どうやら絶頂に達したようだった。

「どっちか、とまってよぉ……！　アタシ、イキっぱなしでおかしくなっちゃうってぇ……!!」

頭を振り乱して懇願するアヤノの言葉を無視して、俺は腰を振り続けた。なんとなく興が乗ってしまい、やめどきを逃してしまった感じだ。

「あむ……じゅぶぶ……ずぞぞ……」

イノリも自身の行為に集中しているのか、膣口から出入りする肉棒を半ば咥えこむようにしつつ、アヤノの陰核を舐め続けていた。なんというか、セックス未経験ながらこんなことができるなんて、イノリってもしかして相当な変態さんなのでは？

「んっ……！　もう、アタシだって、やられっぱじゃねーからなっ！」

アヤノはそう言うと、自身の顔に覆い被さるイノリの下半身に手を伸ばす。そしてウエストに手をかけると、ルームウェアと一緒にショーツをずりおろした。

「やだっ！　ちょっと、アヤノちゃん!?」

突然のことにイノリは顔を上げ、身をよじってうしろを見る。

「待って、なにするの!?」

「うるせー！　今度はこっちの番だよ!!」

アヤノはそう言うと、イノリの腰を押さえつけながら上体を起こし、彼女の尻に顔を埋めた。

「れろれろ……じゅぶぶ……」

「んひぃっ!?」

アヤノが舌を伸ばし、イノリの秘部を舐め始めた。その刺激にイノリが仰け反って悲鳴を上げる。

「あああっ！　待って……アヤノちゃ……こんなの、知らな……んんんっ!!」

イノリが快感に仰け反りながらも抗議するが、アヤノは意趣返しとばかりにクンニを続けた。俺に膣を突かれながらなので、彼女もなかなか大したものだ。

「はぁんっ！　んぅっ……んんっ！　私も、負けないから……！」

イノリは快感に顔を歪めながらも、ふたたび俺たちの局部に顔を埋め、接合部を舐め始めた。

「れろぉ……じゅぶ……ずぞぞ……」

「あむぅ……ちゅぷ……ちゅる……」

いったいなんの勝負が始まったのだろうかと思いながらも、俺は腰を動かし続けた。

ただ、ふたりの女性が互いを攻め合う姿はなんとも淫猥であり、アヤノの膣を犯しながらもイノリに接合部をねぶられる快感も相まって、俺はいよいよ限界を迎えた。

「アヤノっ!」

最後にアヤノの名を呼び、腰を強く押し出す。


——びゅるるるーっ!! びゅるるっ!! びゅぐるんっ! びゅるっ……!


「んはぁっ! あっ……あっ……すご……膣内で、出てるぅ……」

膣内射精を受けたアヤノは、イノリの秘部から顔を離し、身体を仰け反らせた。自身の内側で強く脈打つ肉棒の感触を、しっかりと味わっているようだった。

「んむ……じゅぷ……んく……」

射精が終わったあともイノリは接合部を舐め続け、やがて溢れ出した精液を吸い出して飲みこんだ。未経験なのに、ほんとすごいよこの娘。

「じゅぷ……ちゅる……んはぁ……」

ほどなく満足したのか、イノリが顔を上げてアヤノの上から移動する。

「すごいです。ハルマさんのお×んちん、ドクドクしてました……」

仰向けでぐったりとしたアヤノの隣に腰を下ろしたイノリが、ぼうっとした目で俺を見ながらそう言った。イノリが離れるころには射精も落ち着いていたので、俺は腰を引いて肉棒を抜き去った。

「あぅ……ハル兄ぃの、あふれちゃうよぉ……」

まだ絶頂の余韻があるのか、弱々しい声で呟くアヤノの身体が、断続的に痙攣する。彼女の荒い呼吸と呼応するようにぱくぱくと開閉する膣口から、白く濁った粘液がごぽりと溢れ出した。

「聖域に流し込まれた、愛の証し……」

アヤノの局部をじっと見つめながら、イノリが呟く。どこぞのロマンス小説にありそうな表現だけど、そんな高尚なものじゃないからね、それ。

イノリの口から出たポエミーな表現に妙な恥ずかしさを覚えつつ、彼女に目を向ける。イノリはルームウェアとショーツをずらしたまま正座を崩したように座っているため、視線を落とせば露わになった恥毛が目に入った。俺の視線に気づいたイノリは我に返り、慌てて股間を手で隠した。そして俯き加減のまま上目遣いに視線を上げ、俺を見る。

「次は、私の番ですよね」

瞳を潤ませたまま、意を決したように彼女はそう言うと、勢いよく立ち上がり、すべての衣服を脱ぎ去って全裸になった。

しなやかで引き締まった裸体が晒される。

ふだんはまとめられている緑髪が、いまは無造作におろされていた。エメラルドを溶かして染め上げたような、艶のあるまっすぐな頭髪だ。切れ長の目はいつも以上に細められ、かすかに見える瞳は落ち着きなく泳いでいる。形のいい鼻からは少し勢いよく空気が出入りし、緊張のせいか小さな口は引き結ばれていた。

身長は一六〇センチを少し上回るくらいで、アヤノより数センチ高い程度だが、下から見上げているせいもあって実際よりも長身に見えた。骨格は華奢だが〈ムエタイ〉で鍛えられたのか、肩周りや腕の筋肉が結構発達している。アヤノに比べてかなり小さな膨らみがツンと上を向いているのも、胸筋が発達しているおかげだろう。腹筋にもほどよく筋は入っているが、バキバキに割れているというほどでもない。太ももやふくらはぎなども鍛えられ、全体的に筋肉質ではあるものの、彼女の体型はマッチョというよりスマートと表現するのが似合っていた。

残念ながらイノリは股間を手で隠しているため、秘部の様子はうかがえない。ただアヤノの舌攻めが効いたのか、内ももを伝い落ちる透明な粘液はしっかりと見て取れた。

「あの……私、どうすれば……？」

勢いで全裸を晒したものの、羞恥に耐えきれず股間を隠す彼女は、腰のあたりをもじもじとさせながら困ったように尋ねてきた。

「うーん、そうだな……」

一応アヤノとの行為は見学してもらえたわけだし、それを踏襲するのがいいのだろうか。

「イノリ、おいで」

どうしたものかと思案している最中、アヤノがイノリに声をかける。

「アヤノちゃん？」

「ほら、はやく」

戸惑うイノリに対して、アヤノは仰向けのまま相手を迎え入れるように腕を開いてそう言った。

「えっと……」

窺うような視線を向けてくるイノリに、俺は無言でうなずく。ここはアヤノに任せよう。

イノリはおずおずとベッドの上を移動し、仰向けのアヤノへとハグをするように覆い被さった。

「アヤノちゃん、これ、うしろから、丸見え……」

うつ伏せの状態でアヤノに抱きついたことで、イノリは俺に向けて尻を突き出すような格好となった。アヤノに散々舐められてぱっくりと開いた割れ目から覗く花弁や、むき出しになった肛門がヒクヒクと震えている。俺に見られているという事実が、よほど恥ずかしいのだろう。

「人の散々見ておいて、勝手なこと言うなし」

「うぅ……ごめん」

アヤノはふわりとイノリを抱きながら、おどけて言った。

謝罪を口にしつつアヤノにしがみつくイノリには、そんな冗談が通じないようだった。

「だいじょぶだから、力抜いて？　最初はうしろからのほうが、痛くないからさ」

アヤノが身を縮めるイノリを宥めるようにそう言いながら、頭を優しく撫でてやる。

そうだよな、イノリは今日が初体験なんだ。なら、少しでも痛くないようにしてやらないと。そう思った俺は〈インベントリ〉から小瓶を取り出した。

「ハル兄ぃ、それってもしかしてローション？」

「いや、ローションじゃなくてポーション」

アヤノの問いに答えながら、俺は【ヒールポーションＵＲ】をイチモツに塗りたくった。これなら一滴に満たない量だろうと、大抵の傷は癒やせるはずだ。

ちなみに射精を終えてしなびかけていた肉棒は、すでに硬さを取り戻している。白と褐色、趣の異なる美女が上下に重なり、秘部を晒す絶景を見て、勃たない男はいないだろう。

「なんか、ポーションの使い方間違ってね？」

「いや、一番いい使い方だよ」

呆れ気味に問いかけるアヤノの言葉に真顔で答えると、彼女は苦笑を漏らした。しっかりとイチモツにポーションを塗りたくった俺は、並んで性器と尻を晒すふたりのそばで膝立ちになった。

「イノリ」

「ひぅ……！」

名前を呼びながら優しく尻に左手を添えると、イノリは短い悲鳴を上げてピクンと震えた。

「ほら、だいじょぶだから。力抜いて？」

「う、うん……」

アヤノの言葉で少しだけ緊張がほぐれたのを確認しつつ、イノリの秘部に手を伸ばした。

「あんっ！」

割れ目に指が触れた瞬間、イノリは短く喘いで背を反らした。アヤノに散々ねぶられたそこは充分に濡れており、触れた部分からクチュリと音がする。

「あっ……あっ……」

花弁をなぞられる快感に、イノリが小さく震える。陰唇はねっとりと濡れ、花弁も充分にほぐれているようだ。しばらく周囲を撫で回したあと、膣口に指先を当てた。

「あんっ……そこは……」

このまま少し力を入れれば、指先くらいは入るだろう。

「どうする？　指で馴染ませておく？」

俺が尋ねると、イノリは小さく首を横に振る。

「ハルマさんの、お×んちん……ください……！」

意を決して放たれたその言葉を受け、俺はイノリから指を離し、イチモツをつまんで先端を秘部に触れさせた。

「んっ……」

その感触に、イノリが身体を縮めた。

「だいじょぶ。ハル兄ぃにまかせとけば、全部だいじょぶだから」

アヤノの宥めるような声を聞きながら、俺はイチモツの位置を調整した。そしてその先端が、イノリの膣口を捉える。

「イノリ、いくよ」

「おねがい、します……」

イノリはそう言ってアヤノにしがみついたまま、彼女の胸に顔を埋める。そんなイノリの尻に手を置き、まずはゆっくりと腰を押し出す。

「んぁ……」

膣口がこじ開けられ、亀頭がぬぷりと押し込まれる。だがそれはすぐ、処女膜によって進行を妨(さまた)げられた。本来であればゆっくりと時間をかけて膜を広げるべきところだが、いまはポーションの効果を信じて一気に貫くことにした。

「ひぐぅっ!!」

ブチッという鈍い感触のあとに、イノリが悲鳴を上げる。肉棒は中ほどまで挿入されていた。

「イノリ、だいじょぶ?」

アヤノの問いかけに、イノリは無言で何度もうなずく。問題ない、という意思表示なのだろうが、とてもそうは見えない。どうやら相当痛いらしい。ポーションが傷を癒やすまで、しばらくじっとしていようかと思っていたのだが。

「ふふっ、アタシが治したげるよ」

アヤノがそう言うとイノリの身体が淡く光った。

「あ……」

イノリが声を漏らすのと同時に、こわばっていた彼女の身体が弛緩(しかん)する。

「ん……アヤノちゃん、ありがと」

「へへ、まかしといてよ。アタシってば癒やし系だから」

我がパーティーの回復役にかかれば、破瓜(はか)の痛みなんて簡単に治癒できるようだ。

「ハルマさん……動いてみて、ください……」

イノリに促され、俺はゆっくりと腰を押し出した。

「ん……ふぁ……」

ひとまず根本まで挿入しきり、そこからゆっくりと肉棒を引き抜いていく。まだ異物に慣れない肉襞が、ぎこちなく蠕動（ぜんどう）しているようだった。

「あぁ……んっ……ふぅっ……」

ずっ……ずっ……とスローペースでイノリの膣内をこすり上げる。

「どう、イノリ？　ハル兄ぃのお×んちん、気持ちいい？」

「んっ……んっ……わかん、ない……けど、へんな、かんじ……」

イノリは快感よりもまだ違和感を強く覚えるようだ。女性が挿入で快感を得るには慣れが必要というし、今日のところは仕方がないのかもしれない。

「ふぅん、そっかぁ」

イノリの言葉になんとなく答えたふうのアヤノだったが、その口元には意味深な笑みが浮かんでいた。ただ、アヤノにしがみついたまま抽挿から受ける感触に集中しているせいか、イノリはそのことに気づかない。

「じゃあ、アタシも手伝ったげるよ」

「えっ、アヤノちゃん。手伝うって……」

アヤノの手が、いつのまにか彼女たちの下半身のほうへと伸びている。

「ひゃぁっ!?」

「おうっ!?」

俺とイノリが、ほぼ同時に声を上げた。接合部あたりの裏筋に、ちょっとした刺激を感じる。

「えへへ、さっきのお返しだよーん」

どうやらアヤノが、イノリのクリトリスを指先でいじっているようだった。

「んぁああぁあぁぁっ！　だめ、アヤノちゃん……これ、ほんとヤバいよぉ！」

イノリが背を仰け反らせ、快感に喘ぐ。

「ハル兄ぃ、もっと激しくしちゃっていいよ」

「いや、でも」

「だいじょぶだいじょぶ。地味ーに回復魔法使ってっから」

アヤノのやつ、指先から回復魔法を出しながらクリトリスをいじってるのか。〈白魔法〉使いはそんなこともできるんだな。

「それじゃ、ペース上げるぞ」

「ま、まってハルマさん！　いま、激しくされちゃ——あああああーーっ!!」

怒張した肉棒でずりゅずりゅと膣内をこすり、イノリの尻へ俺の股間をパンパンと叩きつける。

「あっあっあっあっ！　ハルマさんのお×んちん、なか、こすれて……んんんーっ!!」

抽挿のストロークを大きくし、速度を上げたところ、どうやらイノリはその刺激から快感を得ているようだった。

「うりうりうりうり」

「ひゃあああっ！　アヤノひゃん、らめぇっ……!!」

挿入だけじゃなく、陰核を攻められることにも快感を覚えたイノリは、艶のある緑髪を振り乱して喘ぎ続ける。

「ああっ！　奥、コンコン当たってます……！　こんなの、だめぇ……なにか、くるよぉ……！」

イノリは怯えるような声を上げ、アヤノにしがみつく。

「イノリ、怖がらずに身をまかせな？」

気づけばアヤノは股間から手を離し、イノリを優しく抱きしめていた。

「ハル兄ぃのお×んちんで、おま×こズボズボされるのきもちぃっしょ？」

「はぁっ……あっあっ……きもち、いい……おま×こ、じゅぽじゅぽ……気持ちいいよぉ……」

「じゃあなんも考えずに、きもちぃのに全部委ねて、イッちゃっていいかんね？」

アヤノの言葉に反応してか、イノリの膣がキュウウっと締まる。

「んぁあっ！　きもち、いいっ！　私、イク、の……？　イッちゃう……？」

「うん、イノリはイッちゃうの。はじめてのえっちで、おま×こズボズボされながら、イッちゃえ」

「あああああっ！　イクっ！　私、はじめてなのに……もう、イッちゃうーっ!!」

その瞬間、ギュウウッと肉棒が締め上げられる。

さすがムエタイで鍛えられたおかげか、その締め付けはかなりキツく、俺もついに限界を迎えた。

「イノリ、このまま出すぞ！」

そう宣言した俺は、イノリの返事も待たずに精液を解放した。

――どびゅっ！　どびゅっ!!　びゅるるっ！！！　びゅぐんっ……！

イノリの腰を強く引き寄せながら、彼女の尻に思い切り股間を押し当てる。先端で子宮口を押し広げ、遠慮なく精液を注ぎ込んだ。

「あっ……すご……なかで……びゅくんって……」

はじめての挿入で膣内への射精を受け、さらにナカイキまで果たしたイノリは、全身を硬直させながら喘ぎ、ぴくぴくと痙攣していた。ほどなく、接合部からじわりと精液がしみ出してくる。

「はぁ……ふぅ……んん……」

やがて絶頂が落ち着いたのか、イノリはぐったりとアヤノに身を預けた。

「おつかれ、イノリ」

「うん……ありがと、アヤノちゃん」

ふたりはそう言って、優しく抱き合った。

「んっ……あ……」

そのタイミングで射精が落ち着いたので、イノリの膣内からイチモツを抜き去った。

膣口からは、少しだけ血の混じった精液が流れ出してきた。縦に並ぶふたつの性器から、俺の精液が垂れ落ちている。それはなんとも満足のいく景色だった。

「なんか、やっとハル兄ぃのパーティーにちゃんと入れたような気がする」

「ですね。ハルマさんとの繋がりを、しっかりと感じ取れます」

そんなことを言うふたりに、俺は小さなため息をついた。

「別に、セックスが加入条件ってわけじゃないんだけどなぁ」

そんな呟きは、この卑猥(ひわい)な光景を前にすればなんの説得力もないものだった。

第3章　恋人と凶人

大氾濫の終息から数日、休息やら引っ越しやらを終えた俺は、ダンジョンの探索を再開するためギルドを訪れた。同行するのはアヤノとイノリ、そしてミサキさんの三人だ。

アヤノとイノリは新入りで他のメンバーにくらべてレベルが低いため、ミサキさんは活動休止のブランクが長かったので、勘（かん）を取り戻すためこのメンバー構成になった。

「防衛戦ではとりあえず弓を射っておけばよかったけど、探索だとそうはいかないものねぇ」

とのことで、ミサキさんはひとまず小手調べをしたかったらしい。

ちなみにエリナとヨシエさんは『ヴァルキリーズ』のクランハウスに出張中だ。大氾濫を機に大幅な人員増員をした結果、運営面での人手不足が深刻となり、ふたりはお手伝いをしている。

なんにせよ今後、全員を一気に引き連れての探索は当分しない予定だ。下層を目指すとなれば何日も家に帰れないことは当たり前になってくるだろうが、その際にセラを家でひとりにしたくない。

「ハルマさんのパーティーですが、みなさん探索者ランクが二級へランクアップとなりますので、他のメンバーさんも早めにギルドを訪れるようにしてくださいね」

受付へ行くなりランクアップを告げられた。先の大氾濫である程度活躍した探索者は、ほぼ例外なく一ランクアップするそうだ。防衛戦での功績次第ではさらなるランクアップもあるのだが、その手続きにはまだ少し時間がかかるらしい。

「ミサキさんを除いて、ですが」

受付担当は俺にランクアップを告げたのち、ミサキさんを見てそう言った。

ミサキさんは一度探索者から離れていたので本来なら十級からのやり直しなのだが、ステータスを開示した結果、活動休止以前よりレベルが20ほどアップし、スキルランクや装備品も大幅に強化されていることが確認されたため、まずは様子見と三級からの再開となった。そして彼女はその日のうちに実力を見せつけて二級へランクアップした。

「ミサキさんは一度ギルドマスターとの面談を終えているので、この場で一級へのランクアップ手続きをさせていただきます」

「そう？　じゃあ遠慮なく」

というわけで、ミサキさんは大氾濫終息をもって一級へと返り咲いたのだった。

「お手数ですがしばらくのあいだは、一階層から順に探索を進めていただけますでしょうか」

ランクアップ手続きを終え、探索の申請をしたところ、担当からそう告げられた。大氾濫は終わったが、上層に現れた多数のイレギュラーすべてが討伐されたわけではなく、まだ草原エリアは危険が残っているらしい。これからも増え続ける新人探索者のためにも、ギルドとしては上層の安全を確保しておきたいようだ。

了承し、受付を離れようとしたときだった。

「ふざけんじゃねぇ!!　ランクダウンってどういうことだよ!?」

隣の受付台から、そんな声が聞こえてきた。

声の主は、カズマだった。彼はメンバーとともに、抗議の声を上げているようだ。

「探索途中のなすりつけ行為はペナルティの対象となります。また、防衛戦中の行為ということで、作戦の妨害とみなされました。本来であれば探索者資格の停止もあり得ましたが、最後まで戦線に残って戦った功績を考え、今回は二級から五級へのランクダウンとなりました。ご理解ください」

受付担当が淡々と告げる。たしかに、あいつのせいでイノリは死にかけてたからな。俺が把握してないだけで、ほかにもいろいろやらかしてたかもしれないし、同情の余地はないだろう。

「ふん、ざまぁ」

当事者のひとりであるアヤノがカズマを見て鼻で笑い、呟く。

隣にいるイノリはなにも言わないが、冷たい表情で様子をうかがっていた。

「てめぇら……!?」

アヤノの声が聞こえたのか、カズマがこちらに目を向けるが、ギルドの受付担当は無情に続けた。

「ダンジョン内での出来事はすべて把握されています。この処分に異議は認められません」

「――ぐっ……!」

すこしばかり強い語気でそう言われ、カズマは言葉を詰まらせた。そういや、ギルマスもそんなこと言ってたな。

「ハルマさん、いきましょう」

興味を失ったかとばかりにイノリがそう言い、歩き始める。

そうだな、これ以上カズマにかかわるのは時間の無駄だし、さっさといこうか。

○●○●

のんびりと草原を歩きながら、目についたイレギュラーっぽい個体を倒してまわった。ヨシエさんほどではないが、俺もそこそこ索敵はできるから、そこまで苦労することもない。

その日は五階層まで進んだところでいい時間になったので、【帰還宝玉】を使って帰ることにした。ボスエリアから帰還できるが、いまさらゴブリン一匹を三人がかりで倒すというのも時間の無駄としか思えない。幸い五階からなら最低レアリティの『C』ひとつで地上へ戻れるし、それは〈インベントリ〉内に三桁近いストックがあるからな。大氾濫で在庫を一掃したにもかかわらず、だ。

「ミサキさん、久々の探索はどうだった？」

「そうね、ピクニックみたいで楽しかったわ」

長く歩き回ることに多少の不安を覚えていたミサキさんだったが、レベル90超えともなればそう疲れることもない。それを実感してからは、彼女の足取りもずいぶん軽くなっていた。

いくらイレギュラーがいるとはいえ、俺たちの脅威になり得るモンスターなんてほとんどいないからな。彼女の言うとおり、今日の探索は一日かけたピクニックみたいなものだった。

「じゃあピクニックの次はキャンプだね」

「それ、ちょっと楽しみかも」

アヤノの言葉に、イノリが反応する。このペースでの探索となると草原エリアを越えるのに数日かかりそうだし、彼女の言うとおり野営をするのも悪くなさそうだ。

そんな感じで大氾濫後の活動再開初日、なんの問題もなく探索を終えた俺たちは、無事ギルドへ戻ってきた。

「おい、聞いたか？　『バランス・オブ・パワー』の話」

『バランス・オブ・パワー』とは、たしかカズマのパーティーだったか。

「おう。ランクダウンされたうえ『アイアンフィスト』を除名されたんだってな」

「ふん、ざまぁねぇぜ。あいつらちょっと調子のってたからな」

「だな。今日は一段と酒が美味（うま）いぜ」

ふと、そんな会話が聞こえてきた。アヤノとイノリを見てみたが、どうやらあまり気にしてなさそうだ。うん、あんな連中のことを考えるのは時間の無駄だな。

ただ、一応ヨシエさんには伝えておくか。ま、あの人も気にしなさそうだけど。

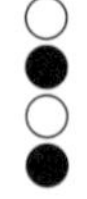

二級にランクアップして数日が経った。
俺たちはその日、少し早めに探索を切り上げた。このところイレギュラーに遭遇することもほとんどなくなり、ダンジョン内の状況は順調に戻りつつあるようだった。

防衛戦を途中離脱した探索者たちが、雪辱戦とばかりに奮闘したことがよかったらしい。俺たちもそれなりにがんばったが、数人で出せる成果なんてたかが知れているだろう。

そんなわけで少し前から俺たちはダンジョン攻略を先に進めるべく動き始めた。今日はエリナとヨシエさんを連れて洞窟エリアの最下層となる四十階の攻略を終え、帰還した。

「ようやく明日から仕切り直しって感じね」

「ああ、そうだな」

エリナが言い、俺は短く答える。大氾濫前には、同じところまで到達していたんだよな。

「それにしても、新人さんが増えましたねぇ」

ギルド内の待合スペースを見ながら、ヨシエさんがそう言った。

「懐かしいですね、あのジャージ」

ここ数日でジャージ姿の探索者を多く見かけるようになった。俺もこちらに来たばかりのころ支給された【はじまりのジャージ】だ。へたな防具よりも防御力は高いが、最初の三十日を過ぎれば消えてしまうんだよな、あれ。

「あら、あの子たち、こんな時間から探索を始めるのかしら？」

ダンジョン入口へ向かう数名のジャージ集団を見て、エリナが首を傾げる。いまは十五時過ぎで、日暮れまで余裕はあるが、探索を始めるには遅すぎる時刻だ。

「お試し、かな？」

少しでもダンジョンに慣れるため、短時間だけ潜るのだろうか。

そう思いながらその一団に目をやる。それは女性ばかりの集団で……。

「ん？」

その中のひとりに、見覚えがあった。最近どこかで会ったような……だが、ジャージを着ているということはここに来たばかりだよな。探索中に会ったわけでも、街で見かけたわけでもない。

日本での知り合いか？　でも、実家に帰ってしばらく、若い女性に会った記憶はない。

なら会ったのはもっと昔？　都会で会社に勤めていたころか、もっと前の学生時代……。

「あっ！」

「なに、どうしたの？」

急に声を上げた俺に、エリナが驚いて尋ねてくる。

「知り合いがいた」

「えっ、ほんとに!?」

「ああ。たぶん、間違いない。学生時代の……そう、中学の同級生だ」

古い記憶を探り、思い出した。

「すごい偶然ね。声かけなくていいの？」

「いや、そんなに仲がよかったわけじゃないからなぁ」

「親しくもないのに、よく覚えてるわね」

「田舎の学校で生徒数もそんなに多くないから」

よほど極端に変貌していなければ、判別はできるだろう。

「そういうものかしらね」

「ああ、面影はあるからな。メガネをかけてたら、すぐにわかったと思うよ」

と自分で言った言葉に、妙な違和感を覚えた。メガネ、かけていたか？　中学時代の記憶を掘り起こしてみたが、メガネをかけている彼女の姿を思い出すことができない。なのに、なぜ俺は彼女とメガネを結びつけた……？

「まぁ、同郷のよしみってことで、機会があれば声かけてもいいんじゃない？」

「……ああ、そうだな」

そのときすでに彼女を含む一団はダンジョン入口のほうへと姿を消していた。

「とりあえず、受付に行きましょうか」

「おう、そうだな」

俺は探索からの帰還を報告するため、受付へと向かった。


「そういえばさっきジャージの娘たちがダンジョンに入っていったみたいだけど、こんな時間から新人だけで探索をするのかしら？」

帰還の報告を終えたあと、エリナは雑談がてらそんなことを職員に尋ねた。もしかすると、俺に気を遣ってくれたのかな。

「いえ、あの方たちは実地訓練ですね。教育係がついていますから、あまり危険はありませんよ」

「実地訓練？　教育係？」

エリナが首を傾げて問い返す。俺たちのとき、そんなものはなかった。クランに入ったらそういうのもありそうだけど、ギルドがダンジョン内で訓練や教育をしていたという記憶はない。

「大氾濫のせいでしばらく新人はダンジョンに入れませんでしたから」

「ああ、なるほど」

こちらに来て最初の三十日は初心者期間ということで、衣食住と最低限の装備は保証されている。なのでその三十日のあいだにできるだけ経験を積み、金を貯め、生活基盤を整える必要があるのだが、いまの新人は大氾濫のせいでダンジョンへ入れず待機していた。

その間にも初心者期間は経過し、長い人は半月以上待たされているので、救済措置として中級探索者監督のもと、実地訓練が施されることになったそうだ。

「教育係は比較的安全な状態でそれなりに高い評価を得られますから、早くランクアップしたい中級探索者に人気ですね」

「それって普通にダンジョン探索するより効率いいの？」

「三級以上でしたら下層を探索したほうがいいですね」

「そっか、じゃあ私たちには関係ないわね」

エリナは話を切り上げようとしたが、なにか引っかかるものがあった。

「その教育係って、四級とか五級にとってはおいしいってことですか？」

「そうですね。特に防衛戦でレベルは上がったものの、思うようなランクアップができずに階層制限を受けている探索者には人気です」

なるほど、実力はあるけど探索者ランクのせいで下層へ潜れない中級探索者が、手っ取り早くランクアップするのにぴったりな依頼ってわけだ。

「どうしたの？　なにか気になる？」

「いや、うん……どうだろう」

エリナの問いかけに、俺は言葉を濁す。自分でもなにに引っかかってるかわからない。ただ、漠然と不安があって……。

「あの、さっきダンジョンへ入った人たちについた教育係のパーティーって、教えてもらえます？」

「ええ、いいですよ」

俺が尋ねると、受付さんはあっさり答えてくれた。探索者の個人情報は本人が秘匿(ひとく)を希望しなければ容易に開示されるのだ。そこに多少なりとも不安はあるが、こういうときは正直助かる。

「たしか先ほどの方々は初探索の実地訓練で……教育係は『バランス・オブ・パワー』ですね」

その名前を聞いた瞬間、俺は軽い目眩(めまい)を覚えたが……考えすぎか？

元二級の現五級探索者。階層制限のせいで大氾濫以前よりも浅い階層しか探索できないとなれば、できるだけ早くランクアップしたいと考えるのも当然だろう。だからカズマたち『バランス・オブ・パワー』が教育係をすることは、決して不自然なことじゃない。

ペナルティを喰らってランクダウンしたいま、ヘタなことはしないと思うべきだろうか。ダンジョン内の出来事はすべて把握されていると、すでに知っているわけだし……。

「ハルマ、行きましょう」

「えっ？」

俺がいろいろ考えていると、エリナがそう言ってきた。顔を上げると、彼女の傍らにいたヨシエさんがメモ帳になにか書き込んでいる。

「知り合いのことが気になるんでしょ？　だったら考えるまでもないわよ」

「そうですねぇ。他のみなさんにも伝言しておきましたので、すぐに来てくれるでしょう」

すでに〈インベントリ〉で伝言を共有したらしく、ヨシエさんの手からはメモ帳が消えていた。

「……よし、行こう」

少し考えたが、とにかく動くことにした。

カズマたちにはあらぬ疑いをかけているのかもしれない。でも、もしアイツらがなにかやらかして、それをあとで知ったらきっと後悔するだろう。それなら、せめて確認だけでもしておくべきだ。

カズマたちが真面目に教育しているなら、それを遠目に見守ればいいだけの話なのだから。

俺たちは急いでダンジョン入口へと行き、一階層ゆきの魔法陣に飛び乗った。

○●○●

「まだ、結構残ってるな」

一階層の大草原に転移した俺は、あたりを見渡して呟く。大氾濫用に設置した砦や塹壕などの防衛施設が、ある程度の形を保っていた。それでも風化は進んでいるようで、あと十日もすれば跡形もなく消え去るだろう。

「どうやって探す？」

エリナに問われ、俺は考える。一階層は広い。そしていま、あちらこちらにジャージの集団が見える。広大なエリアの中、十名に満たない集団を探すのは困難だ。闇雲に駆け回るのは時間の無駄だろう。しかもいまは残された防衛施設のせいで、この階層は一部迷路のようになっている。視線を遮る建造物があるため捜索の難度はより高まって……。

「いや、待てよ」

そもそもカズマたちが真面目に訓練を実施しているなら、見つけられなくてもいい。問題は連中がよからぬことを考えている場合だ。もし悪事を働くなら、できるだけ人目につかないよう気を遣うはず。だとしたら他者の視線を遮る建造物は、連中にとって都合がいいんじゃないだろうか。

「砦跡を中心に捜索しよう」

方針を決めた俺たちは、手分けしてカズマたちを探し始めた。

俺たちが転移した場所は第二砦の近くだった。移動速度の遅いエリナにそこを任せ、俺とヨシエさんはそれぞれ第五、第六砦に向かう。

「こりゃ結構大変だな……」

風化しかけているとはいえまだ高い壁や柱などが残る砦跡地は、新人探索者たちの休憩場所として人気があるようだ。周辺には人が多くいるせいで、探索系スキルが効果を発揮しづらい。

こうも人が多いと、逆にカズマたちは寄りつかないか？

いや、それでも死角になる場所はかなりある。ロッジなどもまだ形を残しているので、ああいうところに入られると厄介だ。砦跡は結構広いし、これは思っていたより大変な作業になるかもな。

「すみません、『バランス・オブ・パワー』のカズマたちを見ませんでしたか？」

カズマたちは良くも悪くも有名だ。新人はともかく、教育係の中級探索者なら誰かしら知っているだろうということで、俺は聞き込みも始めた。

「こうなると、もう少し人手がほしいな……」

何度目かの聞き込みを終えた俺は、苛立ちを吐き出すように呟いた。ヨシエさんが連絡をしてくれたので、ミサキさんたちもそろそろ来てくれるはずだが、それで足りるかどうか……。

どうやら第五砦にはいないと見た俺は、そこから一番近い第一砦を目指して駆け出した。

そのとき、〈インベントリ〉に変化があった。

他のメンバーが来るには早いのではないかと思いつつ、メモ帳を取り出した。

そこにはエリナの字でそう書かれていた。

『ソウカたちと合流。ヴァルキリーズのみんなも手伝ってくれるって』

なぜ『ヴァルキリーズ』が？　という疑問はあるが、手伝ってくれるのはありがたい。考えるのはあとにして、とにかく捜索を進めよう。

○●○●

第一階層に潜って一時間ほどが経った。

すでにアヤノ、イノリ、ミサキさんも合流し、それぞれ捜索を進めている。

第一砦跡地でも聞き込みを進め、どうやらまたハズレかと思い次の場所へ向かおうとしたとき、視界の端に光るものがあった。そちらへ目を向けると、遠くの空でなにかが赤く光っていた。

「信号弾？」

たしかそういうアイテムがあったはずだ。そう思った直後、〈インベントリ〉に変化があった。

『カズマ発見。クロ。赤い信号弾のほうへ急行して』

エリナからのメッセージだった。クロってどういう……やはり連中は悪事を働いていたのか？

「とにかく急ごう。あの方向だと……第八砦か」

俺はいやな予感を覚えながらも、徐々に弱まる赤い光を目指して走り出した。

第八砦に到着した俺は、裏手を目指した。先に現場へ到着したイノリから、細かい場所を教えられたのだ。そこは伐採された木々が徐々に復元し始め、風化しかけた砦の壁と絶妙に絡み合い、人目につきづらくなった一角だった。

「やあハルマさん、おつかれ」

そう言って声をかけてきたのは『ヴァルキリーズ』のソウカだった。彼女の傍らには斥候役のシノブや、先着したイノリもいる。彼女らの足下には拘束されたカズマと、パーティーメンバー二人が転がされ、ジャージの女性たちは少し離れた位置で固まって保護されていた。中には着衣が乱れている人もいたが、聞けば間一髪のところで間に合ったらしい。

「ふざけんじゃねぇっ！　さっさとこれをほどきやがれ!!」

「ちくしょう……なんで俺たちがこんな目に……」

「俺は悪くない……悪くないんだ……！」

カズマたちは口々に不満を言うが、鎖に巻かれて身動きが取れないでいた。

三人が長い一本の鎖によって拘束されており、その先はヨシエさんの持つ鎌に繋(つな)がっていた。

「ヨシエさん、おつかれさまです」

「いえいえ、大したことじゃありませんよぅ」

ヨシエさんはにこにこしながらそう言った。

彼女が持つ【死神の鎖鎌】は攻撃力だけじゃなく拘束力も強い。いくら元二級の実力だとしても、レベル90超えの彼女が操るその鎖からは逃れられないだろう。

「とりあえずうるさいから、眠らせますね」

少し遅れて到着した『ヴァルキリーズ』の魔道士ユイが、魔法でカズマたちを眠らせた。【死神の鎖鎌】に拘束されて抵抗力が落ちていたこともあり、カズマたちはあっさりいびきをかき始める。

メンバーが集まったところで、ソウカの説明が始まった。

なんでもギルドで偶然俺たちを見つけた彼女たちは、なんだか様子がおかしいのに気づいてあとをつけてきたようだ。といっても一階層に転送された時点でバラバラにはなるのだが、シノブの探索能力のおかげで元メンバーだったエリナをすぐに発見し、合流した。エリナから事情を聞いたソウカたちは協力を申し出てくれ、それぞれ分かれて砦跡地の捜索へ。その際に信号弾で連絡することをエリナに伝えていた。問題なければ青、問題があれば赤、ということにして。

第八砦に辿り着いたシノブは、砦跡地の裏手に不穏な気配を感じ取って急行し、カズマたちを発見した。カズマたちが不自然にジャージ娘たちを奥の方へと誘導しようとしていたので、様子見しつつ信号弾を撃った。それに連中が驚き、あたりを警戒したおかげで、少し時間が稼げたようだ。ほどなく第四砦を捜索していたソウカが到着する。

信号弾が自分たちとは関係ないと判断したカズマたちは、女性たちに襲いかかろうとした。そこへソウカとシノブが突入し、あえなく御用となったそうだ。

「ありがとう、ソウカ。助かったよ」

「なんの、君たちには大きすぎる借りがあるからね。最後に少しだけでも返せてよかったよ」

「最後？」

最後、という言葉が気になりそう問いかけたが、ソウカは微笑んだまま小さく首を横に振る。

「詳しいことはあとで。まずは彼女たちを地上に帰してあげないとね」

「……ああ、そうだな」

彼女の言葉は気になるが、ジャージの女性たちを無事に帰し、カズマらを職員に引き渡さないと。

「じゃあカズマたちは俺らで運ぶから、彼女たちをお願いするよ」

あの人たちはカズマから襲われそうになっていたわけだし、男である俺は近寄らないほうがいいだろう。そう思い、ソウカたちに新人たちの付き添い(つきそい)を任せた。

俺は帰るために【帰還宝玉】を取り出す。ヨシエさんが俺に触れていれば、鎖に巻かれたカズマたちも一緒に地上へ帰れるはずだ。俺はメンバーたちを集め、宝玉に念を込めた。

「ハルマくん！」

宝玉が発動し、視界が光に包まれ始めたころ、俺を呼ぶ声が聞こえた。

○●○●

カズマたちをギルドに引き渡し、事情を説明したところ、三人とも七級へのランクダウンと決まった。強姦未遂が二ランクダウンというのも随分軽い処罰のように思えるが、それもこの街では仕方がないことだ。なにせどんなひどいケガも魔法で治せるし、心の傷だって軽いものならレベルアップで精神値を伸ばせば癒えてしまう。そしてフラッシュバックなどを伴う重度の精神的ダメージは状態異常あつかいとなり、これまた魔法で回復できるからだ。

ただ、さすがに死者を蘇らせることはできない。なので殺人だけは厳罰に処される……といっても探索者資格の停止および無報酬での強制探索で、期間も長くて二〜三年という程度のものだけど。

一応ギルドが制定したルールはあるが、法律というほど厳格なものじゃない。警察や裁判所といった司法機関も存在しない。この街で起こったトラブルは、たいてい住人同士の話し合いか殴り合いで解決されるのだ。となれば治安はもっと悪くなりそうなものだけど、それを防いでいるのが探索者ランクによる攻略階層制限だろう。

ダンジョンは下層へ進むほど出現するモンスターは強くなる。そうなれば手に入るアイテムもＥｘｐも増えるのだが、素行の悪い探索者はランクアップができなかったり、ランクダウンのペナルティを受けたりする。すると下層を攻略できる上級探索者と、中層あたりで足止めをくらう中級探索者との実力差は、どんどん開いてしまう。自然、まともな人間が実力者となり、そんな上級探索者の善意と正義感によって、この街の治安は保たれているわけだ。なんとも危うい状況だが、俺が心配してもしょうがないので深く考えるつもりはない。そういうのは、ギルマスの仕事だ。

とにかく、カズマのような犯罪者を罰する機関が、この街にはない。ならば、彼らはギルドの定めた二ランクダウンというペナルティのみで済むのかというと、そんなわけでもない。

先に述べたが、この街のトラブルは住人同士の対話と暴力によって解決される。つまり、私刑が認められているようなものなのだ。

「すまない、うちの者が迷惑をかけたみたいだね」

ギルドへの報告が終わったところで、ガタイのいい青年が数名の筋肉モリモリマッチョマンを連れて現れた。クラン『アイアンフィスト』のリーダーと、幹部たちだ。クランリーダー同士それなりに交流があるとのことだったので、ソウカに頼んで連絡してもらったのだ。

「わざわざ呼び出してすまない。すでに除名されたと知ってはいたんだが……」

「いや、かまわない。我々できっちりシメておくべきだったと、いまは後悔しているから」

ソウカの言葉を遮るように、リーダーがそう言った。少なからず責任を感じているようだ。

ちなみにこのリーダー、俺がはじめてこの街を訪れた際に声をかけてきた人だ。あのときは少しバカにされた気もするが、いまとなってはどうでもいい話かな。

「あとはこちらに任せてくれるということで、かまわないかな？」

「ああ、被害者たちの了承は得ている」

「まったく……こいつらの尻拭いも、これで最後かな」

リーダーが呆れたように言った。

このリーダー、カズマがおこなっていた、初心者を騙して加入させ身ぐるみを剥いで放り出す、という悪事をまったく知らなかったらしい。もしかしてクランぐるみなのかも？　と思ってたけどそうじゃなかったみたいだ。大氾濫後にカズマを除名したあと、ほかにもなにかやっていたのでは？　と疑問を持ち、調べてみて判明したそうだ。

そもそも『アイアンフィスト』は力こそ正義と考える脳筋集団であり、パワハラまがいのしごきは日常茶飯事で戦えない者は容赦なく追放する、という風潮はあったのだが、それにしてもカズマのやったことは悪質に過ぎると判断された。そこで彼らは被害者を探しだし、金やクリスタル、アイテムなどで賠償をおこなっていたそうだ。

ちなみにヨシエさんを探してうちにもやってきたが、どう見ても八十過ぎのおばあちゃんに見えないことから人違いと判断して去っていった。こちらとしてもあまり関わりたくなかったので、あえて訂正もしなかった。

「それじゃ、失礼するよ」

鎖による拘束をとかれたものの目を覚ます気配のないカズマたちは、リーダーが引き連れたマッチョマンたちに担がれていった。彼らは身ぐるみを剥がされたうえ、ダンジョンの下層へ置き去りにされるらしい。そんなことをして大丈夫かと少し心配になったが、自分たちへの多少のペナルティは覚悟のうえだと、リーダーは言っていた。あまり好きなタイプではないが、少なくとも責任感や正義感は強そうなので、あとは任せておけばいいか。

「とりあえず、一件落着かな」

俺がそう呟くと、ほかのみんなも安堵したのか周囲にはほっとした空気が流れた。

「あっ、そうだ。ソウカ」

ふと地上に戻る前の会話を思い出した俺は、気になることがあったので聞いてみることにした。

「最後って、どういうこと？」

最後に多少なりとも恩を返せてよかった、なんてことを彼女が言っていたのが引っかかっていた。

「私たちは近々、ラストアタックをかけようと思っていてね」

ソウカたちはいよいよダンジョンの完全攻略に乗り出すようだ。俺たちの支援を受け、そして大氾濫を経て実力は大幅に上がり、また全員が一級へとランクアップしたことで意志を固めたという。

すでに後進への引き継ぎをすませ、クランリーダーの座も譲り終えていた。

そこで最後にいろいろと挨拶回りをしていたところ、俺たちが慌てた様子で一階層へ向かうのが見えたので、あとを追ってきたらしい。なるほど、それでエリナと合流できたのか。

「そういうわけだから、ここ数日で準備を整えて、最下層へ挑むつもりだ。守護神が倒され、復活する前のいまこそ、最大のチャンスだからね」

「そっか……がんばってね」

ソウカがひととおり話し終えたところで、エリナが彼女の前に立った。

「ああ、そうだな」

寂しげな笑みを浮かべるエリナに、ソウカはそう言ったあと明るい笑顔を向ける。

「なに、機会があればまた――」

そしてさらに言葉を続けようとしたが、不意に彼女の口が閉ざされた。

「……ソウカ？」

黙ったまま困ったような表情を浮かべるソウカに、エリナは首を傾げて問いかける。するとソウカは、ふっと苦笑を漏らして小さく首を横に振った。

「なんでもない。私たちはそろそろ行くよ。エリナも元気で」

最後はなんだか微妙な空気になってしまったが、彼女はそう言い残してメンバーとともに去っていった。俺がこの街でソウカたちを見たのは、それが最後となった。

「さて」

あらためて周囲を確認すると、被害者だったジャージの女性たちはみんな帰ったようだった。

ただひとりを除いて。その女性は、不安げにこちらの様子を……いや、俺を見ていた。地上へ帰還する直前、俺の名を呼んだのは彼女だろう。

やはり、見覚えがあった。間違いない、中学時代の同級生だ。名前はたしか……。

「塩屋（しおや）さん……？」

俺がそう呟くと、彼女は大きく目を見開いた。

「やっぱり……ハルマくん……!!」

そして塩屋さんはそう言って俺に駆け寄り、抱きついてきた。

「あの……えっと……」

突然のことに、戸惑う。

「よかった……ハルマくん、生きてたんだね……」

彼女はそう言うと、俺の胸に顔を埋めて泣き始めた。

……どういうこと？

「よかった……生きてた……わたし、死んじゃったのかと……」

塩屋さんはあいかわらず俺の胸で泣きながら、そんなことを呟いていた。俺が死んだと思ったとは、どういうことだろう。もしかして彼女の目の前で【帰還宝玉】を使ったからだろうか。はじめてのダンジョンだったらしいし、目の前で人が消えたら死んだと思うかもしれない。

「あの、塩屋さん、大丈夫だから。ダンジョンではよくあることだし」

俺がそう言うと塩屋さんは顔を上げ、困ったような表情で俺を見つめた。

「ダンジョン……？　よくある……？　ハルマくん、なにを言ってるの？」

戸惑いのせいか、彼女の流す涙はいつのまにか止まっている。

「いや、だから、さっき目の前で俺が消えたから、死んじゃったかと思ったんだよね？」

「えっと、それはもちろん、驚いたけど……そうじゃなくて、事故のことだよ！」

あいかわらず彼女は困った様子ながらも、俺に強く訴えてきた。

「事故……？　いったいなにを……」

「覚えて、ないの？」

俺を見つめる彼女の表情が、悲しみに変わっていく。

「あの日、ハルマくんの車で……」

「俺の車で?」

「そうだよ。ハルマくんのおうちを出て、車に乗せてもらって、そのときに……」

俺の家から出る? 彼女が俺の家に来ていた? そして俺は、彼女を自分の自動車に?

いや、でも、そんなはずは……。

「待ってくれ。俺と塩屋さんは、中学卒業から会ってないはずだよな?」

高校は別だったたし、俺は都会へ進学したあと、成人式にも同窓会にも参加していない。

なら、俺と彼女がいまここで会うのは十数年ぶりになるはずだ。

「本当に、覚えてないの? あの日のこと……」

塩屋さんが呆然とそう言う。

「あの日……?」

「そうだよ! あの日、自治会連合会のときに会って、そのあと、一緒に……」

自治会連合会……そういえば地元の公民館で自治会長の集まりがあると、通知が来て……でもそれはまだ先だったような……いや待て、面倒くさいと思いながら、参加した覚えもあるが……そこで俺は、彼女に再会していたのか?

ここへ来る直前のことはたしかに曖昧だった。気がつけばなにもない部屋にいて、ワケのわからないままこの街での生活が始まって……なんの変哲もない日常から、これといったきっかけもなく突然この世界に連れてこられたのだと思っていた。

でも、なにかがあったのか？　俺がこの世界に飛ばされるような、大きな出来事が……。

「自治会長の集まり……事故……車……塩屋さんと……」

なにか、思い出せそうだ……。

「ねぇ、ハルマくん、本当に、なにも、覚えてないの？」

抱きついていた塩屋さんは、気づけば俺の両腕を掴み、不安そうな眼差しで問い詰めてくる。

「いや、その……」

俺が答えあぐねていると、彼女は悲しげに表情を歪め、ふたたび涙を流し始めた。

「ひどいよ、ハルマくん……」

そして俺の両腕を掴む彼女の手に、ぐっと力がこもる。

「わたし、はじめてだったのに……！」

彼女がそう言って俺に身を寄せたとき、汗のにおいがふわりと鼻をくすぐった。

「あ……」

触れあう肌と肌、数年ぶりに感じた他者の体温と鼓動、そして股間にまとわりつく柔らかくも温かな肉の感触。

「あーっ!!」

その瞬間、俺はすべてを思い出した。

○●○●

その日、俺は地元公民館でおこなわれる自治会長の集まりに参加していた。周りは年配の人ばかりで、たまに見知った顔があるかと思えば同級生の親、というような場所だ。三十を過ぎて少しは大人になったと思っていたが、ここでは五十～六十代でもまだまだ若造で、三十代の俺なんぞ子供みたいなものだった。右も左もわからないまま、市役所職員の進行に身を任せ、会議の内容を右から左へ聞き流す。年中行事の説明や各種役員の選出など、ゆるやかに会議は進行していく。

結構広い公民館に、数十名の自治会長が参加しているため、質疑応答の際には質問者にマイクが手渡されていた。女性職員が長テーブルとパイプ椅子のあいだを、身をかがめてせわしなく動き、一本のマイクを運んでいる。俺は気づけば彼女の動きを目で追っていた。メガネをかけた、若い女性だった。紺色のジャケットに膝丈のタイトスカート、白のブラウスといういかにも公務員な格好だ。艶のある黒髪をアップにまとめており、おろせば背中くらいまではありそうだ。周りが年寄りばかりだからか、かなり若いと思っていたけど、少し近くへ来たときに見ると同年代だとわかった。

途中、何度か目が合った。向こうからすれば、俺みたいな若造が珍しかったのだろう。彼女以外にも、結構な数の視線は感じていた。どこかで見たような気もするが、思い出せなかった。田舎なので、知り合いの親族などもそこかしこにいるのだし、俺はあまり気にしていなかった。

退屈な会合が終わり、公民館を出たときだった。

「香西くん、だよね?」

突然名を呼ばれ、振り返ると、メガネの女性職員が立っていた。

「えっと……」

「覚えてないかな、同じ中学の……あっ」

そこで彼女は少し慌ててメガネを外す。それで、思い出した。

「たしか……塩屋、さん？」

俺がそう言うと、彼女はほっと息をついた。どうやら彼女は中学時代の同級生の塩屋さんらしい。下の名前はたしか……凪紗、だったかな。

「よかった、人違いじゃなくて」

そう言って、彼女は微笑んだ。あらためて見ると、塩屋さんはかなりの美人だった。中学時代は地味で目立たなくて……いまもどちらかといえば地味だけど、それでも容姿はかなり整っていた。少し踵のある靴を履いて俺と目線が同じくらいなので、身長は１７０センチあるかないかというところか。スーツを着ているのではっきりとはわからないが、スマートな体型に見える。

「ごめんね、昔はメガネしてなかったから、わかんなかったよね？」

「ああ、うん、そっか」

「お仕事始めてから、目が悪くなっちゃって……ふふっ」

自嘲気味に笑いながらメガネをかけ直す彼女の姿に、少し胸がトクンと跳ねる。学生時代に地味で目立たない子ほど大人になると美人になる、なんて言っていたのは、親戚のおじさんだったか。

「塩屋さん、市役所で働いてるんだ」

「うん、大学を出てからずっと。そこの庁舎だけど」

彼女はそう言うと、公民館の敷地から道を挟んで向こう側にある市庁舎を指した。

「公務員か。いいね」

「そんなにいいものじゃないよ」

俺の言葉に、塩屋さんが苦笑を漏らす。

「ねぇ、香西くんは――」

「おーい、塩屋さーん」

俺に何かを尋ねようとしたところで、公民館から彼女を呼ぶ声が聞こえた。まだ片付けなどの仕事が残っているのだろう。

「ごめん、もう行かなきゃ」

そう言って彼女は、踵を返す。

「塩屋さん！」

その瞬間、俺は咄嗟に彼女を呼んだ。

「ん？」

歩き出そうとした彼女が、軽く振り向く。

「いや、その……」

思わず呼び止めてしまったが、何をやってるんだ俺は……。でも、俺はもう少し、彼女と話したいと思ってしまった。

「このあと、時間は？」

「えっ？」

俺が尋ねると、彼女は驚いたように目を見開いた。まずいな、ヘタなナンパだと思われたか……。

いや、実際ヘタなナンパだな、これ。

「あの、ごめん、なんでも――」

「十五分くらいで、終わるから！」

「――えっ？」

諦めて引き下がろうとする俺の言葉を遮るように、彼女はそう言った。なんというか、彼女も少し、必死そうに見えた。

「えっと、じゃあ……」

「ごめん、待ってて？」

「あ、うん」

「ありがと！」

俺の返事を聞くと、彼女は嬉しそうに礼を述べ、公民館へ入っていった。

自治会連合会の片付けを終えた塩屋さんを俺の車に乗せ、どこかで食事をしよう、ということになった。十五時から始まった会合は一時間半ほどで終わり、片付けを終えた現在は十七時少し前。

そろそろ飲食店が混み合う時間帯だ。

「職場には戻らなくていいの？」

「今日は直帰だから」

「役場でも直帰ってあるんだ」

「休日出勤だからね」

「休日出勤？　あー、土曜か、今日」

在宅ワークで引きこもり生活を送っていると、曜日感覚がなくなるから困る。

「どこいこっか？」

「ごめん、俺ファミレスかラーメン屋くらいしか知らない」

「じゃあ、わたしのおすすめでいい？」

「もちろん」

ということで、塩屋さんおすすめの居酒屋へ行くことになった。少し広めの大衆居酒屋で、県内にいくつかの支店があるお店らしい。

入店し、半個室のふたり席に案内された俺たちは、向かいあって座った。

「わたし、とりあえず生で。香西くんは？」

「俺は車だから」

「代行呼べばよくない？」

「あー、うん……じゃあ、ハイボール」

昔なじみとはいえ、同世代の女性と話すのは久しぶりだ。というか中学時代もほとんど言葉を交わした記憶もないので、初対面に近い。女性経験があまりない俺にとって、この状況を素面で乗り越えるのはハードルが高すぎるため、彼女の提案に乗ってアルコールの力を借りることにした。

「それじゃ、かんぱい！」

「かんぱい」

彼女が音頭を取り、ジョッキを重ねる。俺がハイボールを半分ほど飲み終えるあいだに、彼女はひと回り大きなジョッキに注がれたビールを飲み干しておかわりを頼んでいた。

「塩屋さん、結構お酒飲むの？」

「お店で飲むのは久しぶりかな。家ではたまに父さんの晩酌に付き合うくらい。香西くんは……」

そこで彼女は一度言葉を切り、すぐに口を開く。

「ごめん、下の名前なんだっけ？　ハルオくん？」

「ハルマだよ」

「あはは……ごめんね、人の名前覚えるの苦手で。じゃあ、ハルマくんって呼んでいい？」

「えっと……」

「ごめん、馴れ馴れしいよね？　でも、職場に同じ名字の人がいて、なんかごっちゃになりそうで」

「ああ、うん。別に問題ないよ」

「そっか、よかった。あっ、ちなみにわたしの名前だけど……」

「ナギサさん、だよね？」

「あっ、覚えててくれたんだ、嬉しい」

彼女はそう言うと、頬を赤らめてにっこりと微笑んだ。そんな笑顔に、俺は鼓動が速まるのを感じる。お互いもう、酔い始めたのかな。ほどなくテーブルには料理が並び、それらと酒を楽しみながら、俺たちは思い出話に花を咲かせつつ互いの近況を伝え合う。

「そっか、ハルマくんいま、ひとりなんだ。大変だね」

「まぁ、気楽に過ごしてるよ。ナギサはご両親と同居？」

酒の勢いもあってか気づけば俺は彼女を呼び捨てにしていた。女性に対してこういう距離の縮め方をしたことはなかったので、自分でも少し驚いている。それだけ昔なじみってのは大きいのかな。

「そ。いい加減結婚しろってうるさくてね」

「やっぱ田舎じゃ、出会いは少ないか」

「だね。高校大学と女子校だったから、職場恋愛を夢見てたんだけど」

「役場ならいい人がいそうだけどな」

「それがさ、入ってすぐ上司からセクハラ受けて、男の人が苦手になっちゃったんだよね」

「ああ、田舎の役場って、そういうの多そうなイメージあるわ」

「いやほんと、ヤバいよ。いまはまだましだけど、当時は職場不倫とか普通にあったしね」

「うへぇ……。でも、俺のこととか大丈夫？　無理してない？」

「あはは、大丈夫だよ。あれから十年も経つし、その上司だって定年退職したしね」

「そっか、ならよかった」

「まぁでも、その十年で同期はみんないい人見つけちゃってさ、残ったのはなんかワケありみたいなのばっかり。わたしも含めて、だけど」

彼女は自嘲気味にそう言うと、半分ほど残っていたジョッキを空にしておかわりを注文した。もう、何杯目だろう。

「まぁ、それを言うなら俺だって似たようなもんさ」

たまに地元の友人に誘われて飲みに出かけることもあるけど、大半は既婚者だ。残った独身組の半数はバツイチで、あとの半数はなにかしらワケありだ、俺も含めて。仕事をしているとはいえ基本的には引きこもりで、収入だって平均の半分程度。実家住まいじゃなければ成立しない生活を送っていると、結婚や子育てのことなんて考えたくもなくなるんだよな。

「お互い大変ね。いえ、みんな大変か」

「だな」

自覚はなかったが、俺たちは日々の生活に不満を抱いていたのだろう。酒の力を借りてそれをぶちまけ合うのは、なんだか気分がよかった。

あっという間に二時間ほどが経過し、かなり混み合ってきたので俺たちは店を出ることにした。支払いは俺が持とうとしたが、彼女の申し出で割り勘となった。

「まだ、早いね」

飲み始めたのが早かったせいで、時刻は十九時くらいだった。寝るには早すぎるし、もう少し彼女との時間を過ごしたかった。

「でも、酒飲んじゃったからなぁ」

あたりを見渡しても、少し離れた場所にコンビニがあるくらいで飲食店などは見当たらない。

運転代行を呼んでハシゴというのも、さすがにどうかと思うし。

「ハルマくんち、いっていい？」

どうしたものかと思っていると、ナギサがそんなことを言ってきた。

「いや、まぁ、俺は、いいけど……」

彼女の言葉に、一瞬酔いがさめたような気がした。だがすぐに顔が熱くなり、鼓動が速度を増す。

「やった！　じゃあ、ハルマくんちで飲みなおそっか」

代行が来るのを待つあいだ、近くのコンビニで酒やつまみを買った。こうして女性とふたりで買い物をするのなんて、何年ぶりだろうか。

缶ビールや炭酸水、ウイスキーのボトルなどをカゴに入れながら、ふたり並んで店内を歩いていた。つまみなんかも適当に選び、そろそろレジに並ぼうかというとき、棚に並んだコンドームのケースが目に入った。いつもなら気にも留めず素通りするのだが、酔っているせいか足を止め、数秒ほど視線を固定してしまう。そしてふと我に返って顔を上げると、ナギサと目が合った。なんとなく気まずい空気が流れ、無言で見つめ合う。

「あー、こんなもんでいいかな」

俺はごまかすようにそう言って、その場を離れようと歩き始めた。

――コロン。

カゴの中になにかが放り込まれた。言うまでもなく、コンドームだ。驚いてナギサを見ると、彼女は顔を真っ赤にして目を逸らしていた。

……そういうこと、だよな？

などと考えながらも、真意を問いただすような度胸はない。俺はなにも言わずレジに向かった。

「半分、出すよ」

「いや、ここは俺が」

「じゃあ、代行はわたしが出すね」

「わかった」

ちょっとぎこちない会話を終えて店を出ると、運転代行の担当者からもうすぐ到着するという連絡がきた。居酒屋の駐車場に戻ってすぐ、業者がやってきた。

○●○●

帰宅した俺たちは、リビングでくつろいでいた。ふたりとも上着を脱ぎ、俺はTシャツにチノパン、ナギサはブラウスとタイトスカートという格好だった。

リビングのソファに並んで座り、ナギサは缶ビールを、俺はハイボールを飲みながら、コンビニで買った乾きものをお供に晩酌を楽しむ。動画配信サイトで目についた海外ドラマを流してはいるが、俺たちは集中して見ることもなく、雑談に花を咲かせていた。

「えっ、田口のやつが結婚してたってのは聞いてたけど、相手があの細野先輩？」

「そうそう。でも田口くんが職場で不倫しちゃってねー」

「それで離婚？　なにやってんだよあいつ、あんないい人つかまえといて……」

「えー、ハルマくんも先輩のこと好きだったの？」

「好きっつーか、憧れみたいな？　てか同級生みんなそうじゃね？」

「まぁ、キレイだったもんね、あの人」

そんな感じで昔話をしていれば、話題に事欠かない。

「ねぇ、ハルマくんって、当時わたしのこと、どう思ってたの？」

「どうって……」

「もしかして、わたしのことなんて覚えてなかった？」

ナギサが意地悪な笑みを浮かべてそう尋ねてくる。なんというか、今日会うまではすっかり忘れてたんだけど、それを正直に言っていいものか……。

「ちなみにわたしは忘れてたよ、ハルマくんのこと」

「いや、そこはっきり言うんかい！」

「あははっ、ごめんごめん」

酒で顔を赤らめたナギサが、ケタケタと笑う。なんというか、彼女とこうして話す日が来るなんて、中学時代は想像もしなかったよなぁ。

「でも、久々に会ったらびっくりしちゃった。ハルマくん、なんか垢抜けてカッコよくなってるし」

「いやこんなくたびれたおっさんが垢抜けてるわけないだろ」

「わかってないなぁ。都会を経験した空気が、なんとなくにじみ出てるのよ」

「そんなんないって」

「いやいやあるんだって。ずーっと田舎に籠もってたら、なんとなく感じちゃうの」

ナギサは自嘲気味にそう言うと、ビールの缶をぐっとあおった。ごくごくと喉を鳴らし、最後まで飲み干すと、空になった缶をテーブルに置き、未開封のものをレジ袋から取り出す。

「それに、ハルマくんがくたびれたおじさんなら、わたしだってくたびれたおばさんだよ」

「いや、そんなことはないって……」

「そんなことあるの。役所の事務のおばさんじゃん、どう見たって」

彼女はそう言うと、メガネをクイッと持ち上げておどけたように微笑んだ。

「いやぁ、そんなことないと思うけどなぁ」

そう言いながら、俺はナギサへ目を向けた。酒で赤くなっているが、肌にはしっとりと艶があるように見えるし、多少小ジワはあるけど気になるほどでもない。

目鼻立ちは整っているし、なによりメガネが似合っていた。それに……。

「なに？　胸、気になるの？」

「あ、いや……」

さっき居酒屋で飲んでいるときもそうだったが、つい視線が胸の膨らみに誘われてしまう。

「言っとくけど、全部気づいてるからね？」

「あの、すみません……」

「あはは、別に謝らなくていいよ。もう慣れっこだし」

聞けば高校に上がってから急に成長したのだという。

「大きくていいことなんて、あんまりないけどね。友だちからはやっかまれるし、いざ社会に出ればセクハラが待ってるし」

高校大学と女子校だったため異性の目に触れる機会の少なかったナギサの胸だが、就職してからは男性職員から注目されることとなった。最初のうちは視線だけでもいやな思いをしたが、上司に触られるなどのセクハラを受けて以降、それよりはマシと割り切れるようになったのだとか。

「重いし、肩凝るし、ブラだってさ……」

そう言って彼女は背中に腕を回したかと思うと、するするとブラジャーを外してブラウスの裾から引き抜いた。

「ほら、こういうダサいのしかないのよ」

そして俺の前にそれを掲げる。シンプルなデザインの、ベージュのブラジャーだった。

「いやなにやってんの？」

「愚痴聞いてもらってるんだけどぉ？」

俺を見つめてそう告げるナギサは、瞳の焦点が合っていないように見えた。

「だいぶ酔ってんな」

「うん、酔ってる、酔ってるよぉ……楽しいねぇ。あはは」

そう言ってヘラヘラと笑うナギサを見ていると、こっちも楽しくなってきた。俺も、酔ってるな。

「あー、重い。ほんと重いのよ、おっぱいって」

「そっかそっか、そりゃ大変だ」

「そう、大変なの。だからぁ支えて？」

「ん？　支える？　おう、いいよ、支える」

俺は彼女の言葉に促されるまま手を出し、豊満な乳房を下から持ち上げた。

「あ、重い」

手のひらに、ずっしりとした柔らかな重みがかかる。

「でしょ？　でもいまは、ハルマくんに支えてもらってるから楽ちんだあ」

「そっかそっか。じゃあずっと支えとくよ」

「ほんとに？　ありがとー、うふふ」

お互い妙なテンションになってしまった自覚はあるが、なんとなく流れに逆らえない。

「ハルマくん、そのままだとお酒飲めないねぇ」

「ああ、たしかに」

「じゃあ、わたしが飲ませてあげるね」

ナギサはそう言うとテーブルにあったグラスを手に取り、ハイボールを口に含んだ。

「んふふー」

そしてそのまま顔を近づけ、俺の頬を両手で包みながら唇を重ねる。口の中にぬるくなったハイボールが流し込まれた。

「んぐ……ごく……」

大半を口の端から漏らしつつ、喉を鳴らす。そして俺と口を重ねたまま、彼女は舌を入れてきた。

「れろ……ちゅぷ……」

されるがまま、ナギサを受け入れる。まだウイスキーの香りが鼻を突くなか、俺たちは互いの舌を絡め合った。そうやって深いキスをしながら、俺は乳房を乗せたままの手に軽く力を込める。

「あむ……んぅっ！　ん……ちゅる……」

乳房を軽く揉むと、その感触に少し反応するナギサだったが、そのままキスはやめなかった。

俺は彼女の舌を堪能しながらも、柔らかく重い乳房をもてあそぶ。最初はただ揉んでいるだけだったが、そのうち親指で乳首の位置を探り当て、衣服越しにこすり始めた。

「んふぅっ！　んむぅ……れろ……じゅぷ……」

ときおり身体を震わせながらも、ナギサは俺の顔をしっかりと持ったまま、舌を動かし続けた。柔らかかった乳首が、何度もこするうちに硬くなっていく。

「れろぉ……んちゅる……んふぁ……はぁんっ!!」

一度乳房から手を離し、ブラウスのボタンを外していく。すべてのボタンを外し終え、前立てをはだけたところで、中に着ていたキャミソールをまくり上げた。

「んむぅ……れろれろぉ……」

乳房が露出されたことに気づいているだろうナギサだったが、それを咎めるようなことはなかった。俺は露わになった乳房を、ふたたび下から持ち上げる。下乳はじっとりと汗に濡れ、かなり温かくなっていた。すべすべとした肌を堪能しながら、俺は親指で直接乳首をこすりあげた。

「んぁあっ、だめ、それ……！」

やがて乳首への刺激に耐えられなくなったのか、ナギサは顔を離して大きく喘いだ。

「はぁっ……ごめん、ちょっと」

ナギサはそう言うと俺から身体を離して立ち上がった。俺は乳房を支えていた手を出したままの、なんともまぬけなポーズで固まってしまった。

「はぁ……はぁ……」

「ナギサ、大丈夫？」

「うん……ちょっと、びっくりしちゃっただけ、だから……」

彼女は胸に手を当て、呼吸を落ち着けながらそう言った。

「それでさ、その、ハルマくん……」

ある程度息が整ったところで、ナギサはおずおずと俺に視線を向けたあと、テーブル脇にあるレジ袋へ目をやった。そこには、コンドームが入っている。

「する、よね？」

少しだけこわばった表情で、尋ねてくる。

「あ、うん……この流れで、しないってのはないんだけど……」

そう言って俺が自身の股間に目をやると、ナギサも同じくそこを見る。

「酔ってるせいかな……なんていうか、まだ、準備がさ……」

かなりエロい状況だったし、普通ならギンギンに勃起してもよさそうなものだが、俺のイチモツはまだしなびたままだった。酔っていると勃ちにくいっていうし、俺もそんなに若くないからなぁ。

「そ、それなら、わたしに任せてよ！」

ナギサはそう言うと、俺の前で前屈みになり、ズボンのボタンに手をかけた。

「ナギサ？」

「い、いいからいいから。とりあえず、脱ぎ脱ぎしましょうね」

彼女はぎこちない手つきでボタンを外し、ファスナーをおろすと、ズボンとトランクスの両方に手をかけた。

「し、失礼しますね」

なんて緊張気味に言う彼女にされるがまま、俺は下半身を完全に晒すこととなった。そこにはしょんぼりとした俺のイチモツが鎮座している。なんだか恥ずかしいと思いながらも脚を開くと、ナギサは促されるように俺の股間の前で膝立ちになった。

「わぁ……お×んちんだぁ……」

おっかなびっくり様子を見ながら、ナギサがイチモツをつまみ上げる。少し、くすぐったい。

「あ……先っぽ濡れてる？」

「あー、がまん汁ってやつ」

「……っていうことは、興奮はしてたってこと？」

「まぁ、そうなるかな」

「ううふ、そっかぁ」

ナギサはなにやら愛おしげに、俺のイチモツを見ていた。

「えっと、その……口で、するね？」

「うん、お願い」

こうなったらナギサに任せるのがよかろうと、俺は素直にお願いした。

「それじゃ、失礼して……あむ」

ナギサはぐったりとしたイチモツをつまみ上げたまま、亀頭を咥えこんだ。唇に包まれたそこが、じんわりと温かくなる。

「んむ……れろ……んちゅ……」

彼女は口に含んだイチモツを、丁寧に舐め始めた。あまり上手ではないが、一生懸命に奉仕してくれるさまは見て取れる。

「じゅぷ……れろ……んっ……」

そんな健気なナギサの姿と、拙（つたな）いながらも温かな刺激に、イチモツは一気に硬さを増していった。

「んんっ……んむぅ……んっ……んはぁっ……」

口の中で急速に膨張する肉棒に驚いたのか、ナギサは口を離した。

「えっ……こんなに、おっきいの……？」

そしていきり勃つ俺のイチモツを見て、驚いているようだった。

「あの、それじゃあ」

ふと我に返ったナギサは、レジ袋を漁ってコンドームの箱を取り出した。

「えっと、これを、こうして……」

不慣れな手つきでフィルムを外し、箱を開けて個包装になったコンドームを取り出す。

「この中に、あるんだよね」

自身で確認するようにそう呟きながら、ポリウレタン製の極薄コンドームを取り出した。

「あとは、これを咥えて……あれ、どこを咥えればいいんだろう？」

「あー、貸して」

どうやら口に咥えてコンドームを装着しようとしてくれているらしいが、見たところ慣れていないようなので自分の手でつけることにする。

「あ、うん。どうぞ……」

遠慮がちに差し出されたコンドームを、イチモツに装着した。

「それじゃ、わたしも脱ぐね」

ナギサはそう言い、スカートのファスナーをおろした。

ぱさり、とスカートを落とすと、ベージュのショーツが露わになる。

「ん……しょ……っと」

ショーツのウエストに手をかけた彼女は、少し前屈みになりながらずりおろした。そして完全に脱ぎ捨てられたショーツへ目をやると、生理用品らしきものが見えた。

「ナギサ、今日大丈夫？」

「大丈夫って、なにが？」

きょとんと首を傾げたナギサだったが、俺の視線を追ってショーツを見たあとクスリと微笑んだ。

「あれはただのパンティライナーだから。わたし、おりもの多くていつも着けてるの」

「な、なるほど」

生理用品とパンティライナーの違いはよくわからないが、彼女がそう言うなら問題ないのだろう。

視線を戻すと、ブラウスをはだけてキャミソールをまくり上げ、胸や腹、そして下半身を晒したナギサの姿が目の前にあった。

キャミソールで上半分が隠れているとはいえ、彼女の乳房は圧巻の大きさだった。それ以外が標準体型に近いので、よりその豊満さが目立つ。桜色の乳首は俺にもてあそばれて硬いままだった。

腹はくびれるほど細くはないものの、余分な贅肉は見受けられない。尻はふくよかで、ふとももはむっちりとしており、男好きのする曲線を描いている。直接触れられたわけではないにせよ、先ほどまでの行為に興奮したのか、恥毛の先端は濡れていた。その陰から、てらてらと光る陰唇が顔を覗かせており、その卑猥な姿のおかげか俺は勃起を維持できている。

「ハルマくんは、そのままでいいから」

彼女はそう言いながら、ソファへ深く腰掛ける俺の上にまたがった。

「わたしから、いくね？」

その問いかけに無言でうなずく。ナギサは俺の肩に両手を置き、ゆっくりと腰を下ろしていった。

「ん……あれ……？」

ただ、自身の膣口でイチモツを捉えるのに、苦労しているようだった。しょうがないので俺は自分の手で竿をつまみ、位置を調整した。やがて、先端に粘膜が触れる。

「あんっ……」

その感触に、ナギサは小さく喘いだ。

「そのまま、腰を落として」

「ん……」

俺の言葉に小さくうなずくと、ナギサはゆっくりと腰を落とした。そして亀頭が半ば膣口に入ったところで、彼女の動きが止まる。

「はぁ……はぁ……」

ナギサは、無言のまま荒い呼吸を繰り返した。先端に、進入を拒むような感触があった。

「ナギサ、これって……」

もしやこれはと思い声をかけたが、ナギサは俺を見てふっと微笑む。

「じゃ、いくね……！」

俺ではなく、自分に言い聞かせるように声を出した彼女は、一気に腰を落とした。ずるり、とイチモツが根本まで飲み込まれる。

「んぎぃぃいいぃっ!!」

ナギサが悲鳴を上げるのと同時に、俺の肩を掴む両手にぐっと強い力がこもる。

「ナギサ、大丈夫か?」

「ん……くぅ……ふっ……」

俺が声をかけても、ナギサは俯いて身体を強ばらせたまま、小さく呻くだけだった。

「ぐぅ……ふぅ……はぁーっ……」

しばらくすると落ち着いたのか、ナギサは大きく息を吐き出して顔を上げた。

目尻からは、涙がこぼれている。

「あー、バレちゃったかぁー……あはは」

彼女はそう言いながら、乾いた笑みを漏らした。

「酔った勢いでごまかせると思ったんだけどなぁ……」

どうやらナギサは、自分がはじめてだということを、ごまかしたかったようだ。

「言ってくれれば、もっと優しくしたんだけど?」

「でもだって、恥ずかしいでしょ? この歳で処女だなんて」

「んー、別にいいと思うけど」

「そっか、ハルマくんは、変に思わないんだ……」

ナギサは安堵したようにそう言うと、全身の力を抜き、俺に身を預けてきた。

「人それぞれ、事情はあるだろうしね」

胸に当たる豊満な乳房の感触を楽しみながら、俺は彼女の背中に腕を回して優しく抱擁する。

「ふふ……なんか、いろいろ考えすぎて、損しちゃった……」

よほど安心したのか、ナギサの声からも力が抜けていくのを感じる。

「でもよかった……はじめてが、ハルマくんで……」

「そう思ってもらえたなら、光栄だよ」

それからしばらく、俺たちはつながったまま無言で抱き合っていた。イチモツはまだ硬さを保っていたが、さすがにいま動くのは彼女にとってキツいだろう。とはいえ、いつまでもこうしているわけにもいかない。

「ナギサ、そろそろ……」

「んぅ……すぅ……すぅ……」

話しかけても返事はなく、ただ寝息だけが耳にかかりだした。

「はぁ……しょうがないな」

いま抜けば痛みで起こしてしまうかもしれないので、俺はイチモツがしぼむまでのあいだ、このままでいることにした。


「うぅ……頭痛い……」

翌朝、ナギサが頭を押さえながら起き上がった。

昨夜、結局彼女は俺にまたがったまま眠ってしまった。相当酔いが回っていたのか、なにをやっても起きなかったので、とりあえずそのままリビングのソファで寝かせることにした。できればベッドまで運んでやりたかったが非力な俺では無理そうだったので、キャミソールをおろして毛布だけかけてやった。うちのエアコンは基本的につけっぱなしなので、それで問題なかったはずだ。

しわになるといけないのでブラウスは脱がせ、スーツを拾い上げて簡単にたたんだ。その近くに、脱ぎ散らかしていたブラジャーとショーツも置いておいた。

「飲みすぎじゃない？　はいお水」

先に起きていた俺は、とりあえず彼女のそばへ行き、ペットボトルの水を渡す。

二日酔いの寝起き姿なんて見られたくないと思うから、あまり彼女のほうは見ないようにした。

「ありがと……ほんと、飲みすぎたよ……」

ガラガラにかすれた声でそう言いながら、彼女はこくこくと喉を鳴らして水を飲んだ。

「ふぅ……でも、緊張でちゃんと話せないと思ったから、つい……」

喉を潤して少し調子を取り戻した声で、彼女は言葉を続ける。

「それに、飲まなきゃできないよ、あんなこと……」

「あー……」

そう呟く彼女を見ると、毛布にくるまって恥ずかしげにこちらを見ていた。

「覚えてるんだ、ちゃんと」

もしかしたら飲みすぎたせいで忘れてるかも、とは思ったが、そうでないことに少し安心した。

「お酒で記憶、飛ばしたことないから……」

「そっか」

「でも、途中で寝ちゃったよね、わたし」

「途中って言うか、まぁ、うん。なにしても起きないからちょっと困ったけど」

「ごめんごめん。でもさ、だったら最後までしちゃったの？」

となぜか嬉しそうに問いかけてくる彼女に、思わず苦笑が漏れる。

「いや、無理でしょ」

「遠慮しなくてもいいのに」

「続きはまた今度ってことで」

俺がそう言うとナギサは一瞬目を見開き、すぐに俯いた。そして自身の身を包む毛布を少し引き上げ、半分ほど顔を隠す。

「うん、今度ね」

そしてそう呟いた彼女は、少し嬉しそうにしていたと思う。

「じゃあ、次はお酒なしで」

「えぇ、自信ないなぁ」

俺の言葉に、彼女は俯き加減のまま視線だけをこちらに向け、クスクスと笑ってそう言った。

「とりあえずシャワー浴びてきなよ」

「うん。毛布、このまま借りてっていい？」

「もちろん」

彼女は毛布にくるまったままもぞもぞと動き、自分の着替えを持ってバスルームへと向かった。

シャワーを浴びて昨日と同じスーツに着替えたナギサを、車に乗せた。

助手席に座る彼女は、昨日と違って髪を下ろしていた。そしてメガネをかけ、マスクを装着している。すっぴんの顔を、あまり晒したくないらしい。

昨夜は日をまたぐより先に寝たので、いまはまだ結構早い時間だ。せっかく日曜の朝早くに目覚めたのだから、どこかへでかけようということになった。ナギサの二日酔いもシャワーを浴びればかなり楽になったというし、喫茶店で朝食でもとれば調子を戻すだろう。

ただ、どこへ行くにせよ一度彼女を家まで送らなければならない。ちゃんと着替えて、メイクを整える必要があるからだ。

そんなわけで俺は、ナギサの家を目指して車を走らせた。

交通量の少ない日曜の朝。国道を横断する交差点。目の前の信号が青に変わり、アクセルを踏む。

「ハルマくん右っ!!」

悲鳴のような叫び。右を向くと、急接近するトラックがあった。

咄嗟(とっさ)にアクセルを踏み込んだ。

直後、全身を襲う衝撃とともに、俺は意識を失った。

○●○●

「思い出した……全部……！」

ぼんやりとしていた意識がはっきりとし始め、俺はナギサを強く抱きしめた。

「よかった！　ナギサ……無事で……!!」

「うん……うん……ハルマくんも……！」

そう言って互いに抱き合ったが、ふと冷静になる。

無事、なのか？　無事じゃないから、ここにいるのでは……？

いや、なんにせよナギサと再会できたのは嬉しい……けど、それを素直に喜んでいいのだろうか？

「ねぇ、ハルマ……？」

そこへ、エリナが心配そうに声をかけてきた。

「どうしたの、急に？　なにがあったの？」

その問いを受け、俺は抱擁をといてナギサから身体を離す。彼女は不安そうに一度ぎゅっとしがみつこうとしたが、すぐに腕を放した。

情報を整理するために、思い出したことをみんなに伝えようと思った俺は、ギルドの会議室を借りてみんなとそこへ移動した。ナギサから許可を得て、彼女と再会したことや事故についてみんなに説明する。もちろん、彼女とのセックスについては省略して、だが。そのあと、俺よりも長く意識を保っていたナギサが、少し補足してくれた。といっても、俺がひどい状態だったというだけのことで、彼女も到着した救急車が走り出したあたりで意識を失ったそうだが。

「つまり、その事故がきっかけでハルマたちはここへ来たってこと？」

「たぶん、そうだと思う。まさかベタなトラック転生だとは思わなかったけどな」

俺がそう言って苦笑すると、みんなはなんとも言えない表情を浮かべた。

「じゃあさ、アタシたちって覚えてないだけで、みんな死んじゃってんのかな？」

アヤノの言葉に、みんながざわつく。ただひとり、ミサキさんを除いてだが。

彼女は口を閉ざしたまま、困ったように俺を見ているだけだった。

「いや、死んではいないのかも。ギルマスがそんなことを言ってた気がする」

はじめてギルマスに会ったときの会話を思い出す。あちらの世界で死んではいない、と彼はそう言っていたはずだ。もしかするとこの世界は、死ぬ直前に見る夢、みたいなものだろうか。

「これが夢だとしたら、覚めてほしくない……」

イノリが、呟いた。

彼女はもしあちらで目覚めたら、不自由な身体に戻るんだもんな。

いや、それは俺だって同じだ。トラックにあの猛スピードで突っ込まれたんじゃ、俺の身体も相当ひどいことになっているだろう。後遺症だってありそうだ。

仮に健康体で戻れるとして、それを望むか？

いや、それはない。

セラやみんなのいない生活なんて、いまの俺には考えられない。だったらこのワケのわからないファンタジー世界でダンジョンを探索しながら生活するほうが、遙かに充実した人生だと思える。

「考えても仕方ない。俺たちはいままで通り、気楽に探索者生活を続けようぜ」

俺がそう言うと、メンバーはみんな納得したようにうなずいた。

「それでナギサ」

「なに？」

「ナギサも俺たちのパーティーに入らないか？」

「いいの？」

ナギサは俺の勧誘に同意し、メンバーも全員納得してくれた。

《【ナギサ】が【ハルマのパーティー】に加入しました》

メンバー同士簡単な自己紹介を終えた俺たちは、みんなで家に帰ることとなった。

「家にもうひとり、大切な仲間がいるから、帰ったら紹介するよ」

すっかり日の暮れた街を十分ほど歩き、俺たちは家に到着した。

「えっ!?　ハルマくん、ここに住んでるの!?　っていうか、わたしもここに住むの!?」

とんでもない豪邸を目の当たりにしたナギサは驚き、戸惑っていた。そんな彼女を宥めながら玄関の戸を開けると、奥から軽快な足音が聞こえてくる。すぐに、天使が姿を現した。

「ご主人さまおかえりー！」

そしてセラはいつものように抱きついて、俺を出迎えてくれた。

「ただいま、セラ」

しばらく頭を撫でてやったあと、彼女から少し身体を離し、ナギサに向き直る。彼女はなにやらポカンとしていた。驚いたのはこの状況にか、セラの容姿にか、あるいはその両方に、だろうか。

「ナギサ」

「えっ？　あっ、はい！」

俺に呼ばれたナギサは、慌てて返事をして姿勢を正す。そうかしこまらなくてもいいんだけど。

「この娘はセラ。俺の大切な仲間だ」

「やっほーセラだよー」

「えっと、あの、今日からお世話になるナギサです。よろしくお願いします」

「うん、よろしくねっ、ナギー！」

この世界へ来る直前のことを思い出し、ナギサという新しい仲間も増えた。だが日本の俺はいったいどんな状態なのだろうか。そもそもなぜ俺たちはこの世界に呼ばれたのか。この世界は……この街とダンジョンは何のために存在するのか。正直に言ってわからないことだらけだ。

でも、俺たちがやることは変わらない。

明日からも、気楽にダンジョンを探索するだけだ。

ナギサを迎え入れた日の夜。

主寝室に併設されたバスルームで入浴を終えた俺は、バスローブを羽織って部屋に戻った。

ここのバスルームは大人ひとりが悠々と身体を伸ばせる大きさの湯船に加え、ジェットバスまでついている。ほかにもユニットバスなんかが備え付けられた部屋はあるが、併設されたものだとここが一番大きい。

とはいえこのパーティーハウスには、豪邸らしく大浴場なんてのもある。ちょっとした銭湯くらいはある非常に快適な場所なのだが、今日は女性陣に占領されていた。なんでもナギサを迎えてのお風呂パーティーをするらしい。変なことを吹き込まれなきゃいいんだけど。

ワインセラーからボトルを一本取り出し、グラスをひとつ用意しつつ、俺は本棚から数冊の書籍を手に取った。それらをサイドテーブルに置き、ソファに腰掛ける。四〜五人が余裕で並べる革張りのソファは、座り心地がすごくいい。

グラスにワインを注ぎ、ひと口飲んだあと本を開く。バスローブ姿でこんなことをしていると、なんだか大富豪になったみたいだ。まぁ、所持金からすれば大富豪とまではいかずとも、成金レベルにはなってるかな。

俺が読んでいるのは、この世界で描かれたマンガだ。といってもオリジナル作品じゃなく、日本の有名な作品をなんとなく再現したものだったりする。この世界には映像や音声を記録し、再生するという技術がない。なので、インドアな娯楽といえば読書くらいしかないのだ。

これらの本を誰が書いているのか、という話だが、たまたま呼び出された人の中に作家やマンガ家がたくさんいました、なんて話はもちろんない。ただ、レベルのおかげで器用さが上昇し、創作技術だけはそれなりに得られるのだ。そしてこの世界には、日本の著作権法が及ばない。

そんなわけで器用ながらも探索が苦手な人は、あちらの世界のマンガや小説、映画、ドラマなどをなんとなく再現した作品を世に出す、なんてことがそれなりにあるのだ。

複製に関してはスキルを利用すれば簡単にできるようなので、印刷技術もあまり必要ない。一応この世界で作られたものに関しては著作権があり、ある程度収入などは保証されるらしいけど、詳しいところはよくわからない。

俺もレベルが上がって器用さもかなりあるはずだし、その気になれば上手い絵が描けるのだろうか。探索に飽きてやることがなくなったときは、なにかもの作りに励むのも悪くないかも。

——コンコン。

なんてことを考えていたら、ドアがノックされた。

「ハルマくん、いい？」

ナギサの声だ。

「どうぞ」

がちゃり、とドアが開き、バスローブ姿のナギサが姿を見せた。

「えへへ、失礼するね」

なんだか気恥ずかしげに笑いながら、彼女は部屋に入ってくる。風呂上がりのまま来たのか、ナギサの髪はまだしっとりと濡れていた。そんな彼女の髪を見ながら俺は気になったことを尋ねた。

「ナギサ、その髪は？」

見れば彼女の長い髪が、青くなっていた。乾かせばかなり鮮やかなブルーになりそうだ。

「えへへ、変えてもらったの」

ナギサは照れたように笑いながら、自分の髪に触れた。

「すごいよね。こんなふうに地毛の色を変えられるなんて」

そういえば、そんなスキルだか魔道具だかがある、なんて話を聞いたことがある。

うちのパーティーだと、俺とセラ、エリナはナチュラルな髪色だが、ミサキさんは少し紫を入れ、イノリは思い切って緑にした、と言っていた。ヨシエさんは若返るなかで真っ白だった髪が黒くなり始めたのだが、なんとなく見慣れないということで薄紫に変えている。アヤノは日本にいるころハイブリーチで金髪にしていたのだが、こちらへ来るなりそれが地毛になったのだとか。

同じく愛用していたカラーコンタクトレンズの影響か、瞳の色まで変わってしまったそうだ。

「目の色も変えた？」

「あっ、気づいてくれたんだ」

俺の言葉を聞いて、ナギサは嬉しそうにはにかんだ。よく見れば瞳が紺色になっている。元は黒というより濃いめの茶色だったはずなので、変化に気づきやすかった。

「仕事柄、あんまり派手な格好できなくてさ。ちょっと、やりすぎかな？」

「いや、似合ってるよ、すごく」

派手とはいうが、暗色系なのでどちらかといえば落ち着いて見える。柔和な雰囲気の彼女には、よく似合っていると思えた。

「ふふっ、嬉しい」

彼女はそう言いながら、湿った髪の毛をくるくると指に巻き付けていた。

「そんなとこに立ってないで、こっちに来なよ」

「あ、うん」

俺の呼びかけに、ナギサが歩み寄ってくる。

「ハルマくん、そんな格好でワイン飲んでたら、なんだかセレブみたいだね」

俺の前に立った彼女は、なんだかおかしそうにそう言った。自覚があるだけに、少し恥ずかしい。

「ナギサも、飲む？」

気恥ずかしさをごまかすようにそう尋ねたが、彼女は小さく首を横に振る。

「あとでもらうよ。その前に……」

ナギサはそう言うと腰紐をほどき、するりとバスローブを脱いだ。瑞々しい裸体が晒され、思わず目を見開いてしまう。

「ハルマくん……あの夜の続き、しない？」

あの夜。そう聞いて、俺は股間が疼くのを感じた。柔和な印象を受ける、バランスの取れた体型、その中でひときわ目立つ大きな乳房が目に入る。あの夜触れたときのしっとりとした感触、温かさ、そしてずっしりとした重みが、手の内に蘇ってくるようだった。風呂上がりのためか、全身に玉のような水滴がまとわりついている。視線を落とせば、しっとりと濡れた恥毛が見えた。髪の毛よりも少し濃いめの青にされた陰毛が湿っているのは、風呂上がりだからだろうか。

「一歩一歩、ハルマくんの部屋に近づくたび、あそこが疼いちゃうの」

内ももに目をやると、とろりと垂れ落ちる液体が見えた。粘度のあるそれは、拭い損ねた風呂の水でも、にじみ出た汗でもないことは、すぐにわかった。

「もう、一秒だって我慢したくないの。だから……いいよね、ハルマくん?」

紺色の目を潤ませながら訴えるナギサを前に、俺は腰紐をほどいてバスローブをはだけた。イチモツが怒張している。実は彼女が入室し、バスローブ姿を目にした直後、すでに大きくなっていた。

それを見て、ナギサは嬉しそうに目を細める。

「おいで、ナギサ」

「うん」

ナギサはあの夜のように俺の肩へ両手を置き、ゆっくりとまたがった。少しずつ腰を下ろす彼女に合わせて、俺はイチモツをつまんで位置を調整する。

「ん……」

花弁が、ねっとりと亀頭にまとわりつく。確認するまでもなくそこは充分に濡れ、ほぐれていた。

「じゃあ、いくね」

あの夜のように勢いをつけず、ナギサは少しゆっくりと腰をおろしていく。

「んっ……くぅ……」

ナギサが眉を寄せ、軽く呻いた。

「くぅ……んはぁ……!」

途中、少しひっかかりはあったが、肉棒は根本まで挿入された。

「すごいね。直接繋がってるよ、わたしたち」

まだ少し痛むのか、目の端に涙を浮かべながら、ナギサはそう言った。

「ほんとはね、あの日も、こうしたかったんだぁ」

彼女はそう言うと、嬉しそうに微笑んだ。

俺は、どうだろうか。あっちだと、子作りでもないセックスでは避妊をするのが当たり前だと思っていた。久々に再会した旧友と、酒の勢いを借りてのセックスだし、生で挿入なんて考えもしなかった。俺は軽い気持ちで応じたけど、彼女はかなり覚悟を決めていたのかもな。

そう考えるとなんだかナギサのことが愛おしくなって、俺は彼女をぎゅっと抱き寄せた。

「ハルマくん……」

それをどう受け止めたのか、彼女は俺の名を呼びながら肩に置いた手を離し、抱きついてきた。

「痛くない？」

「ちょっと痛いかな。でも、我慢できるよ」

「いや、我慢なんてしなくていいよ」

俺はそう言うと、彼女へ回復魔法をかけた。

「ん……なんだか温かくなって……あ、痛くなくなったかも」

「この世界には、魔法があるから」

「ふふっ、そっか。すごいね」

痛みは消えたが、彼女が動く様子はない。俺も、もうしばらくこうして抱き合っていたかった。

「はぁ……はぁ……」

なにもしていないのに、少しずつ互いの呼吸が荒くなってきた。穏やかだった気持ちが、昂ぶってきたようだ。

「ナギサ、動いていい？」

胸に伝わる鼓動がトクトクと速まってくるのを感じながら、俺はそう尋ねた。

「……うん、お願い」

ナギサの返事を受け、俺はグイッと腰を押し上げた。

「んっ……！」

膣内をこするのではなく、密着した股間を押し上げるようにすると、その刺激に彼女は小さく喘いだ。あまり激しくならないように注意しながら、ぐっぐっと断続的に腰を押し出す。

「んっ……んっ……んぅ……ふぁ……」

股間から伝わる振動が快感に変わり、少しずつ彼女を支配しているようだった。そんな動きがしばらく繰り返され、俺に追従しているナギサだったが、少しずつタイミングがずれ始めた。

俺が腰を押し上げ、引き戻したタイミングで、ナギサはまだ体勢を維持したままの状態となり、ほんの少し膣から肉棒が引き出される。ほどなく彼女の腰が落とされ、その際にずちゅっと音が鳴り、わずかながら膣内がこすられた。

「んぁあっ！」

その刺激に、くぐもった声を漏らし続けたナギサの口から、甲高い喘ぎが放たれた。

「あっ……あっ……ああっ……！」

回を重ねるごとにふたりの動きがずれ、抽挿のストロークが大きくなっていく。

どうやら痛みはないようなので、俺は少しずつペースを速めていった。

「あっあっあっ！」

膣腔をこすられる感触にナギサは快感を覚え、嬌声を上げ始める。最初は完全に俺任せだった動きも、少しずつ彼女のほうから腰をくねらせたり、タイミングを計ったりし始めた。

どの角度で、どれくらいこすられるのが気持ちいいのかを、探っているようだ。

「んんんーっ！　ハルマくん、おなか、ズボズボ……きもちいいよぉ……!!」

十分ほど交接を続けるうちナギサは抽挿によって快感を得るようになり、自分からも激しく腰を振り始めた。抱き合い、密着する彼女の膣から、肉棒がずりゅずりゅと出入りしているのがわかる。

「あっあっ！　ハルマくん……！　わたし、イク……かも……イッちゃうかも、しれない……！」

ナギサがギュッとしがみつき、怯えたように言う。絶頂の感覚はなんとなく知っているようで、自分に限界が近づいているのを感じたようだった。

「ナギサっ……！　俺も、イクから、一緒に……！」

あの夜の続き……顔見知りに過ぎなかった級友とセックスをしているのだという事実に興奮してか、俺も早々に限界を迎えそうだった。

「うんっ……一緒に、イこ？　ハルマくん……!!」

「ああ、このまま一緒に……」

「ハルマくん……わたしの膣内(なか)に、出すよね……?」

「ああっ、ナギサのおま×こに、全部注いでやる……!」

「んふぅっ！　嬉しいっ……！」

ナギサがそう言ってしがみつくと、膣腔がキュウッと締まった。

「んぁあっ！　おなか、キュンキュンしちゃってるよぉ」

「ナギサぁっ……出すぞっ！」

「うんっ、ぜんぶ……ハルマくんのせーえき、わたしの膣内にぜんぶちょぉだぁいっ!!」

限界ギリギリのところでナギサの身体を押さえ込むように抱きしめ、思いっきり腰を突き上げた。

「ふわぁあああぁあぁぁぁぁあーーーっ！！！」

「くぅうっ……！」


——どびゅるるるるーーーっ！！！　びゅるるるっ！！！　どびゅっどびゅっ!!　どぼぼっ……びゅるっ……!!


ナギサの膣内へ、容赦なく精液を注ぎ込む。びゅくびゅくと肉茎が脈打ち、それが快楽となって全身を駆け巡った。ねっとりとまとわりつく膣粘膜が、その快感をさらに助長する。

「あはっ……すごい……ハルマくん……わたしの、おなかで……ビクンビクンってぇ……」

ナギサは全身を硬直させたまま、自身の聖域が犯される感覚に身を委ねているようだった。絶頂した彼女は、ときおり脈打つ肉棒の刺激に呼応するかのごとく、全身をビクビクと震わせる。

「はぁ……はぁ……んん……」

ナギサの呼吸が落ち着いたあたりで、接合部からじわじわと精液が漏れ出すのを感じた。彼女は気づいていないようで、まだ少し荒めの呼吸を繰り返している。

「んぅ……ふぅ……ふふっ……最後まで、しちゃったね」

嬉しそうにそう呟くと、彼女は抱擁をとき、俺の肩に手を置いて身体を起こした。その拍子に、柔らかく豊満な乳房がたゆんと揺れる。

「あのとき、それだけが心残りだったから。なんだか安心しちゃった」

「じゃあ、もう満足した？」

安堵したように微笑むナギサへ問いかける。すると彼女は一瞬きょとんとしたあと、ふたたび口元に笑みを浮かべながら、小さく首を横に振った。

「ううん。これからも、もっとたくさんハルマくんとしたいな」

「そっか。俺もだよ」

「うふふ、だよね」

そう言って心底嬉しそうな笑みを浮かべたあと、ナギサはゆっくりと顔を近づけてきた。

「これからもよろしくね。大好きだよ、ハルマくん……んむ」

俺はまっすぐな好意とともに、彼女の唇を受け入れた。

幕間

「おっと、ようやくお目覚めのようだね」

その声に、ぼんやりとしていたカズマの意識が覚醒する。

目の前には、先日辞めたはずのクラン『アイアンフィスト』のリーダーがいた。彼はしゃがみこんだ状態でカズマの顔を覗き見ており、その背後には幹部が三名立っていた。

「ここは……？」

意識がはっきりとするにつれ、カズマは妙な寒さを覚えた。

「なっ……なんでオレ、素っ裸なんだよ!?」

自身の身体を見て、カズマは驚きの声を上げた。慌てて視線を巡らせると、すぐそばにふたりのメンバーが自分と同じように全裸のまま地面に転がされているのに気づいた。

「いったいどういうことだよ!?」

「尻拭いの一環だよ。もちろん、君たちのね」

「尻拭い、だと……？」

戸惑うカズマに、リーダーは淡々と説明を始めた。彼らがクラン所属時に、初心者に対しておこなった詐欺まがいの行為を。

「よくもまぁそんなひどいことができたものだ。おかげで我々は、被害者をひとりひとり探し出しては謝罪と賠償をする羽目になったよ」

「……んなこと、誰も頼んでねぇ」

「これはクランの名誉を回復するための行為だ。君たちの意思は関係ないよ」

リーダーに冷たく言われ、カズマは言葉を詰まらせる。

「何人かは準備不足のまま探索に出て命を落としていたよ、かわいそうに。中には八十過ぎのおばあちゃんまでいたようじゃないか。結局その人も見つからなかったからきっと……」

「知ったことかよ！　弱ぇヤツが悪いんだ……力こそ正義なんだろ⁉」

力こそ正義。『アイアンフィスト』のリーダーを始め、メンバーがよく口にしていた言葉だった。

「そうだね、力は……強さは正義だ」

「だよな？　だったらオレはなにも悪くは……」

「ただし、弱さは悪じゃない」

「なに……？」

「弱者とは我々強者が守るべき存在だ。守り、育てることで、やがて弱き者は力を得て強くなる。現実世界ではともかく、ダンジョンのあるこの世界では誰もが強くなれるんだ。それを見守り手助けするために、クランは存在する」

リーダーの言葉は淡々としていながらも、微かに怒りをはらんでいるように聞こえた。

「クランというのは利益を独占するための存在じゃあないんだ。このワケのわからない世界で、少しでも多くの人が健全に暮らすための、ちょっとしたお手伝いをする、そんな組織なんだよ」

「でもアンタらは、弱ぇヤツを簡単に放り出してたじゃねぇか！」

「努力を怠り、強くなることを諦めた連中にまで手を差し伸べるほど、我々は甘くないってだけの話だよ」

『アイアンフィスト』は弱者は容赦なく切り捨てるクランという印象を持たれているが、それにはクランリーダーなりの理由や基準があったようだ。だがそんな光景を何度か目の当たりにしたカズマは、弱者にはなにをしてもいいと勘違いしてしまった。

「……だからなんだってんだ」

「ん？」

「オレたちはもうアンタのクランを辞めたんだ！　だったらなにをしようと関係ねぇだろうが!!」

カズマの言葉に、リーダーは深いため息をもらす。

「君たちがやってきた悪行のせいで、新人からの評判がすこぶる悪くてね。先の大氾濫で失った戦力の補充もうまくいかない。そのうえ今回の犯行だ」

リーダーが、ギロリとカズマを睨みつける。

「まだ君たちが『アイアンフィスト』のメンバーだと勘違いしている人も多いからね。きっちりケジメをつけておかないと名誉に関わるんだよ」

「んなことオレたちの知ったこっちゃ——」

カズマが言い終える前に、リーダーが彼の頭をがっしりと掴む。

「っていうのは理由の半分。残り半分はね、腹いせだよ」

「……腹いせ？」

「そう。なんで我々が君たちごときのために、街中を駆けずって頭を下げて回らなくちゃいけないんだろうねぇ？」

穏やかな表情で口元に笑みを浮かべるリーダーだったが、目は血走り、こめかみに浮かぶ血管はぴくぴくと痙攣している。相当な怒りを見て取ったカズマは、背筋が寒くなるのを感じていた。

元二級探索者として防衛戦に参加し、そこでそれなりの活躍を見せたカズマは、実力だけなら一級に匹敵するだろう。それでもリーダーを前にして勝てるなどという思いは一ミリも浮かばなかった。

「というわけで、君たちには罰を与える」

「うぐぁっ……！」

リーダーは乱暴にカズマの頭から手を離し、立ち上がった。その勢いにほんの少しだけ頭を振られるかたちとなったが、それだけでカズマはうしろに転がされてしまった。

「うぅ……」

呻きながら身体を起こすと、ほかのメンバーも目覚めているのに気づいた。彼らは言葉ひとつ発することもできず、リーダーを見て怯えるだけだった。

「オレたちを、殺そうってのか……？」

「殺す？　まさか。殺人は御法度だよ」

ならどうするつもりだと、そういう思いを込めて睨みつけると、リーダーは軽く苦笑したのちに表情をあらためる。

「この場へ置き去りにする」

その言葉に、カズマが眉をひそめる。

「もし、生き延びたら？」

「好きにすればいい」

リーダーの返答に、カズマはニヤけそうになるのをこらえた。他のメンバーも、安堵している。

「嘘じゃねぇだろうな？」

「もちろん。強者は嘘をつかない」

嘘つきは弱者の仕草、と常々リーダーが言っていたのを思い出す。『アイアンフィスト』の連中は不意打ちや待ち伏せはもちろん、戦闘中の駆け引きすら嫌ってひたすら正面から敵を叩き潰すという脳筋集団だった。格闘家だったカズマからすれば、信じられないようなバカどもだ。

それにしても……。

「くくっ……」

思わずカズマの喉から笑いが漏れる。身ぐるみを剥がされたとはいえ、カズマたちは全員格闘系スキルを高いレベルで有しているのだ。素手でも充分に戦えるし、敵を倒せばそのうち装備も整うだろう。食料もドロップアイテムで調達できる。ざっとあたりを見るに、少し薄暗いがフィールドエリアであることは間違いなさそうだ。ならば川や湖などで飲料水も確保できるに違いない。

最初のうちだけ耐えしのげば、生き延びられる可能性はかなり高いと、カズマは判断した。

「随分嬉しそうだけど、ここがどこかわかっているのかな?」

「どこって……」

置き去りにすると言うからには、上層ということはありえない。かといって、洞窟や迷宮エリアでもないのはたしかだ。となれば砂漠エリアにあるオアシスか、さらに下層の渓谷エリアか。

「ん?」

そんなことを考えながらあらためてあたりを見回すと、なにかが目に入った。

「あれは……家……?　まさかっ……!!」

少し遠くに建造物の影を見たカズマは、慌てて視線を戻す。

カズマの表情を見たリーダーが、ニヤリと口元を歪めた。

「ここは七十階。廃墟エリアの最下層だよ」

六十一~七十階の廃墟エリア。そこはアンデッドのみが出現する階層だった。

「アンデッドは肉を落とさない。探せば井戸くらいはあるかもね。全部涸れてるけど」

どこか愉悦を伴う声色で、リーダーが告げる。

「まさか、水も食料もなしでオレたちを放り出したりしないよな?」

カズマの言葉に、リーダーの顔から表情が消える。

「身ぐるみを剥いで放り出す。自分たちがしてきたことだろう?」

「待ってくれ！　オレたちはダンジョンへ置き去りにしたことなんて一度も……」

「いまの君たちを街に解き放ってなんの罰になるっていうんだい？　何人も死んでるんだ。なら、責任はとらないと」

カズマたちの表情が、絶望に染まる。

「そんなの……どうやって助かれば……」

「この階を攻略して、地上に帰るしかないよね」

フロアボスを倒せば、帰還用の魔法陣が現れる。生き残るには、この階層を攻略するしかない。

「ただ、ここのボスはリッチだけどね」

リッチ。

それは実体を持たないアンデッドの大魔道士だ。物理攻撃が一切通用しないため、カズマたちとの相性はすこぶる悪い。聖属性の装備やスキルがあれば、対応は可能だが……。

「君たち、物理系のスキルしかないよね？　だから〈バーンナックル〉くらい習得しときなって言ったのに」

〈バーンナックル〉とは拳に炎を纏わせ、殴ると同時に敵を燃やすスキルだ。聖属性ほどではないが、炎属性もまたアンデッドの弱点となるものだった。

「やっぱり、先天スキルが格闘系じゃない君をクランに入れたのは、間違いだったよ」

リーダーに見下ろされたカズマは、悔しげに歯を食いしばった。

〈大食い〉

それがカズマの先天スキルだった。そのモンスターの肉を食べればそのぶんだけ能力値が上がる、というユニークスキルだ。食べるモンスターの種類や強さによってどの能力値がどれくらいの幅で上昇するのかが変わり、モンスターが強ければ強いほど、能力の上昇幅も大きくなる。このスキルのすごいところは、レベルアップしなくても能力値が上がるところだろう。カズマは現在レベル60を少し上回ったところだが、能力値だけで見ればレベル70台後半から80に近い実力を持っている。だとしても、レベル99でカンストしているリーダーにはまったく及ばないが。

格闘系スキルを持っていないカズマが『アイアンフィスト』に加入できたのは、クランメンバーからの推薦があったおかげだ。彼は日本で総合格闘家をやっており、若手のホープとして一部界隈では有名だった。そしてクランメンバーに彼のファンがいたことから、その推薦を受けて加入を許された。彼を推薦したメンバーは、現在カズマの傍らに全裸で転がされているのだが。

「結局、フードファイターは格闘家じゃなかったたってわけだ」

「てめぇ……！」

〈大食い〉スキルを持つ格闘家ということで、フードファイターと揶揄されることが度々あったカズマだが、彼はそう呼ばれることを毛嫌いしていた。ぎりり、と音がするほどに歯ぎしりをして、リーダーを睨みつける。

「というわけで、がんばってね」

リーダーは怒りに燃えるカズマを無視してそう言うと、懐から宝玉を取り出した。

それを見た瞬間、カズマの怒りが霧散する。彼に対する怒りよりも、この場へ置き去りにされることの恐怖が上回った。

「待ってくれ！　反省する!!　被害者たちにも謝るから！！！」

ほかのふたりも口々に謝罪と反省の弁を述べるが、リーダーが意に介する様子はない。

「じゃ、さよなら」

リーダーがそう告げた瞬間、彼と三名の幹部は光に包まれ、姿を消した。

○●○●

ダンジョン七十階の廃墟エリアへ置き去りにされたカズマたちにとって不幸なのは、大氾濫が起こった直後だったということだろう。そうでなければこの階層にも探索者がいたかもしれないからだ。もし生きたままの探索者に会えなくとも、死んで間もなければ死者のアイテムを漁れる。だが大氾濫のせいでひと月以上この階層を訪れる者はなく、遺品の類は一切見つからなかった。

「まずい……レイスだ！　逃げろ……!!」

ゴーストの上位種であるレイスには、物理攻撃が効かない。自分たちとの相性が悪い敵を前にすれば、カズマたちは逃げるしかなかった。

「くそっ……なんで宝箱がいっこもないんだよ」

ひたすらエリア内を歩き回るなか、メンバーのひとりが悔しげに呟く。

ダンジョンにはランダムで出現する宝箱が存在する。その中身は様々で、中には装備品などもあるのだが、それらはその階層で役に立つものが多かった。この廃墟エリアだと、聖属性が付与されたナックルなどが出る可能性もあるのだ。そうすれば、少しは戦闘が楽になるし、うまくすればボスであるリッチを倒せるかもしれない。そういう思いから、カズマたちはできるだけ戦闘を避けながら、宝箱を探して歩き回った。だがいまのところ、ひとつも発見できていない。

「おいカズマ、大丈夫か？」

心配して声をかけてきたメンバーへ、カズマは虚ろな表情のまま軽く手を挙げて応じた。

（ちくしょう……腹が……）

〈大食い〉スキルは能力上昇のため大量の食事ができるという反面、空腹になりやすいという欠点があった。カズマは少し前から飢餓状態に入り、少しずつＨＰとＭＰが減少し始めている。だがそれを知られると切り捨てられるかもしれないと思った彼は、メンバーには黙っていた。

「おい、また敵だぞ」

カズマたちの前に、ボロボロの肉体を持った人型のモンスターが現れた。

「チッ、ゾンビ野郎が……」

ゾンビの上位種、レブナントだ。実体を持つ敵なら、殴れば倒せる。

アンデッドは肉などのアイテムを落とさない代わりに、大量のクリスタルをドロップするので、レベリングには人気の敵だ。最初のほうはカズマたちも倒せるものを倒し、のちの戦闘を楽にするべく積極的にレベルアップしようとしていたが、空腹と喉の渇きのせいでパフォーマンスが下がり始めたことを自覚したため、目的を宝箱の捜索に切り替えた。

せめて【聖水】でも見つかれば、喉の渇きを癒やせるのだが。

「ああ……くそ……肉ぅ……」

戦うか否かを話し合うメンバーをよそに、カズマはレブナントに向かってフラフラと歩き始めた。

「お、おい、カズマ？」

「なにしてんだ、戻ってこい！」

そんな声を無視してカズマは歩き続け、敵の間合いに入る。

「ウボァー！」

レブナントが手を振り下ろす。単純ながらも素早く強烈な一撃をなんなくかわし、カズマは敵の懐に飛び込んだ。

「いいかげん肉落とせやコラァッ!!」

彼はそう叫ぶやレブナントの身体にしがみつき、首元にかじりついた。

「ボホワァッ!?」

あり得ない状況に、感情を持たないはずのレブナントが驚いたように声を上げる。カズマは食いちぎったレブナントの腐肉をくちゃくちゃと咀嚼(そしゃく)し、飲み込んだ。

「クハハ……食えんじゃねぇか、くっそマズいけどなぁ!!」

カズマはそう叫びながら敵の後頭部に手を回して引き寄せ、顔面にかじりつく。バリバリと骨を砕く音のあと、レブナントは顔の大半を咬みちぎられていた。

そのあともカズマはバリバリぐちゃぐちゃと音を立てながらレブナントを食い散らかし、頭部がほぼなくなったところでモンスターが消滅した。

「クク……ハハハッ！　そうかよ……そういうことだったのかよぉ!!」

　カズマは全身に力がみなぎるのを感じながら、ゲラゲラと笑い始めた。ドロップした肉を食べるより、生きたままモンスターを食べたほうが、能力の上昇幅が大きいとわかったのだ。そのうえ、ＨＰとＭＰも回復していた。

　それだけではない。

「ずっと上がらなかったスキルレベルが、上がってやがんなぁ。こりゃおもしれぇ能力だぜ」

　なんらかの条件を満たしたことで彼のスキルレベルが上がり、新たな能力が解放されたようだ。

「ようし、じゃあ次いってみるか」

　カズマはそう呟くと、メンバーを無視して歩き始めた。残されたふたりは困ったように顔を見合わせたが、放っておくわけにもいかないので慌ててついていった。


　ほどなく、カズマはレイスに遭遇した。

「出やがったな。とりあえず……」

　カズマは踏み込み、レイスを殴りつけた。その拳は敵の身体をすり抜けるように空を切る。

「クケケケケッ！」

　カズマの行為をバカにするように、レイスがケタケタと笑った。

「おいカズマ、いくらなんでもそいつは……」

　メンバーの窘める声を無視し、カズマはふたたびレイスに手を伸ばす。無駄と知ってか、敵は抵抗することなく待ち構えていた。

「ケケッ!?」

だがカズマの手は、がっちりとレイスの身体を掴んでいた。

「やっぱそういうことだよなぁ」

ニタリと笑ったカズマは、掴んだレイスの身体を引き寄せてかじりついた。

「クソまじぃ綿菓子だな、こりゃ」

そう言いながらカズマは半ば吸い込むように、レイスの身体を数口で食い尽くした。

「カズマ……お前、それ」

その声が聞こえたのか、カズマはメンバーのほうへ振り返り、ニタリと笑う。

「さっきゾンビ食ってスキルレベルが上がってよぉ。〈霊体捕食〉ってのを覚えたんだわ」

そのスキルによりカズマは、実体を持たないゴースト系のモンスターを食せるようになった。どうやら捕食を意識すれば、霊体でも掴めるらしい。

「それじゃあ!」

メンバーの顔に希望が浮かぶ。

「ああ、リッチだって食えるだろうぜ」

とはいえリッチは強敵だ。ボス戦に備えて、カズマたちは限界までレベリングすることにした。

「ちくしょう……なんでだ？　腹が膨れねぇ……」

あれからしばらく戦闘をこなし、能力もレベルもそれなりに上がった。他のメンバーがそろそろ飢餓状態に入りそうないま、モンスターを食べまくっているはずのカズマは頬をげっそりとさせ、幽鬼のような表情でぶつぶつと呟いている。

かなり前から飢餓状態に入り、継続ダメージを受け続けているカズマだが、モンスターを食うことでHPとMPは回復している。だが、一向に空腹が治まる気配はなく、ダメージ量は増え続けていた。倒せば消滅するモンスターの肉体は、実体があってないようなものなのかもしれない。

「腹が減った……なにか、食うもの……」

「カズマ、大丈夫か？」

俯(うつむ)き加減にぼそぼそと呟くカズマを心配して、メンバーのひとりが声をかけた。それを受け、カズマが顔を上げる。

「お、おい、カズマ……？」

光を感じられない、茫洋(ぼうよう)とした視線を受けたメンバーが、ぶるりと震える。

「ハハ……」

カズマはぼんやりと仲間を見つめたまま、三日月のような形に口を開く。

「人間はまだ、食ったことがなかったナァ」

「嘘だろ!?　カズマ、やめ――」

この世界では人間も死ねば消滅するのだが、カズマは確かな満腹感を覚えていた。

○●○●

「さて、どうすっかな……」

カズマの前には、白と青の魔法陣があった。激闘の末リッチを捕食したカズマは、かなりの強さを得ていた。それでも、リーダーに勝てるかはわからなかった。

「カンストしたら、オレのほうが強ぇよなぁ」

彼と同じレベル99になれば〈大食い〉で上昇した能力分こちらが有利だと、カズマは考えた。

「だったら、まだ帰るわけにゃいかねぇ！」

彼は自身にそう言い聞かせると、次の階層へと進む白い魔法陣に飛び乗るのだった。

第4章　天使のいない世界

ナギサを仲間に加えて数日後、クリスタルやオーブ、装備品などで彼女を強化して、俺たちはギルドを訪れていた。ダンジョンに潜って実戦を経験してもらい、到達階層を進めるためだ。

というわけでダンジョンへゴー！　とばかりに受付で探索の申請をしたのだが……。

「ハルマさんとエリナさんはすみやかにギルドマスターのもとを訪れてください」

職員さんからそう言われてしまった。どうやら一級へのランクアップ準備が整ったらしい。

「ナギ姉ぇのことはアタシたちにまかせて、ふたりは行ってきなよ」

どうしたものかと顔を見合わせる俺とエリナに、アヤノがそう言ってきた。

「ナギサさん、草原エリアならソロでも戦えるくらいには強くなってますから、私とアヤノちゃんがついていれば大丈夫ですよ」

とりあえずレベルは一気に20まで上げておいたから、ふたりの言うとおりほぼ危険はない。

「ナギサも、それでいいか？」

「うん、大丈夫。ハルマくんたちのおかげで、すっごく強くなれたみたいだし」

俺の問いにそう答えながら、ゴスロリ姿の青髪女性が胸の前で拳を握る。

「お、おう」

あまりに印象が変わったナギサをあらためて目の当たりにし、少したじろいでしまった。

市役所職員という少しお堅い職業だったナギサは、あまり派手な格好ができなかったのだが、実はこういうファッションに憧れがあったらしい。そこでアヤノを中心に女性メンバーが彼女をコーディネートした結果、青髪に黒ドレスの魔法女子が誕生してしまったというわけだ。

彼女は例のごとく見た目はかなり若返っているのだが、女性にしては少し背が高いので、魔法少女コスプレを無理にがんばっているような感じがするというか……。

「ハルマくん？」

微妙な表情をしてしまったのか、ナギサが首を傾げる。あー、うん、やっぱかわいいわ。

「いや、なんでもない」

ナギサの先天スキル〈黒魔法R〉は攻撃魔法や妨害魔法全般が使えるもので、アヤノが持つ〈白魔法〉とは真逆のスキルだ。本来は器用貧乏の代表格ともいうべきスキルだが、俺たちはガチャのおかげで高ランクのレアなオーブをたくさん入手できる。とりあえずはそのままにして魔法に慣れてもらい、随時様子を見てスキルランクを上げていく予定だ。

装備品も【宵闇のドレス】や【魔王のロッド】といった伝説級のものを揃えているので、草原エリアに出るモンスターなんて楽勝なんだよな。

「それじゃ探索がんばって」

「うん、いってくるね」

探索申請を終えた三人を見送り、俺とエリナは職員の案内でギルドマスターの部屋に向かった。

部屋に入るとまだギルドマスターは来ていなかったが、三名の先客がいた。中学生くらいの少年と、薄毛でぽっちゃりしたおじさん、そして初老の紳士……ってあれ？　この三人って。

「おや、君たちはたしか……」

俺たちに気づいた三人のうち、初老の紳士が話しかけてくる。

「最初の部屋で同じだったね？」

「あっ、やっぱりそうですよね！」

というわけで、俺たちは待っているあいだに自己紹介をすることにした。

まず声をかけてきたおじさまは詫間俊彦（たくまとしひこ）さん。年齢は七十二歳で元会社役員だったそうな。いま――というかここへ来る前――はすでに会社から離れ、奥さんとのんびり老後を過ごしていたらしい。

薄毛ぽっちゃりおじさんは八十場段平（やそばだんぺい）さん。四十七歳のシステムエンジニアで、大卒以来ずっと派遣で職場を転々としていたそうだ。残る少年は府中桐矢（ふちゅうきりや）くん。十四歳の中学生で、ひょろっとした小柄な少年だ。

三人とも初日に『はじまりの部屋』を出てギルドを訪れた猛者（もさ）で、その際に勧誘を受けて一緒に『エース・オブ・スペーズ』というクランに入った。そこで支援を受けながら探索を続け、同期のよしみということもあって三人で『ミラクルマシーン』というパーティーを組んだ。そこからは結構な勢いで探索を進めたらしく、大氾濫の際には二級にまで到達していたらしい。

そして防衛戦での活躍を認められ、このたび一級へのランクアップを果たしたようだ。

俺たちは無事に再会できたことを喜び、互いの近況を話し合った。そうこうしているうちに、部屋の奥にあるドアがガチャリと開いた。

「待たせたな」

現れたのは、言うまでもなくギルドマスターだった。

「まずは一級へのランクアップ、おめでとう。さっそくだがタグを確認してくれたまえ」

その言葉で全員が懐をあさり、探索者タグを取り出した。

「一級になってる！」

キリヤくんが嬉しそうに声を上げる。彼の言うとおり、タグのランク表記が一級になっていた。

「では、本題に入ろうか」

本題？　今日はランクアップ以外に、なにかあるのだろうか。同じような疑問を抱いたのか、全員が訝しげな表情を浮かべている。

「一級探索者となった君たちに、話しておくことがある」

どうやらギルドマスターからのありがたいお話があるようだ。

「君たちは常々疑問に思っているのではないかな？　なぜ自分たちはここにいるのか、と」

その言葉に、全員が息を呑む。

「なぜ自分たちが連れてこられたのか。ここはどこなのか。なんのためにダンジョンを探索し、モンスターを倒しているのか。レベルとは。スキルとは。そして自分たちはなにを目指し、どこへ向かうのか」

室内には重苦しい空気が流れている。

「その話を、これからしよう」

俺たちは無言のまま、ギルマスの言葉を待った。

○●○●

この世には数多くの世界が存在する。俺たちの住む地球、そしてそれを内包する宇宙。そんな世界が無数に存在しているだけでなく、新たに次々と生まれては、やがて滅んでいく。

世界を生み出し、維持するには、膨大なエネルギーが必要となる。

「ここはそんなエネルギーを生み出すための、いわば発電所のような場所だ」

人の魂から発生するエネルギーとは、とんでもないものらしい。人ひとりの激しい感情が、星ひとつを生み出すほどに。

「我々はそこに目をつけ、人の魂から効率よくエネルギーを収集できる施設を作り出した。それがこの世界だ。そしていまさら言うまでもないだろうが、ここは物理的に存在する世界ではない」

普通に考えればわかることだ。細腕の女性が自分の体重より重いハンマーを振り回すとか、魔法を使って炎や雷を生み出すとか、腕や脚を千切られても飲み薬ひとつで生えてくるとか、現実世界ではあり得ないことが当たり前のように起こっているのだから。

ここは物質世界ではなく、俺たちは幽体とかいう状態でここに存在しているらしい。

「おほぉ、アストラルボデーっちゅうやつですかなぁ」

なにやら物知りげな様子で、ダンペイさんが呟(つぶや)いていた。

俺たちがここで生活し、ダンジョンを探索しながらモンスターと戦うことで、とんでもない量のエネルギーが発生する。ギルマスはそれをさまざまな世界の誕生や運営に使っているのだとか。

「なんで、僕たちが選ばれたんですか？」

キリヤくんがギルマスに尋ねる。うん、それは気になるところだよね。

「ふむ、ではその説明をする前に、封印していた記憶を取り戻してもらうとしよう」

ギルマスはそう言うと、俺のほうへ目を向ける。

「どうやら一名ほど、自力で思い出した者もいるようだがね」

なにやら楽しげにそう言うと、彼はパチンと指を鳴らした。

「ぁああっ!!」

隣にいたエリナが、頭を押さえてしゃがみ込んだ。

「エリナ、大丈夫か!?」

慌ててエリナを抱きかかえる。見れば彼女以外の三人も、頭を押さえ苦しんでいた。

「はぁ……はぁ……そっか……私、あの日……」

やがて痛みが治まったのか、落ち着いた様子のエリナが、ぼそりと呟く。

「熱で、ぼうっとして……そのうち、苦しくなって……救急車呼ばなきゃって……でも、身体が動かなくて……」

どうやら彼女は、この世界へ来る直前の記憶を取り戻したようだ。

「うーむ……風呂上がりに目眩がして……そうか、ヒートショックというやつか、情けない……」

「おふぅ……さすがにこの歳で五十連勤は無茶だったようですなぁ……」

「そっか……僕、死ねなかったんだ……」

どうやらキリヤくんたちも三者三様に記憶を取り戻したようだ。

「記憶を取り戻したな。では話を続けるぞ」

全員が気を取り直したところで、ギルマスが話を進める。

「思い出してもらったとおり、現実世界の君たちはいま死にかけている。ここはそんな死の淵にある者の魂を選んで呼び出しているのだ」

なるほど、そういうことね。

「あの……」

そこでキリヤくんがおずおずと手を挙げる。

「なんだ?」

「えっと……どうして、日本人しかいないんですか?」

あー、俺もそれ気になってた。

「文化が異なる者同士を同じ街に住まわせるのは非効率的だから、日本人専用の街を作ったのだ」

ということは、日本人以外の魂が集まる場所もあるのか……って、そんなことはどうでもいいか。

「あのぉ……ところで拙者どもはこの先どうすればよいのでござろうか？」

「好きに生きればいい。それだけで、充分だ」

ダンペイさんの質問に、ギルマスがさらりと答える。

にしてもダンペイさん、見た目もしゃべり方も特徴的すぎるな。ここまでステレオタイプな生態のオタクおじさんに直接会うのは、俺もはじめてだよ。

どうやらいつのまにか、質疑応答の時間になっているようだ。続けてエリナが手を挙げる。

「レベルとかスキルって、何なんですか？」

おお、それも気になってた事だ。エリナ、ナイス質問！

「ここは現実のようで現実ではない場所だ。ゆえに現実世界にある物理的な制約をかなり無視して、人の力を強化できる。それがレベルやスキルといった形を取っているのは、我々の管理しやすさと君たちの理解しやすさとをすり合わせた結果、というところかな」

たしかにＲＰＧなどのゲームに親しんでいる日本人には、理解しやすいか。なら、なぜわざわざ人の力を強化しているのだろうか、という疑問を誰かが言うより先に、ギルマスは話を続けた。

「人の力を強化し、強いモンスターと戦わせる。そうすることで、人の魂はより大きなエネルギーを生み出せるのだよ」

そこらへんの詳しい仕組みについては説明しても理解できないだろう、とのことで割愛された。

「さて、これで君たちはなぜここへ来たのか、なんのためにここにいるのか、ということはわかってもらえたかと思う」

心の底からまるっと理解できたわけじゃないけど、なんとなくはわかった。それは俺以外も同じようで、それぞれ微妙な表情ながらもうなずいている。

「なら伝えるべきことはあとひとつ」

そこでギルマスは言葉を切り、全員を見回したあと、ふたたび口を開く。

「君たちが現実世界へ戻るには？」

ギルマスの言葉に、全員が息を呑んだ。

「も、戻れるのですか!?　日本に……？」

最初に口を開いたのは、トシヒコさんだった。

「ああ、戻れるとも」

「どうすれば!?」

「方法はふたつ」

興奮して前のめりになったトシヒコさんを落ち着かせるよう、ギルマスは彼の顔の前に手を出し人差し指と中指を立ててピースサインを作った。そしてすぐに、人差し指を立てたまま中指を折る。

「ひとつ、この世界で死ぬ」

その言葉に全員が息を呑む。だがギルマスは俺たちの反応を無視して、ふたたび中指を戻した。

「ふたつ、ダンジョン一〇〇階層の最終ボスを倒す」

ダンジョンを完全攻略すれば元の世界に帰れるって話は、事実だったのか……。

それにしても、死ねば戻れるってのは意外だったな。

「なぜいまになってそのことを!?」

「自殺と無謀な攻略を抑制するため、一級へのランクアップを機に伝えると決めている」

「そんなっ……最初から、知っていれば……!!」

「自ら命を絶っていたか？」

ギルマスの言葉に俺たちは息を呑み、トシヒコさんはハッとして顔を上げた。

「それは……そう、だろう」

「ちょっとおじさん!?」

「なにをおっしゃるトシヒコどの!!」

ほどなく俯（うつむ）き、顔を歪めて絞り出されたトシヒコさんの言葉に、キリヤくんとダンペイさんが驚きの声を上げる。そりゃ仲間のそんな言葉は、聞きたくないよな。

トシヒコさんはふたりへ顔を向け、申し訳なさそうにしながらも言葉を続ける。

「だってそうじゃないか。こんなワケのわからないところにいきなり連れてこられて、モンスターと戦えだと？　ふざけている！　私は……妻をあちらに残しているんだ!!　きっと私の帰りを待っているに違いない」

俺と違ってトシヒコさんには、帰りたい理由があるんだな。

「ふむ、こちらへ来て早々に自殺して現実へ戻ったとしよう。それでどうなる？」

「どう……とは？」

ギルマスの言葉に、トシヒコさんが戸惑う。トシヒコさん、帰りたいという気持ちが強すぎて大事なことが頭から抜けているようだ。

「ここへは死に瀕した者が呼び寄せられる。最初にそう伝えたはずだ」

「あ……」

そのことを思い出したのか、トシヒコさんが呆然とする。

「では、現実へ戻ってもすぐに死ぬだけ……？」

「来て早々死を選べば、そうなるな」

その言葉にトシヒコさんはがっくりとうなだれたが、俺はギルマスの言いようが少し気になった。

「じゃあ、いま死ねばどうなりますかね？」

「ハルマ!?」

俺の質問にエリナが驚いたものの、俺は軽く手を挙げて彼女を制する。

「一級になれる実力があれば、問題なく蘇生できるはずだ」

「なるほど。それはつまり、レベルとかが関係してる感じですかね。強化された魂が肉体にいい影響を与える、的な」

「そうだ。理解が早くて助かる」

一級になるには、最低でもレベル50はないと厳しい。で、それくらいのレベルになれば、とりあえず蘇生は可能らしかった。そこからさらにレベルを上げ、高ランクのスキルを習得していくことで、蘇生時の状態はよくなっていく。レベルが90を超えるほどになると、後遺症どころか古傷や障害なども回復するらしい。

ようは、こちらで鍛えれば鍛えるほど、現実へ戻ったときにその能力が反映されるわけだ。

「もしや、現実世界で俺ｔｕｅｅｅ!!　も夢ではないと!?」

「さすがに限度はあるがな」

ワクワクが止まらないといった様子のダンペイさんに、ギルマスが冷たく告げる。その隣で少しがっかりした様子のキリヤくんがちょっとかわいらしかった。

「それじゃあ、死んで戻るのと完全攻略で戻るのに違いはありますか?」

「完全攻略者には、こちらの運営に貢献してくれた報酬を用意している」

報酬の内容はお楽しみ、だそうな。

「おじさん、帰っちゃうの?」

話がひと区切りついたところで、キリヤくんがトシヒコさんに尋ねる。

「うむ……そう、だな」

「いやだよ！　僕、もっとおじさんやダンペイと一緒に冒険したい!!」

トシヒコさんの言葉に、キリヤくんは間髪を容れずそう返した。っていうかキリヤくん、ダンペイさんは呼び捨てなんだな。

「どうせなら完全攻略を目指しませぬか?　レベルもカンストさせといたほうが、老後の生活も安心ですぞー！」

「それは、そうかもしれんが……」

ダンペイさんの提案に、トシヒコさんが言葉を濁す。

「ただ、あちらでは妻が心配していると思うのだ。だから、できるだけ早く……」

「こちらで過ごした時間は関係ないぞ」

トシヒコさんの呟きにギルマスが口を挟む。

「えっ？」

その言葉にトシヒコさんは驚いたが、正直俺も似たような気持ちだ。

「仮にこちらで一〇〇年を過ごしたとしても、現実世界では一秒と経っていないだろうよ」

瀬死から目覚めるまでの時間は、こちらで過ごした期間よりも現実世界での状態が強く影響するとのことだった。

「それじゃおじさん、がんばって完全攻略しようよ！」

「元気に復活して、奥方を安心させるのですぞー！」

「君たちは、それでいいのか？」

意気揚々と言うふたりに、トシヒコさんが問いかける。

「君たちは、現実に帰りたいのか？」

続くその質問に、ふたりはバツの悪そうな表情を浮かべた。

「それは……その、あんまり……」

「ふむう……拙者もいまいち、ですかなぁ……」

「だったら……」

トシヒコさんがなにかを言おうとしたところで、キリヤくんはギルマスへ顔を向ける。

「あの、ここでのことは、覚（おぼ）えていられますか？」

おお、それは気になるところだ。

「レベルが高ければ、そのぶん鮮明に覚えていられるだろう」

「そっか」

キリヤくんは何度かうなずいたあと、トシヒコさんに向き直った。

「だったら、大丈夫！　ここでのことを覚えていられるなら、僕はもう、大丈夫だから」

キリヤくんはトシヒコさんへ、力強くそう告げた。

「拙者も問題ありませんぞ！　帰ったらすぐにあんな会社、辞めてやりましょうぞー!!」

そんなふたりの様子に、トシヒコさんはふっと笑みを漏らした。

「仕事を辞めて、大丈夫かね？」

「元気があれば、なんでもできますぞ!!」

「だよね、なんとかなるよね!!」

どうやら話はうまくまとまったようだ。

「私たちは、どうする？」

三人の様子を生温かく見守っていると、エリナが尋ねてきた。

「そうだな……セラとは、離れたくないな」

もし帰るとなれば、セラとは離ればなれになってしまう。そんなのは、考えられなかった。

「そうね、それは寂しいわね。きっとみんなも、そう思うわよ」

エリナはそう言うと、帰ってからのことを楽しげに話す三人を少し寂しげに見ながら、俺に身を寄せてきた。もしかすると、ソウカたちのことを考えているのだろうか。彼女たちが完全攻略を果たしたかどうかはわからないが、どういう形であれ現実世界に戻っていることは間違いないだろう。会おうと思えば会える。でもそれは、この世界との別れを意味することだった。

――機会があればまた会おう。

ラストアタックを伝えたとき、ソウカはエリナにそう言うつもりだったのだろう。だがそれは制約によりかなわなかった。ここへ来る――瀕死に至る直前の――経緯、この街とダンジョンの存在意義、そして現実世界へと帰る方法については、一級探索者にのみ開示される情報だ。それを二級以下の探索者に伝えることはできない。

ためしに俺とエリナはギルマスから聞いたことをヨシエさんたちへ伝えようとしたが、その瞬間口が閉ざされてしまった。真実を知るためには、一級へとランクアップするしかないようだ。まあ、みんな順調に実力を上げ、探索を進めているので、それも時間の問題だろう。

元々一級探索者だったミサキさんとは、もちろん話すことができた。引退前に一級だった彼女は、俺と出会った時点ですべて知っていたのだ。現実世界へ帰る方法も知った上で、彼女はこの世界に残ることを決めていた。当時はレベル70ちょっとだったので、帰っても障害は残るおそれがあり、かといって九十九階の守護神を倒せる自信もない。ましてやそれより強い最終ボスに挑むなど考えられなかったミサキさんは、帰るよりもこちらで気楽に生活することを選んだのだ。そういう住人は、意外と多いらしい。

「いまならどう？　元気いっぱいで復活できそうだけど」

「悪くないと思うけど、みんなと別れるのは寂しいわね。ここは居心地がいいから」

そう言ってくれると、なんだか嬉しい。

「みんなで完全攻略すれば、向こうでも再会できると思うけど」

「そんなつもりないでしょ？　ハルマくんがセラちゃんを置いていくなんて、考えられないわよ」

「ま、そうなんだけどね」

あちらには家族も親しい友人もいない。偶然再会して親密になったナギサも、すでにこちらの住人だ。セラを置いて帰る理由がないんだよな。

「あ、そうだ。カズマたちのこと聞いた？」

しばらく雑談をしていたところ、不意にエリナが尋ねてきた。この日は俺とエリナ、ミサキさん以外の二級以下メンバーが探索に出かけている。今回のアタックでナギサ以外の三人が一級へとランクアップできるだろう。ひとりだけランクの低いナギサは、『ヴァルキリーズ』の協力を得て実力の近い人と臨時でパーティーを組み、別行動を取っていた。

ちなみにセラは、昨夜俺ががんばりすぎたせいでいまもお休み中だ。

「身ぐるみ剥（は）がされて置き去りだってな。何階だっけ？」

「七十階」

「あー、廃墟の一番下層か」

聞けば水も食料も持たされなかったそうだ。井戸も涸れているようなあの場所じゃあ、いくらレベルが高かろうと一週間ももたないだろう。

「あれ、でもアイツらって階層制限がなかったっけ？」

「たしか七級に落ちてたから、草原エリアまでしか進めないはずよね」

「階層制限は下級、中級探索者を危険な目に遭わせないためのものだから。上級探索者が付き添っていれば、先に進めるのよ」

俺たちの疑問に、ミサキさんが答えてくれた。

「なるほど、一級探索者のクランリーダーがいれば問題ないのか」

「そういうこと。一度制限階層を越えてしまえば、あとは自由に探索できるみたいね」

ランクダウンを受けた探索者が手っ取り早く評価を高めるための裏技として、制限破りは結構有名らしい。ギルドとしても、自分の意思で階層制限を破った以上は死んでも自己責任ということで、あまり厳しく取り締まっていないようだ。ただ置き去り行為などをした場合、付き添った上級探索者には相応のペナルティがある。『アイアンフィスト』のリーダーはそれも承知のうえだったらしく、彼と同行した幹部数名には、高額な罰金と三級へのランクダウンが科せられたそうだ。

「それで、カズマたちは？」

「置き去りにされて十日は経つし、もう死んじゃっただろうって」

俺の質問にエリナが答えた。そうか、なんだかあっけなかったな。ま、同期じゃなけりゃ気にも留めなかっただろうけど。

「あっ、ヨシエさんたちから連絡がきたわよ」

エリナがそう言ったのと同時に、俺は〈インベントリ〉の変化に気づいた。収納された【メモ帳】を、エリナが取り出して確認する。

「ヨシエさんたち、探索を終えて一級へのランクアップが決まったみたい」

ヨシエさん、アヤノ、イノリの三人が同時にランクアップできたらしい。彼女たちも防衛戦でかなり活躍して、いいところまでいっていたのだが、なにせ俺とエリナに比べれば討伐数が少なかった。そこで三人は下層への探索を一気に進め、実績を上げることにしたのだ。そして今日、九十八階層を攻略したことで、見事一級へのランクアップが決定した。

いまからギルマスの話を聞くので、帰りは少し遅くなるそうだ。

「ナギサさんはしばらく泊まり込みで探索に集中するみたい」

続けてナギサから連絡がきたので確認すると、【メモ帳】にそう書かれていた。ヨシエさんたちに触発されて、気合いが入ったのだろう。ナギサは現在四級までランクを上げているが、実力ならそこらへんの一級探索者に匹敵する。なのであとは、ランクを上げて階層制限を解除しつつ下層への攻略を進めれば、問題なく一級へ上がれるはずだ。

「ナギサって、いま何階だっけ?」

「たしか、六十六階じゃなかったかな」

俺の問いにエリナが答えた。なるほど、廃墟エリアを探索中か。

「今回はどうやら七十階を攻略するまで帰ってこないみたいね」

「リッチを倒せば三級へのランクアップは間違いないし、そうすれば階層制限がほぼなくなるわね」

エリナの言葉に、ミサキさんがそう返した。たしか三級になった時点で、九十八階まで制限はなくなるんだったか。俺は洞窟エリアを攻略したあたりで大氾濫やらなんやらいろいろあってランクアップしたから、階層制限とか気にしたことないんだよな。

「それでハルマくん。この先はどうするの？」

ミサキさんがふと尋ねてきた。エリナも興味深げな表情で俺を見ている。

「この先、か……」

ほどなく全員が一級となり、真実を知ることとなる。それと同時に階層制限も完全に取り払われ、九十九階への挑戦、そして完全攻略を目指せるようになるのだ。

そうなったとき、俺は……俺たちはどうすべきか、ちゃんと考えておかないとな。

そしてヨシエさんたちから遅れること十日。ナギサも無事、一級へのランクアップを果たした。

これで全員が、真実を知ったことになる。それを踏まえ、俺は今後の方針を話し合うべく全員を屋敷の大食堂に集めた。

○●○●

大食堂の食卓、その上座に俺とセラが並び、向かって右側は手前からエリナ、アヤノ、イノリ、左側には手前からヨシエさん、ミサキさん、ナギサと、なんとなく加入順で席についてもらった。

まず第一に決めるべきは、現実世界へ帰るかどうか。俺たちの実力なら、完全攻略はほぼ確実だろう。仮に失敗しても、いまのレベルがあれば完全健康体で復活できる。つまり、帰ろうと思えばいつでも帰れるわけだ。それをあらためて説明したところで、俺は隣に座るセラを抱き寄せる。

「俺は帰らない。セラと離ればなれになるなんて、考えられないからな」

俺がそう言うと、セラのほうからも抱きついてきた。

「んふー、ご主人さまありがとー。セラも、ずっと一緒がいいなー」

そんな俺たちを見て、全員が呆れたように、そしてどこかほっとしたように息をついた。

「私も残るかな。帰っても、ハルマやセラがいないんじゃ寂しいし」

最初に口を開いたのはエリナだった。

「私も、あちらには未練がありませんねぇ。せっかく若返ったことですし、なにより状況が面倒くさいですからねぇ」

続けてヨシエさんが、どこか困ったようにそう言った。たしかに、健康体で復活できるからといって、若返り効果がどこまで維持されるかわからない。そのうえ彼女はこちらへ来る直前の状況がかなり厄介で、元気に復活することが逆にまずく、帰れば大事（おおごと）になるのは間違いないらしい。地元のしがらみ関係だそうで詳しく聞いていないけど、いったいどんな状況なんだ……。

「あたしは以前から残るって決めてたしね。それに、ほぼ寝たきりの病人が元気になったら、それはそれで面倒だし」

「ああ、そういう意味なら私もですね」

ミサキさんの言葉に、イノリが続いた。ふたりとも、もともと重い障害を持っていたから、現実世界で健康になったらなったで、いろいろ大変そうだ。

「ハルマさんやみんなと別れるのも、寂しいですしね」

「それはもちろん、そう」

イノリがさらに続け、ミサキも同意する。

「イノリが残るなら、アタシも残るよ」

アヤノはイノリを見ながらそう言ったあと、俺のほうへ顔を向ける。

「それにアタシだって、ハル兄ぃやセラっちとお別れなんて、嫌だしね」

彼女はそう言うと、にっこりと笑った。

「わたしも、残るよ。ハルマくんがいないんじゃ、帰っても意味ないし」

最後にナギサが、少し顔を赤くしてそう言った。

「じゃあ、これからもみんな一緒だね！　やったー！」

全員が残ると知って、セラが嬉しそうに言った。正直こうなることはほぼわかりきっていたけど、それでもしっかりと意思を確認しておくのは大事なことだ。

「さて、全員が残るのは喜ばしいことだけど、それはそれとしてこれからどうするかな」

「そうねぇ、どうしようかしらね」

俺の言葉に、エリナがぼんやりと答える。俺たちはこの時点で、ナギサ以外は九十九階層を攻略済みだった。次のアタックで彼女も攻略するのは間違いないだろう。

つまり、進めるところまで、ほぼ進んでしまったのだ。ダンジョンの攻略を進めていたときは充実していたが、いざ終わりが近づくとなにをするべきか迷う。

「力がありすぎるっていうのも、考えものね。贅沢なことだと思うけど」

ミサキさんが呆れ気味に呟く。

セラのおかげで、俺たちは強くなった。強くなりすぎたかもしれない。

防衛戦のあと、さらにスキルレベルが上がり〈召喚石融合〉という派生スキルを習得した。これは召喚石を十個融合することで、ひとつ上の石をひとつ作り出すというものだ。

これによって俺たちは【虹召喚石】を得られるようになった。【紫召喚石】十個を融合させてできるその召喚石は文字通り虹色に輝いており、なんと最レアの『GR』確定ガチャを回せるのだ。

そのため俺たちは、二〜三日に一度【虹召喚石】での〈九十九連召喚〉を実行し、そのたびに最低ひとつ、多ければ五〜六個の『GR』アイテムをゲットできるようになった。『GR』ともなれば、とんでもない性能の装備ばかりだし、もちろんそれより下の『SLR』や『SULR』にだって、素晴らしいアイテムはたくさんある。

おかげで俺たちは、本当に強くなりすぎてしまった。おそらく、全員がソロで九十九階まで攻略できてしまうほどに。万が一があったらいやなので試してはいないけど。

「スローライフでもするかぁ」

特に深い考えもなく、呟いた。

「いいですねぇ。郊外に広い土地を借りて、畑でも耕しましょうかねぇ」

「お店とかやるのもいいかも？」

「アイテムなんていくらでもあるし、仕入れはタダみたいなもんだからボロ儲けできんじゃん！」

「これ以上お金稼いでどうするのよ……」

「まぁ、儲けはどうでもいいけど、お店は楽しそうかも」

「まだ街の隅々まで歩いたわけじゃないし、のんびり食べ歩きとかもいいかなぁ」

そんなちょっとした思いつきに、メンバーたちは思いのほか好意的な反応を見せてくれた。彼女たちと一緒なら、きっとなにをやっても楽しいだろう。

「あっ、そうだ！　みんな聞いた、『守護神』のこと？」

エリナが思い出したように声を上げる。

「なんかね、復活したみたいよ」

本来ならひと月ほどで復活する守護神だが、今回は大氾濫に絡んだせいか、再出現までいつもより大幅に時間がかかったようだ。

「へぇ、守護神ねぇ」

なんとなく呟き、ふと顔を上げると、みんな話すのをやめて俺を見ていた。どこか期待した様子がうかがえる。なんやかんやで、みんな戦うのが好きになっちゃったのかもなぁ。

「よし、せっかくだから挑戦してみるか」

大氾濫のときは一〇〇名以上で戦った守護神に、俺たち七人だけで勝てるのかどうか。あのときは通常よりもデカくなってたらしいけど、強さはどんなものだったのだろう。

なんにせよ、目標を失いかけていた俺たちにはちょうどいい標的が現れたようだ。

守護神へ挑戦しようと決めた俺たちは、簡単なミーティングを終えて解散し、明日に備えて休むことにした。メンバーはそれぞれ自分たちの部屋に戻り、俺もひとり主寝室のベッドに寝転がる。

——ガチャリ……。

うとうとしかけていたところ、ドアが開いた。

「ご主人さま、起きてる？」

入口から顔を覗(のぞ)かせながら、セラが遠慮がちに尋ねてきた。

「ん……そろそろ寝ようかなと思ってたけど」

「そうなんだ、邪魔しちゃったかな？」

「いや、まだ遅い時間じゃないし、気にしなくていいよ。それより、とりあえず入りな」

「うん、失礼するね」

部屋に入り、後ろ手にドアを閉めたセラは、そのままその場に佇(たたず)んでいる。出会った当初はなんの遠慮もなく自分のやりたいように過ごしていた彼女も、パーティーメンバーが増え、多くの人と接する中で気遣いなどを覚えるようになった。その成長は嬉しい反面、少し寂しい。

「どうした？」

俺は身体を起こして部屋の灯りをつけ、ベッドの端に腰掛けた状態でセラへ問いかける。

「んとね、今夜はなんとなく、ご主人さまと過ごしたいなって思ったの」

ジャージ姿の彼女は、もじもじしながらそう答えた。今夜はみんな早めに休んでいるから、俺のところに来たのかな。

「とりあえずこっちにおいで」

「うん」

俺が手招きすると、セラは嬉しそうにはにかみながら歩み寄り、俺の隣に座る。ふわり、と石けんの香りが漂ってきた。

「あのね、今日はご主人さまと一緒に寝たいんだけど、いいかなぁ？」

俺に軽く身を寄せ、上目遣い（うわめづか）に視線を向けながら、セラが尋ねてくる。

「べつにいいけど、添い寝だけでいいのか？」

引っ越して……いや、前の家で過ごしていたときから、セラと部屋で過ごすときは必ずセックスをしていた。なので、なんだか不思議に思って問い返してしまう。

「ん……だって、明日は大事な日なんでしょ？」

これまでメンバー全員が揃って家を空けることなんてなかったから、大がかりな出陣と知ってセラなりに気を遣ってくれているようだ。そんな彼女の肩を、俺は優しく抱き寄せる。

「セラとのセックスより大事なことなんてあるかよ」

「でも、ご主人さまが疲れるようなことは、しないほうがいいかなぁって」

口では申し訳なさそうに言いながらも表情は少し緩めつつ、セラは抱き寄せられるがまま身を預け、俺の肩に自身の頭を乗せた。

「セックスくらいじゃ疲れないよ。むしろしたほうが元気になるくらいだ」

ギルマスがくれた〈精力増強〉のおかげでセックスをしても疲れなくなった俺だが、ここ最近は冗談抜きで、したほうがコンディションもよくなると実感している。レベル表記はないものの、ユニークスキルだけあって成長しているのかもしれない。

「だからさ、セックスしようぜ、セラ」

セラの気遣いは嬉しい。でも、俺はいつだってこの天使とセックスがしたいんだ。

「うん！」

俺の言葉に、セラは嬉しそうにうなずいた。

思い返せばここしばらく、こうしてセラとふたりきりになる時間をあまりとれなかった。なんやかんやとガチャの効率を優先して、誰かしらプレイに交ざっているという状況ばかりだったのだ。

なので久々にセラとふたりきりになった俺は、ふとあることを思いついた。

「あのさ、ひとつお願いしていい？」

「なにー？」

「天使スタイルになれる？」

普段は家で過ごしているときのジャージか、風呂上がりにバスローブを羽織っただけの状態から、行為に及ぶことが多かった。前回天使スタイルでしたときは、たしかエリナがいたんだったか。

なんだか彼女の神々しい姿をあらためて堪能したくなった俺は、そんなお願いをしたのだった。

「いいよー」

にっこりと笑って快諾してくれたセラは、すっと立ち上がり、ベッドに腰掛けたままの俺と正面から向き合った。

「それじゃ、いくねー」

言い終えるが早いか、セラの身体が輝き始める。ほどなく光が収まると、ぴちぴちのレオタードに身を包んだ天使が現れた。無機質な羽根と光輪を背負うその姿は、何度見ても神秘的だった。

「召喚天使セラフィーナ参上だよー!」

「おおー」

そう言って首筋に指先を当ててるいつものピースサインを出してポーズをきめたセラに、思わず拍手をしてしまう。

「えへへ、あらためてやると、ちょっと恥ずかしいねー」

「あはは、そうなんだ。でも、すごくキレイだよ、セラ」

「んふふ、ご主人さまありがとー」

ポージングが落ち着いたところで、セラの背後から羽根と光輪が消える。あれを維持するのは疲れるようだし、なによりセックスには邪魔だからな。

「セラ、おいで」

「はーい」

俺がぽんぽんと太ももを叩くと、セラは軽やかに身を翻（ひるがえ）しながら乗りかかってきた。むっちりした尻の感触と心地よい重みを堪能しながら、俺は彼女の腹に腕を回し、うしろから抱きかかえる。

「んふふー、ご主人さまぁー」

甘えたような声を出しながら、セラは遠慮なしにもたれかかってきた。

「ねぇご主人さまぁ……チューしてぇ」

膝に乗った天使が、もたれかかって身をよじりながら淫靡（いんび）な声でキスをねだる。彼女の身体をしっかりと抱きとめつつ身を乗り出し、顔を近づけた。

「んむ……」

唇が重なり、柔らかな感触が伝わってくる。

「あむ……ちゅる……んちゅ……れろぉ……」

申し合わせたようにお互い口を開き、舌を出して絡め合う。

そうやって濃厚なキスをしながら、俺は彼女の胸に手を這わせた。露（あら）わになっている下乳部分を押し上げるように手を添えると、瑞々（みずみず）しい素肌が手のひらに張り付いてきた。

「はむ……んふぅ……んちゅるっ……じゅぷ……」

優しくゆっくり乳房を揉（も）むと、彼女はときおり身体を震わせ、息を荒げながらも、懸命に舌を動かし続けた。あたりに漂う甘ったるい天使の香りに、頭がくらくらする。

「ちゅぷ……じゅる……れろれろぉ……」

ねっとりとした舌の感触を楽しみつつ、俺は天使の乳房をもてあそんだ。セラのおっぱいは少し力を入れるだけで指が沈み込むほど柔らかい反面、しっかりと押し返してくるだけの弾力もあった。下乳をじっくりと堪能したところで、レオタードをまくり上げる。ぷるんと乳房が揺れ、乳首が露わになった。

「んむっ……ふぅっ……れろぉ……んんっ……！」

乳首を指先でつまむと、セラは身体を強ばらせてピクンと震えた。一瞬キスはとまるが、そのあとは対抗するかのように舌の動きが激しくなった。

しばらくそうやって胸を愛撫し続けたあと、俺は左手で胸をいじりながら、右手をおろして股間に当てた。レオタード越しに秘部へ触れると、にじみ出た愛液が指にまとわりつくのがわかった。

「んんっ！　ふぁ……あむぅ……れろれろぉ……」

レオタードの上から秘部をこすられる刺激にセラは身を縮めたが、それでもキスをやめようとはしない。そこで俺は、レオタードをずらして直接秘部に触れた。ぬぷり、と指が奥まで沈んでいく。

「んぁっ！」

その瞬間セラが仰け反り、唇が離れた。それと同時に、ころんと青い宝石が転がり落ちる。どうやら直接触れられただけで、彼女は軽くイッてしまったようだ。

「あっあっ……ご主人さまぁ、それ、だめぇ……！」

指先を軽く曲げ、膣の浅い部分をくちゅくちゅとかき回してやると、セラは俺にもたれかかりながらガクガクと身を震わせた。そのあいだも、ふたつみっつと宝石が転がり落ちている。

「ご主人さまぁ……セラのおま×こ、奥のほうが切ないよぉ……」

しばらく絶頂を繰り返したところで、セラは身をよじり、涙目で俺にそう訴えた。

「それじゃ、挿れるぞ？」

「うん、挿れてぇ」

スウェットとトランクスをずらし、イチモツを露出させる。限界まで怒張した肉棒の先端からは、恥ずかしいくらいの腺液が溢れ出していた。

セラの太ももに手を添え、彼女の身体を抱え上げる。

「うふふ、ご主人さま、力持ちだね」

軽々と持ち上げられたセラが、嬉しそうに言った。普通なら困難な行為も、レベルによって引き上げられた筋力をもってすればたやすいことだ。

彼女を抱え上げたまま、互いの位置を調整し、ゆっくりとおろしていく。

「んぁあ……！」

先端が膣口を捉えた直後、そのまま彼女の身体を貫くと、肉棒はとろとろにほぐれた膣肉をかき分けて進入し、根本までしっかりと挿入された。

俺はセラの太ももを抱えたまま、腰を強く突き上げる。

「ああんっ!!」

俺の股間がセラの尻肉を潰すように押し上げ、肉棒の先端が最奥部に突き刺さる。その瞬間、彼女は大きく喘ぎ、膣腔がキュンと締まった。そこから俺は、何度も何度も腰を突き上げた。

「あっあっあっ！　おま×こ、じゅぼじゅぼされて、きもちぃよぉーっ！」

ゆさゆさと乳房を揺らしながら、セラは快感に喘いだ。

「っくぅ……！」

みっちりと肉襞のまとわりつく膣内をこすり上げる感触に、俺も思わず声を漏らしてしまう。

淫らな天使を下から突き上げながら、俺は彼女の痴態をもっと堪能したいと考えた。背面座位だと、せっかくの天使スタイルがあまりよく見えないのだ。一度抜いて、正常位か騎乗位でやり直そうかなと思ったとき、ふと名案が浮かんだ。俺は〈インベントリ〉から大きな姿見を取り出した。

「んっんっんっ……ご主人、さま……これは……？」

ちょうど正面に出現した大きな鏡が、俺たちの姿を映し出していた。

「セラと、ご主人さまだぁ……」

自身の姿が映っていることに気づいたセラが、少し戸惑いながらも呟いた。

「なんで、鏡出したのー？」

「こうしたほうが、天使のキレイな姿がよく見えるからな」

そう答えながら、俺はさらに激しく腰を動かした。

「あっあっあっ！　ご主人さま……激しいよぉ……！」

さらにセラを軽く持ち上げて落とすことで、ストロークを大きくする。ずぶずぶと激しく膣腔をこすられる感触と、ずんずんと子宮口を突かれる刺激に、セラがひときわ高い嬌声を上げた。

「セラ、前、見て」

「んっんっ……前、見るの……？」

快感にもだえながらも、セラは視線を鏡に向ける。

「ほら、繋がってるところ、しっかり見えるだろ？」

鏡の中のセラは顔を蕩けさせ、口の端からよだれを垂らしながら身体を揺らしていた。激しい動きに乳房が上下に振れ、膣口には硬直した赤黒い肉棒が、ずぼずぼと何度も出入りしている。接合部からは愛液が溢れ出し、それが互いの股間どころかベッドのシーツまでどろどろに汚していた。

「やだぁ……セラ、えっちな顔してる……」

鏡の中の自分と目を合わせながら、セラは恥ずかしげに呟いた。そして視線が少し下を向くと、キュンと膣が締まる。その瞬間、彼女の手からコロコロといくつもの宝石が転がり落ちる様子も、鏡に映し出された。

「んぁっ！　ご主人さまのお×んちん、セラのおま×こ、じゅぼじゅぼしてるぅ……！」

自身が犯される姿を正面から見て興奮したのか、膣腔はギュッと締まりながらも肉襞が激しく蠕動し、愛液がドバドバと分泌されて滑りがよくなる。まとわりつく天使の粘膜は、容赦なく肉棒を襲い続けた。

「セラっ！　もう、出すぞ!!」

「いいよっ……ご主人さま……セラのおま×こに、いっぱい出してぇ!!」

肉棒が限界まで膨張したことを感じた俺は、腰を引きながらセラの身体を持ち上げた。まとわりつく膣肉を引き剥がしながら肉棒は排出され、カリが膣口に引っかかるのを感じたところで、彼女の身体を落としながら腰を強く突き上げる。ずるり、と勢いよく膣内をこすりながら一気に挿入された肉棒の先端が、子宮口をこじ開けた。

「ひぃぁあぁあぁぁぁあああーーーーっ！！！！」

その強烈な刺激にセラは絶叫し、ひときわ大きな絶頂を迎えた。

「ああああっ!!」

それと同時に彼女の膣腔はギュウっと締まり、絞り出されるような形で俺はすべてを解放した。

——どびゅるるるるるーーーーーーっっっ！！！！　びゅるるるるっ！！！！　びゅぐるるっ！！　びゅるるんっ!!　びゅぐっびゅぐっ……びゅるるっ……!!

ものすごい勢いで、精液が放出された。

「ぐぅっ……！」

どろりとした粘液が尿道を駆け上がり、どくどくと脈打つ快感に、俺は思わず呻き声を漏らす。

「あんっ……あっ……あっ……！」

イチモツが脈動し、精液が射出されるたび、セラも身体を震わせて喘いだ。この淫らな天使は、自身の聖域を犯されることに、この上ない悦びを感じているようだった。

鏡に目をやると、接合部からじわりと漏れ出す精液が見えた。セラの最奥部を思う存分蹂躙した白濁（はくだく）がにじみ出る様子は、とても卑猥（ひわい）だった。

「ご主人さまぁ……」

絶頂の硬直がとけたセラの身体が、ゆっくりと弛緩(しかん)する。

「セラ、すっごく幸せだよぉ」

彼女はそう言いながら、ぐったりと俺にもたれかかってきた。

「ご主人さまと出会えて、いーっぱいえっちできて、本当に幸せなの」

まだ荒い呼吸を整えながら、セラはぼうっとしたままの顔を俺に向けて、そう言った。

「俺も、セラに出会えて幸せだよ」

「んふー」

俺がそう言うと、心底嬉しそうに笑った。

「ご主人さま、大好きだよ」

「ああ、俺もセラのことが大好きだ」

お互いにまっすぐな気持ちを伝え合った俺たちは、繋がったままゆっくりと顔を近づけ、唇を重ねるのだった。

翌朝、目が覚めると部屋いっぱいにアイテムが転がっていた。

三十畳はあろうかという広い主寝室がいっぱいになるほど、大量にだ。

「セラ?」

隣で眠っていたはずのセラがいないと気づいた俺は、身体を起こしながら彼女の名を呼ぶ。

「ご主人さま、おはよー！」

どこから現れたのか、彼女はベッドに腰掛けて元気に挨拶してくれた。セラはすでに天使スタイルからいつものジャージに着替えている。

「このアイテム、どうしたの？」

「んとねー、ご主人さまが眠ってるあいだに、召喚しておいたのー」

彼女はそう言うと、甘えるように頭を寄せてきた。まだ目覚めきっていないぼうっとした状態のまま、とりあえずセラの頭を撫でてやる。

「なんでまた急に？」

「だって、ご主人さまたちはみんな、これからがんばるんでしょ？　だから、セラにお手伝いできることないかなーって思って」

どうやら守護神への挑戦を控えた俺たちのために、昨夜がんばってくれたようだった。

「そっか。ありがとな、セラ」

「んふー、ほめてほめてー」

「おう。えらいぞー、セラ」

セラにお礼を言い、頭を撫でながら、とりあえず手近なものから〈インベントリ〉へ収納していく。どれもレアリティがかなり高いので、〈召喚石融合〉をやったうえでガチャを回してくれたようだ。中にはかなりレアなアイテムもあったので、出発前に装備を見直してもよさそうだな。

「ほんと、ありがとな。セラ」

俺はセラをぎゅっと抱き寄せながら、あらためて感謝を伝えた。

朝食のあと最終調整を終えた俺たちは、いよいよダンジョンに向けて出発する。

「それじゃ、いってくるわね、セラ」

「お留守番、よろしくお願いしますねぇ」

「昨夜は召喚おつかれさま。おかげで有利に戦えるわ」

「みんなのことはアタシが守るから、心配せずに待っててな、セラっち」

「できるだけ、早く帰ってきますね」

「おみやげ、楽しみにしててね」

「はーい、みんないってらっしゃーい」

エリナ、ヨシエさん、ミサキさん、アヤノ、イノリ、ナギサが、玄関から見送るセラに声をかけ、彼女は笑顔で手を振ってそれに応えた。

「それじゃセラ、サクッと倒して早めに帰ってくるから。悪いけど留守番たのむな」

最後に俺が声をかけ、ぎゅっと抱きしめると、セラのほうからも腕を回してきた。でかけるときはいつも笑顔で送り出してくれるのだが、この日は少しセラの様子が違っていた。

「ご主人さま、帰ってくるよね……？」

彼女は不安げにそう言うと、俺を見上げながらいつもより強くしがみついてきた。やっぱりひとりで留守番するのが寂しいのかな。

「俺が帰ってこなかったことがあるか？」

「ううん……いつも、ちゃんと帰ってきてくれるけど……」

　セラがそう言って俺の胸に顔を埋め、さらに強く抱きついてきたので、俺は宥めるように頭を撫でてやった。しばらくすると落ち着いたのか、彼女がふっと力を抜いたので、抱擁をといた。

「じゃ、いってくるよ」

「うん、いってらっしゃい。早く帰ってきてね」

　こうしてセラに見送られながら、俺たちはパーティーハウスをあとにするのだった。

　九十九階層は大迷宮エリアとなっている。

　通路や壁などの雰囲気は石造りの迷宮エリアに似ているが、フロア自体が桁違いに広く、迷路は複雑であり、出現モンスターも強い。また、フロアの各所に体育館ほどの広さを誇るボスエリアが複数存在しており、そこに巨大なボスモンスターが現れて探索者の行く手を阻むのだ。

　そんないくつかあるボスエリアのひとつ。その中央に光の粒子が集まり、やがてそこから金色の巨人が現れた。厳つい全身鎧がそのまま動いているような姿だ。

「金剛巨人か、残念」

　身長五メートルはあろうかという巨人を前に、鎧姿の男性が呟く。『ミラクルマシーン』のメンバー、トシヒコだ。

「おじさん、足止めよろしく」

「うむ、任された！」

キリヤ少年の声を背に、トシヒコは巨人に向かって駆けだした。彼は全身鎧を身に着けているのみで、武器や盾を装備していない。

「オオオオオオ……！」

金剛巨人が拳を上げ、振り抜いてくる。トシヒコの身長が巨人の膝丈ほどであるため、地面に叩きつけるような格好となった。

その巨大な拳を、トシヒコは正面から受け止めた。

「ふんぬっ!!」

「オオァッ!?」

たやすく叩き潰せると思った相手にあっさりと攻撃を止められた巨人は、表情のないフルフェイス兜の奥から驚きの声を上げた。

トシヒコの先天スキルは〈聖鎧術ＬＲ〉というもので、装備した鎧に聖属性を付与し、なおかつ防御力を大幅にアップさせるものだった。彼は最初の三十日をジャージだけで過ごし、二十階層を攻略していた。高いランクの防御スキルを持っているおかげで、トシヒコにダメージを与えられるモンスターがほぼ存在しなかったからだ。あのワイバーンの強烈な尾撃ですら、ひとつもダメージを与えられなかった。鎧を装備すれば相乗効果でさらに防御力が上がるうえ、先日たまたま売りに出されていた〈聖鎧術ＳＬＲ〉を購入してスキルランクをアップさせたため、ここまで向かうところ敵なしだった。オーブを購入するために防衛戦で得た報酬を含むパーティーの全財産をはたいたが、後悔はなかった。そのおかげで、守護神に次ぐ物理攻撃力を誇る金剛巨人の攻撃をノーダメージで受け止められたのだから。

「グッ……オォ……？」

「ふふん、逃さんよ」

再度攻撃すべく拳を引こうとした巨人だったが、トシヒコに抱え込まれたせいでその動きを阻害されてしまった。すでにトシヒコのレベルはカンストしており、その力は一時的であれ金剛巨人の動きを封じられるほどだった。

「キリヤ！」

「任せて!!」

――ドゴンッ!!

トシヒコの呼びかけにキリヤが返事をした直後、轟音が鳴り巨人の膝が一部削られる。

「グォアッ……！」

巨人は戸惑いを隠せず、顔を上げて音のしたほうを向いた。そこにはショットガンを構えた、コンバットスーツ姿の少年が立っていた。

キリヤの先天スキルは〈火器召喚〉というユニークスキルだ。銃を呼び出す能力だが、最初は火縄銃しか使えなかった。ＭＰを消費して弾丸を撃ち出すため弾込めの必要はないのだが、火蓋を切るなどの動作は必要で、威力が弱く命中率も低い先込め式のマスケット銃しか呼び出せないあいだは苦労した。現代式の拳銃を呼び出せるようになってからは状況も好転し、その後スキルレベルが上がるにつれサブマシンガンや自動小銃、グレネードランチャーなども使えるようになった。

「一気に削るよ！」

そう宣言したキリヤは、ショットガンのフォアエンドをスライドして引き金を引いた。

――カシャ……ドゴンッ！　カシャ……ドゴンッ！　カシャ……ドゴンッ……！

連続で撃ち出されるスラッグ弾が、金剛巨人の膝を削っていく。

銃の威力はレベルアップによって攻撃力が上がることで強化される。そのうえキリヤは付与系のスキルを使い、能力上昇効果のある装備をいくつも身に着けているため、彼の放つ銃弾はこの世界でもっとも硬い金剛銅すら削り取るだけの威力があった。

「グオ……オオォ……！」

完全に膝を砕かれた金剛巨人の身体がぐらりと揺れ、転倒を防ぐため敵は地面に手をついた。

「ダンペイ!!」

キリヤが叫ぶ。

「オ……オオォ……」

次の瞬間、金剛巨人の首がずるりとずれ、胴から頭が離れた。それが地面に落ちるより先に、巨人の身体が光の粒子となって消滅する。崩れゆく巨体の陰から現れたのは、ふんどし一丁に黒頭巾のみという格好の中年男性だった。もうひとりのパーティーメンバー、ダンペイだ。

「クリティカルヒットにござる、ニンニン」

彼はそう言うと、胸の前で『烈』の印を結んだ。いわゆる忍者ポーズというやつだ。ポーズをキメる際、ふんどしの腰紐に乗った腹肉がぽよんと揺れた。

ダンペイもまたユニークスキルの持ち主で、その名も〈忍者〉という。スキルレベルを上げていけば様々な忍術を習得できるが、なぜか防具を装備すると防御力が下がるという制約があった。

『むほぉ！　裸忍者は男のロマンにござるなぁ!!』

とダンペイは言っていたが、キリヤとトシヒコはいまだに意味がわかっていない。

「しかし今回もハズレでござったか。誰かに先を越されねばよいのでござるが……」

「青魔法陣しか出てこないから、まだ大丈夫だよ！」

残念そうに言うダンペイに、キリヤがそう返した。守護神が復活すると、他のボスを倒しても一〇〇階へは進めない。裏を返せば、次の階へ続く白魔法陣が出ていないあいだは、守護神も健在なのだ。

「どうせなら守護神を倒して帰りたいよね！」

キリヤの言葉に他のふたりがうなずく。彼らは一級になったあとも積極的に探索を進め、全員のレベルが99になったあたりで守護神復活の報を耳にした。そこで、せっかくなら倒そうということになったのだ。

たとえレベルがカンストしていようと、三人で守護神を倒すのは難しい。だが彼らのように高ランクの先天スキル、そして強力なユニークスキルを持っていれば、不可能ではないのだ。

少しの休憩を挟んだのち、キリヤたちは探索を再開した。守護神がこの階のどのボスエリアに出現するかは、完全にランダムだ。現在、自分たち以外にも守護神を目当てに探索している者がいるのは承知している。もし誰かに先を越されたら、そのときはそのまま一〇〇階の最終ボスに挑戦しようと決めていた。

ほどなく、彼らは別のボスエリアに到着した。

「あれは……人か？」

広いボスエリアの中央に、ひとりの人間が立っていた。

「あぁ……なんだぁ、テメェら？」

その男性はボロきれのような服を身に纏っていた。二メートルを超えるほどの巨体は、鋼のごとく鍛え抜かれた筋肉に覆われている。その肉体は傷だらけで、とくに胸から腹をえぐるように残された大きな傷跡が印象的だった。彼の周りに漂う空気やどす黒い肌の色のせいで人型のモンスターかとも思えたが、会話が通じることから人間であることに間違いはなさそうだ。

「いや、その、僕たちは守護神を倒そうと思っていて……失礼しました」

どうやらここのボスは彼に倒されてしまったらしい。なんだか気味が悪いと思ったキリヤは、早々にその場から立ち去ろうとする。

「守護神？　大氾濫の最後に出たアレかぁ。そういやここにいたヤツが、あんな感じだったなぁ」

「えっ？」

彼の言葉を聞いて、キリヤは立ち止まって振り返る。

「じゃあ、守護神は……」

「ああ、オレが食っちまったよ」

男がそう言って、ニタリと笑う。キリヤは無性に、怖くなった。

「キリヤ少年、行きましょうぞ」

「うむ、どうやら先を越されたようだし、私たちは別のボスを探そう」

ダンペイとトシヒコも、どこか気味悪そうな様子でキリヤを促し、その場を去ろうとする。

「待てよぉ」

呼び止められた三人は、なんとなく無視してはいけないと立ち止まり、振り返った。

男が、口を三日月の形に開いてこちらを見ていた。

「よく見りゃてめぇら……美味そうじゃねぇかァッ!!」

言い終えるが早いか、男が飛びかかってくる。

「えっ？」

「キリヤっ!!」

呆気にとられるキリヤと男との間に、トシヒコが割って入った。

「邪魔だァおっさん!!」

トシヒコが身構えるより先に、男が彼の胸を殴りつけた。

「ごはぁっ!!」

これまで何者からもダメージを受けなかったトシヒコがあっさりと吹き飛ばされ、十メートル以上離れた壁に激突する。

「ぐふっ……ごばぁっ……!!」

そして大量の血を吐き出し、うつ伏せに倒れた。

「おじさん!?」

「クハハッ!!」

トシヒコを心配するキリヤだったが、耳障りな笑い声に視線を戻すと、男がまさにつかみかかろうとしていた。だが、キリヤはまったく反応できない。

「ニンジャフラァーッシュ!!」

あたりが光に包まれたかと思うと、キリヤは襟首(えりくび)をつかまれていた。そして瞬きを終えるより早く、壁際へ移動したことに気づく。閃光で目くらまししつつ一瞬で十数メートル移動できる、ダンペイの忍術〈光遁(こうとん)〉が使われたのだ。足下にはトシヒコが倒れている。

「こひゅ……ぜひ……」

殴られた胸甲が大きくへコみ、胸を圧迫されて呼吸ができていない。かなりのダメージを喰らったようなので、このままではトシヒコが死んでしまう。

「キリヤ少年！　最大火力で攻撃を!!」

だが回復よりも先に、あの男を倒さなければならない。我に返ったキリヤは視線を巡らし、閃光で怯んだまま立ち尽くす男を見つけると、ロケットランチャーを取り出して撃った。

——ボシュッ……ドゴォンッ!!

発射の瞬間、キリヤを見つけた男が飛びかかってこようとしたが、その直後にロケット弾が直撃し、大爆発を起こした。ダンペイの姿がないため、おそらくトドメを刺しにいったのだろう。

爆炎が晴れると、こちらを向いていたはずの男が、背を向けていた。そして男と向かい合うように、ダンペイが立っている。彼の手刀は男の首を捉えていたが、刎ね飛ばすことはできなかったようだ。そして男は、ダンペイに向けて手を突き出していた。

「ダンペイ!!」

キリヤが叫ぶのと同時に、男が腕を引く。

「ぐふぉ……」

ダンペイが血を吐き、倒れた。男の腕は肘まで血に濡れ、ダンペイはみぞおちに大穴を空けて大量に出血していた。

「そんな……」

男が振り返り、ゆっくりと近づいてくる。

「キリヤ……少年……逃げ……宝玉……」

瀕死のダンペイが、訴えかける。【帰還宝玉】を使えば、自分だけは逃げられるかもしれない。

「そんなの……無理だよ! おじさんとダンペイを置いてなんて……!!」

そう叫びながら、キリヤは自動小銃を呼び出して構えた。

「なんなんだよ……なんなんだよお前ぇーっ!!」

歩み寄ってくる理不尽な存在に向けて叫びながら、キリヤは引き金を引いた。

ギルドに辿り着くと、すでに何組ものパーティーが九十九階を探索していると耳にした。

「出遅れたかな？」

「そのときはそのときよ。どうせ時間はたっぷりあるんだし」

俺の言葉に、エリナは気にした様子もなく答える。彼女の言うとおり、ずっとこの世界にいるわけだから、守護神を倒す機会なんていくらでもあるだろう。

俺たちはとくに焦ることなく、九十九階へ転移した。

「おや、守護神の気配を感じますねぇ」

九十九階へ着いてすぐ、ヨシエさんがそう言った。気配を感じられるってことは、すでに出現しているということか。

「とりあえず、行ってみましょうか」

「そうですねぇ」

もしかしたら先客が挑戦に失敗するかもしれないし、そのときはおこぼれに与ろう。そう思って、ヨシエさんの案内で迷宮を進む。

「おや、気配が消えましたねぇ」

「みたいですね」

もうすぐ目当てのボスエリアに到着しそう、というところで、守護神の気配が消えた。ここまで近づけば俺も感知できていたので、そのことに気づく。どうやらひと足遅かったようだ。

「さて、どうしようかな」

せっかく全員で来たけど、守護神がいないんじゃしょうがない。適当にボスを倒して帰るか、なんて思ったときだった。

――ドゴォンッ!!

爆発音が聞こえた。俺たちが目指していた方向だ。

「なんだ、いまの?」

俺が疑問を口にした直後、銃声のような音も聞こえた。なんというか、マシンガン的な感じの、連続した発射音だ。

「なんか、気になるな」

この世界に不似合いな音を聞いた俺は、とりあえずそちらへ早足で向かう。他のメンバーも気になったのか、黙ってついてきた。

そして俺たちがボスエリアに着く少し前、銃声が止んでいた。

「なんだ、ありゃ?」

少し遠目にボスエリアを見ると、人影が見えた。大人が、子供を掴み上げているような……。

「ハルマくん、どいて!」

ミサキさんの言葉に身を翻すと、彼女の放った矢がボスエリアに飛んでいく。矢は大人の頭に直撃し、掴まれた子供が放り出された。無言でヨシエさんが駆け出し、俺も慌ててついていく。

「キリヤくん!?」

放り出され、倒れていたのは、キリヤくんだった。コンバットスーツに身を包んだ少年は、何度も殴られたのかボロボロになっていた。

「大丈夫か！」

彼に駆け寄ると、なにかが足に引っかかる。見れば、脱ぎ散らかされた全身鎧が転がっていた。

「ごほっ……ごほっ……！」

キリヤくんは何度も咳き込み、そのたびに大量の血を吐く。

「アヤノ！」

とにかく回復しなければ。そう思ってアヤノを見たが、彼女は申し訳なさそうに首を横に振った。

「ごめん、もうＨＰがゼロだよぅ……」

間に合わなかったか……。

「ごめん……おじさん……ダンペイ……」

最後にそう呟くと、キリヤ少年は衣服を残して消滅した。

「キリヤくん……」

そこでふと、俺は転がっていた鎧を見る。きっと、これはふたりのうちどちらかの装備品だろう。ならもうひとりは？　と思ってエリア内を見回したが、白と黒の布が転がっているだけだった。姿が見えない以上、トシヒコさんとダンペイさんも死んでしまったのか。

「あぁ……ちくしょう……いってなぁ……」

ミサキさんの矢を受けて倒れていた男が、立ち上がる。

それは胸に大きな傷を持った、巨漢だった。肌の色はどす黒く、纏う空気が異様なことから人型のモンスターかとも思ったが、そいつは聞き覚えのある声で言葉を発した。

「お前……カズマか？」

その巨漢は、死んだと思われていたカズマだった。体格といい顔つきといい別人のようだが、よく見れば面影があった。

「んぁあ？　なんダ、誰かと思ヤァ引きこもりの腰抜けおっさんカヨ」

なんだこいつ、俺のこと覚えてたのかよ。

「お前、死んだはずじゃなかったのか？」

「死ぬゥ？　オレがぁ？　バカ言エよ」

オレの言葉を、カズマは笑い飛ばす。

「七十階に放り出されて、よく生きてたな……」

水も食料もなく、素っ裸で転がされたと聞いていた。メンバー全員が攻撃魔法はもちろん、付与スキルもなかったため、ゾンビ系はともかくゴースト系とはまともに戦えなかったはずだ。それなのに、よく生き延びられたもんだ。

「全部食っタからナァ」

カズマのスキルについては、『アイアンフィスト』のリーダー経由で聞いていた。モンスターのドロップする肉を食えば、レベルとは関係なく能力値が上がるというユニークスキル、〈大食い〉。

そのスキルで、窮地を乗り切ったというのか。アンデッドは肉を落とさないはずだが、どうやって。

「全部、食ッタ……ゾンビも、ゴーストも、リッチも……」

まさか、生きたままのモンスターを、食ったのか？

「なぁ、お前……仲間は、どうした？」

カズマのほかにふたり、メンバーがいたことを思い出した俺は、いやな予感を覚えつつ尋ねた。

「仲間モ全部、食ッチまったゼェ」

「人を……食ったのか？」

思わず、口に出た。こいつ、よりによって人間を食ったってのかよ。

「ああ、そうダ。全部食ッタ。そのあとは下に降りてヨォ。獣はいいナァ。ぶっ倒しゃあ肉落とすからヨ」

どうやらカズマは七十階でリッチを食ったあと、下の階層を目指して進んだようだ。そこでモンスターを倒したり食ったりして自身を強化し、ついには一〇〇階層に到達したという。

「じゃあ、ラスボスも食ったのか？」

「おう、もちろんだゼェ。あいつも食いかかってきやがったけどヨォ」

最後は食い合いになり、カズマ自身身体を半分以上食われてワケがわからなくなったが、気づけばラスボスエリアでひとりになっていたそうだ。たどたどしいながらも、なぜかコイツはご機嫌に語ってくれた。

「ラスボスを倒したのに、なんでまだここにいるんだ？」

「知るかヨォ。ラスボス倒したッテ、なーんも起こらねぇだけじゃネェノ？」

そうか、コイツは一級になっていないから、ラスボスを倒せば現実に戻れるってことを知らないんだ。だとしても、なんで現代日本に帰らず残っているのかは謎だ。

さらに詳しく話を聞いてみたところ、生きたまま食われたモンスターはドロップアイテムを残さないことが判明した。つまりラスボスは討伐判定がなされていない可能性があり、そのせいでカズマはこの世界に残されたのかもしれない。だが一〇〇階から九十九階へ移動したのはなぜだろう。

「気がつけばヨォ、はじき出さレル感じで、ここにいたンだわ」

はじき出されるってことは……イレギュラーみたいなことが起こったのか？　本来ならあとから発生するモンスターがはじき出されるが、ラスボスは一〇〇階にしか再出現できないから代わりにカズマが九十九階に飛ばされた、という感じだろうか。あくまで憶測だが。

「一応聞くけど、守護神もお前が？」

「ああ、オレが食ッタ」

カズマはそう言ってニタニタと笑った。

「お前ラも、美味そうだナァ」

その言葉に、女性陣が嫌悪を露わにしつつ身構えた。

「俺たちも食おうってのか？　勘弁してくれよ」

「さっきは邪魔されちまったからナァ」

「悪いけど、そう簡単にいくと思うなよ」

俺がそう言って剣を抜くと、カズマはきょとんと目を見開く。

「クハハハハハハハッ!!」

そして大声で笑った。

「てめぇラ、オレのスキルは知ってるカァ?」

笑いを収めたところで、カズマが尋ねてくる。

「知ってるよ、〈大食い〉だろ? 食えば食うほど強くなる」

「そうダァ。オレはレベルカンストしてっけどヨォ、そのあとも能力値だけは上げられンのよ」

カズマはそう言って、口の端を大きく釣り上げる。

「わかるカ!? レベル99で成長が止まっちまうてめぇラとは、違うんだヨォ! オレぁこの世界の誰よりも強ぇんダァ!!」

カズマは勝ち誇ったように言うと、腰を落として身構えた。

「まずはテメェら全員皆殺シ……いや、おっさんをボコボコにしたあと、目の前で女どもを犯し倒してやろうかナァ」

カズマの身体から、どす黒いオーラが溢れ出すのを感じた。たしかにコイツは、レベル99よりも遙かに強くなっているみたいだ。

「そしたら地上に帰って好き放題やってやラァ! クソムカつくリーダーぶっ殺シテ、ギルドの職員ども犯シテ、街もぶっ壊シテやんゼ!!」

言い終えるやいなや、カズマが姿を消した。

「えっ!?」

気づけばカズマは、ナギサの前で拳を振りかぶっていた。一番弱いと見て、彼女を狙ったのか。

「とりあえず、ひとりくれぇは死ンどけヤァ!!」

そんな叫びとともに、カズマはナギサへ拳を振り抜いた。

「きゃあっ！」

ナギサは咄嗟(とっさ)に顔の前で腕を交差しカズマの拳を受けたが、かなりの威力だったのか、悲鳴を上げながら吹っ飛ばされた。俺は急いで駆け寄り、数メートル後方で彼女を受け止めた。

「大丈夫か、ナギサ？」

「いったぁーい！」

ナギサが痛みに顔を歪め、声を上げる。

「ナギ姉ぇ大丈夫？　骨、折れてない？」

「うん……ヒビは、入ったかも」

「待っててね、すぐに回復するから」

アヤノが慌てて駆け寄り、ナギサに回復魔法をかける。その様子をカズマは呆然と眺めていた。

「どうなッテやがル……？」

渾身(こんしん)の一撃をあっさり受け止められたことに、カズマは困惑しているようだ。

「手応えはたしかだッタ！　防具もナシになンデ受け止められル!?」

「えっと、すっごく痛かったよ？　ＨＰが三割も削られたし」

「殺スつもりで殴ったんだゾ⁉　腕ぐらい吹き飛ばシテ顔面砕いてもおかしかねぇはずダ‼」

「女の子相手にそれはひどいよ」

「てめっ……‼」

のんびりとしたナギサの返しに、カズマは顔を真っ赤にしてプルプルと震える。

「ふざけんじゃャネェ‼　たとえレベル99だろうト、オレの攻撃が通じねぇワケが――」

「あ、ごめん。わたしレベル130だから」

「――へ？」

ナギサの答えに、カズマがポカンと口を開けた。

〈限界突破〉というオーブがある。使ってもスキルは習得できないが、レベル上限を上げられるものだ。一番レアリティが低いものでも『SLR』なので、ガチャじゃなければ手に入らないだろう。

『SLR』で1、『SULR』で3、『GR』で5レベル、上限を解放できる。

そしてレベル100以上の能力上昇幅がかなりすごい。ひとつレベルを上げるごとに、全能力値が一パーセント上昇するのだ。レベル130のナギサだと、99のときとくらべて、すべての能力が35パーセント近く増えている。

「ちなみに俺は150だ」

「ぎゃあっ⁉」

一気にカズマのもとへ踏み込み、〈ホーリーブレード〉を纏わせた聖剣を振り下ろす。カズマはそれを咄嗟に腕で受け止め、刃は骨を半分ほど削ったところで止まった。

「エリナ、〈エリアプロテクト〉がカズマにも効いてる」

「えっ、そうなの？」

俺は跳び退きながら、エリナにそう伝えた。いくらナギサのレベルが130だからといって、カズマの一撃を受ければ腕が吹き飛ばないまでも粉砕骨折くらいはするだろう。それがヒビ程度ですんだのは、範囲内全員の防御力をアップさせるエリナのスキルが発動していたからだ。

「どうやら人間は無条件で対象に入るみたいだな」

「あらら、じゃあ解除するわね」

人を食い、ラスボスや守護神まで食い尽くしていようと、この世界はまだカズマを人間あつかいしているらしい。なので聖属性も効果はなかった。

「レベル130に……150……ダト……？　なんだよそれ、ふざけんナヨ……」

腕の傷を押さえながら、カズマが怒りに震える。

「オレが最強なンダ!!　地上に戻ッテ、好き勝手すんだカラ邪魔すんじゃゃ――」

叫びながら駆け出そうとしたカズマの太ももに、矢が刺さる。

「――ギャアッ」

ミサキさんの矢を受けたカズマが、よろめいて倒れた。

「ハルマさん、ここからは私にやらせてもらえませんかねぇ」

ヨシエさんが、すっと前に出る。

「えっと……ナギサ、いいか？」

この中で直接カズマから攻撃されたのは、ナギサだけだ。

「ハルマくんが仕返ししてくれたから、わたしはいいよ」

その彼女がそう言うのなら、問題はないか。

防衛戦でなすりつけをされたイノリとアヤノを見てみたが、彼女たちも無言でうなずいてくれた。

「それじゃヨシエさん、どうぞ」

「どうもすみませんねぇ」

彼女は無表情のまま言うと、鎖鎌の分銅を振り回し始めた。

「う……ぐ……チクショォ……」

太ももから矢を引き抜いたカズマが、ふらふらと立ち上がる。俺が与えた腕の傷はすでに塞がり、太ももの傷から流れ出る血も、すぐに止まった。回復力は、かなりあるようだ。

「てめぇラ……ぜってぇゆるさ――ウギャアッ!!」

ビュンと風を切る音がしたあと、カズマが悲鳴を上げて肩を押さえた。ヨシエさんの放った鎖鎌の分銅が、直撃したようだ。

「がっ……！　ぐっ……！　ごっ……!!」

その後もヨシエさんは、もう片方の肩や膝、胸や腹などを容赦なく打ち据えていく。膝や脛(すね)の骨を砕かれ、立っていられなくなったカズマは仰向(あおむ)けに倒れた。

「チクショ……なんなんだヨォ……てめぇ……」

カズマは涙や鼻水、よだれを垂らしながら情けない表情のまま顔を上げ、怯えるような表情でヨシエさんを見た。

「海岸寺ヨシ江という名前に、覚えはありませんかねぇ？」

鎖を振り回すのをやめ、ヨシエさん微笑みながら尋ねる。

「海岸寺……？　そういや、そんな名前のババァが――」

「そのババァが、私なんですねぇ」

「――は？」

驚くカズマに、ヨシエさんは微笑んだまま歩み寄る。

「この歳になって気づいたんですが、私、根に持つタイプらしいですねぇ」

「ひっ……クルナ……ヤメロ……！」

プルプルと首を振るカズマのもとへ辿り着くと、ヨシエさんはしゃがみ込んだ。

「悪い子には、お仕置きですよ」

「ヤメ――」

――ドス。

ヨシエさんの振り下ろした鎖鎌が、カズマの胸に深々と突き刺さった。

「グフッ！　こんなの……ねぇヨォ……ごほぉっ……!!」

最後に大量の血を吐き出し、カズマは消滅した。

「ヨシエさん、おつかれさま」

「どうも、お目汚しでしたねぇ」

俺が声をかけると、立ち上がったヨシエさんは力なくそう言ってため息をついた。気に食わないヤツだからといって、人を手にかけるのは気分のいいものじゃないだろう。ここで死んでも現実世界で生き返るわけだし、そのことが少しでもヨシエさんの負担を軽くしてくれればいいんだけど。

「とりあえず、一件落着ってところか」

守護神を目指して九十九階に来てみれば、キリヤくんたちが全滅して生きていたカズマと戦う羽目になるとはなぁ。とりあえずギルドに報告して、さっさと帰るか。

なんだか、無性にセラの顔が見たくなった。

「よし、それじゃあとっとと帰――」

【帰還宝玉】を取り出して帰ろうとしたそのとき、頭にメッセージが流れた。

《最終ボスの討伐を確認しました。現実世界への帰還を開始します。ながらくの探索、おつかれさまでした》

この街の住人に〝ラスボス〟の正体を知る者はいない。

それはそうだろう。倒せば現実世界に戻るのだから。

とはいえ、人というのはわからないものほど想像したくなるらしく、ラスボスについてはさまざまな噂が飛び交っていた。とにかく強い竜、闇堕ちした世界樹、巨大ロボット、邪神などなど。ギルマスが実はラスボス、なんて説もあったな。

それもひとつの説として、まことしやかに囁かれていた。自分と同じ能力、同じ姿の敵と戦って勝つことで、現世に戻れる。現実世界へ帰るための最終試練と考えれば、ありそうな話だ。

ドッペルゲンガー。

カズマは、相手が自分を食おうとしたから食い返してやったと言った。アイツ結構姿が変わってたし、置き去りにされて以降自分の姿を鏡で見る機会なんてなかったはずだから、相手が自分自身だと気づかなかったのかもしれない。

そして互いに食い合い、気がつけばひとりボス部屋に取り残されていたという。生きたまま相手を食ったことでラスボスを取り込み、カズマ自身がその力を得てしまったのか。それとも食われたのはカズマのほうで、あれは自身を箕浦和馬と思い込んでいるドッペルゲンガーだったのか。

真相は闇の中だが、とにかくこの世界は、俺たちがラスボスを倒したと判断してしまった。

「えっ、なに⁉　ラスボス？　どういうことっ⁉」

「これは、大変なことになりましたねぇ……」

「あらどうしましょう。帰らなくちゃいけないのかしら？」

「いや、ちょっ、なんなん⁉　聞いてねぇし‼」

「もう、冒険は終わりなの……？」

「どうしよう、ハルマくん……」

どうやら先ほどのメッセージは俺以外にも流れたらしい。

「待ってくれ！　こんなのはナシだろ⁉　俺は帰りたくない‼」

どこの誰があんなふざけたメッセージを流したのかわからず、俺は天井を見上げながら視線を巡らせ、叫んだ。

「いやだ‼　セラと離れたくない！　あんなのがお別れだなんて……」

いってきますと告げ、早く帰ってきてねという彼女の声を背に、いつものようにセラと別れた。今日はセラがひとりで留守番だから、さっさと用事を終えて帰るつもりだったんだ。なのに、こんなのってあるかよ！

「ギルマス！　見てるんだろ⁉　俺たちはまだ一〇〇階に到達してないんだぞ⁉　こんなの反則だろうが！！！」

ダンジョン内のすべてを把握しているというギルマスに訴えかける。だが、反応はない。

やがて視界がぼやけ、あたりが光に包まれていく。ちくしょう……こんな終わり方ってあるかよ。

「セラぁーーーーっ！！！」

まっ白でなにも見えない中、最後にセラの名前を叫んだところで唐突に景色が変わった。

「……え？」

そこは白い、殺風景な部屋の中で、俺はベッドの上で上体を起こし、なにかを掴もうとするように手を伸ばしていた。どうやらさっきまで、俺はこのベッドで寝ていたらしい。

「うぅ……」

頭がぼーっとする。なんだか、急に記憶が混乱してきた。ついさっき俺は、ナギサを乗せた車で事故に遭ってそれで……。じゃあ、ダンジョンでの出来事は、全部夢？　まさかの夢オチ？

よしてくれよ……一番つまらないやつじゃないか。

「ハルマくん！」

声のほうへ目を向けると、個室の入口にナギサが立っていた。ただ、髪の色は青じゃなくて黒で、服装もゴスロリじゃなくスウェットの上下だ。どうやら売店へ行っていたらしい彼女は、持っていたレジ袋をその場に放り出し、俺に駆け寄って抱きついた。

「よかった、ハルマくん……目が、覚めたんだね」

「ああ、いまさっき」

俺は彼女を抱きしめながら、そう返した。

「事故に、遭ったんだよな、俺たち」

「うん。一昨日の朝」

「一昨日……」

ついさっきだと思っていたが、一日以上経っているのか。

「ナギサは、大丈夫だった？」

「うん。わたしは昨日目が覚めて……でも、ハルマくんは、まだ眠ったままで……」

ナギサは俺の胸に顔を埋めて小刻みに震え、泣いていた。かなり心配をかけてしまったようだ。

「ごめんな、心配かけて」

その言葉に、嗚咽を漏らしながら小さく首を横に振る彼女を、さらに強く抱きしめる。そうやって俺たちは、しばらく無言のまま抱き合った。

「夢、だったのかな」

ナギサが落ち着いたところで、俺はふと呟いた。もしあれが俺の見た夢で、ナギサはなにも知らないのだとしたら、彼女はどんな反応を見せるのだろう。俺は緊張しながら、彼女の言葉を待った。

「夢じゃ、ないよ」

彼女はそう言って身体を離し、俺を見た。

「じゃあ、ナギサもあの街やダンジョンのことを？」

「うん。目が覚めた直後はちょっと混乱してたけど、いまはしっかり思い出せるよ」

その答えにほっとしたが、それでも不安は拭いきれない。

「でも、俺たちがたまたま似たような夢を見た可能性だって……」

「それはないよ。だってほら」

彼女はそう言うと、自身の目を指さす。

「わたし、裸眼じゃほとんど見えなかったの。でもいまは、はっきり見える」

そういえば、ナギサはこちらだとメガネをかけていたなと、思い出す。

「お肌や髪の艶もよくなってるし、おなかのお肉もスッキリしてるし、なにより若返ってるでしょ？　どう見ても三十代には見えないよね？」

「いや、その……」

申し訳ないけど、男というのは女性のそういう小さな変化に気づけないものだ。

「なんというか、ナギサがあいかわらずかわいいってのはわかるけど」

「ちょっと、もう……！」

俺の言葉に彼女は一瞬目を見開いたあと、真っ赤な顔で胸をポフっと叩いてきた。

「そういうハルマくんだって、かっこいいよ。三十過ぎには見えないくらい、若々しいし……」

「お、おう……」

今度は俺が照れる番だった。

「それにね、あれが夢だったら」

ナギサはそう言って立ち上がると、少し腰を落としてベッドの端に手をかける。

「こんなこと、できないでしょ？」

そう言うと同時に、彼女は俺が乗ったままのベッドを少し持ち上げた。

「うぇえっ!?」

思わず声が漏れる。たいして踏ん張った様子もないのに、ベッドの脚が四本とも数センチ宙に浮いているのだ。

「よっ……と」

小さなかけ声とともに、ナギサは優しくベッドをおろした。

「すごいな……」

「ハルマくんだって、これくらいできるはずだよ」

「そうかな」

言われてみれば、身体中に力がみなぎっているような気がする。少し集中してみると、室内はもちろん廊下や隣室の様子まで把握できそうだった。これは、向こうで身に付けた感知スキルが働いているのだろうか。

「じゃあ、もしかして魔法も？」

「さすがにそれは無理だったよ」

俺の問いに、ナギサは首を横に振りながらそう答えた。

持ち越せる力にも限度がある、って、ギルマスが言ってたな。いや、ナギサの細腕で俺ごとベッドを持ち上げられるってのも現実離れしてるんだけど……細かいことを気にしてもしょうがないか。

「他のみんなは？」

俺たちが目覚めたってことは、他のメンバーもどこかで目を覚ましているはずだ。

「こっちの連絡先とか知らないから、さすがにね」

ナギサが申し訳なさそうに答える。それもそうか。

できればどこかで再会したいし、それはまたゆっくり考えるとしよう。

「それでさ、ハルマくん」

「なに？」

「セラちゃんって、呼び出せないかな？」

「セラか……」

セラのことは、あちらの出来事が夢じゃないとわかってすぐに思い出した。でも、考えないようにしていた。

あの世界にいたころ、俺は常にセラとの繋がりを感じていた。そばにいるとき、同じ家にいるとき、そして街にいるときはもちろん、ダンジョンを探索しているときだって、ずっとどこかでセラの存在を感じ続けていたんだ。でも、いまはそれを感じられない。この世界にセラはいないのだとなぜか実感できてしまうのだ。そのことが、つらい。だからセラのことは考えたくなかった。

「試してみるよ」

それでも無理だとは言えなくて、ナギサにそう告げた。セラはみんなに愛されていた。会えなくてつらいのは、俺だけじゃない。ナギサだってセラに会いたいんだ。

それに、ひょっこり現れるかもしれない。そんな一縷の望みをかけ、セラを呼び出す。

「セラ……来てくれ……頼む……!!」

強く祈ったが、なにも起こらなかった。

「やっぱり、無理だったね」

ナギサが残念そうに言う。やはり彼女も、無駄とわかっていたのか。

「じゃあ、早く家に帰らないとだね」

「え?」

「だって、セラちゃんはおうちじゃなきゃ呼び出せないでしょ?」

そうだ、セラを呼び出せるのは拠点のみ。現実世界での俺の拠点は、実家に違いない。

「とりあえず外出許可の手続きはわたしがしておくから、ハルマくんはすぐに帰って」

「わかった、ありがとう」

俺はナギサの用意してくれた服に着替え、病院を出た。看護師さんたちの制止の声が聞こえるが、心で謝りつつ無視する。総合病院だったおかげかタクシーが待機していたので、すぐ飛び乗った。

片道三十分を永遠のように感じながら、俺は実家へと辿り着いた。

鍵を開け、玄関に入る。

「ただいま」

ひとり暮らしの家だ、返事はない。

「セラ！」

彼女の名を呼ぶ。

「セラ、俺だ、帰ってきたぞ！」

無駄に広い家の中を歩き、片っ端から部屋を確認していく。

「セラ、頼む、出てきてくれ!!」

彼女が一度も訪れたことのない現実世界の家。いるはずのない天使の姿を、俺は探し続けた。

「セラ、頼むよ……セラがいないと、俺は……！」

無駄と知りながらも押し入れまで開けて探し回った。

「セラ、ただいま！　待たせてごめん!!　セラぁ!!」

もしかしたら、ひょっこり顔を出すんじゃないかと思って。

「ごめんくださーい……って、ハルマくん!?」

ナギサがやってきたとき、俺はちょうど玄関近くにいた。

「ハルマくん、どうしたの、これ……?」

ナギサは驚いた様子で家の中を見ていた。あらためて見ると、ひどい散らかりようだ。押し入れは開けっぱなし、タンスもすべて引き出され、中身が散乱している。俺がやったのか、これ。

「セラが、いないんだ……」

「――っ!?」

俺の言葉を聞いたナギサは息を呑み、慌てて駆け寄ってきた。

「セラが、どこにも……」

「ハルマくん、ごめん……!」

彼女は涙をこぼしながら、俺を抱きしめてくれた。

「わたしが、余計なこと言っちゃったから……魔法が使えないんだから、スキルだって……」

それは俺もわかっていた。セラとの繋がりを感じられなくなって、それでも諦められなくて。

「セラ……」

この世界にセラはいない。俺は……俺たちは、あの天使に会えないんだ。

もう、二度と……。

エピローグ

異世界から現実世界へ帰還して一年ほどが経ったある日のこと。地元に新しくできた県立体育館で、女子総合格闘技団体『ヴァルキリーズ』の新人王決定戦が開催された。

現新人王として待ち構えるのは、宝塚の男役を彷彿とさせる凜々しい美女ソウカと、小柄なスピードファイターのシノブ。挑戦するのは下半身不随の障害から、奇跡の復活を遂げたムエタイ女子イノリと、小柄なパワーファイターのエリナ。このふた組によるタッグマッチが、今日のメインイベントだった。

白熱した試合が繰り広げられ、俺とナギサは観客として、アヤノはセコンドとして熱烈に応援したが、残念ながら挑戦者の惜敗という結果に終わった。次の挑戦に期待、だな。

この『ヴァルキリーズ』は、言うまでもなく元探索者によって設立された団体だ。十年以上の歴史を誇る格闘技団体で、一部界隈では絶大な人気があるらしい。元々格闘技に興味のない俺は、エリナたちが加入するまでその存在を知らなかった。

とまあこんな具合に、こちらの世界で活躍する元探索者ってのが実は昔から存在していたらしい。ただ、異世界のことは元探索者にしか話せない、という制約があるので、一般人が知ることはない。

どんな方法で伝えようとしても、認識ができないそうだ。いざ異世界から帰還してみると、各界の著名人や成功者の中に意外と元探索者がいると気づき、随分驚いたものだ。

その日のイベントがすべて終わったあと、俺とナギサは関係者用パスを提示して舞台裏を訪ねた。

「ハル兄ぃ！　ナギ姉ぇ！　ひさしぶりー！」

俺たちに気づいたアヤノが、手を振りながら駆け寄ってくる。彼女はセコンドらしくジャージ姿で、それがなんともよく似合っていた。

「ふたりとも、よく来てくれたわね」

「無様な姿を見せてしまいました……」

アヤノのうしろから、ガウンを羽織ったエリナとイノリが姿を見せる。

「試合、惜しかったな」

「経験の差ってやつかな」

「次は負けません！」

俺の言葉に、ふたりはそれぞれそう返した。

「あ、そうそう。ミサキさんとヨシエさん、来月見にいくって」

「来月って沖縄？　っていうか、あのふたりに会ったの？」

ナギサの言葉に、エリナは半ば呆れつつ問い返す。

「うん、先週だったかな？　観光で」

「そっか。悠々自適でなによりね」

ミサキさんは病気のせいで、ヨシエさんは家庭の事情で自由がほとんどない生活を送っていた反動か、ふたりでよく旅行にでかけていた。先週ひょっこり顔を出したので、地元の名所や有名店などを案内したのだ。

ちなみにヨシエさんは若返った状態で復活したため大騒ぎになりかけたが、元探索者の偉い人がいろいろ取り計らってくれたおかげで問題は解決し、様々なしがらみから解放されて新たな人生を謳歌している。

「あれ、ハルマさん？　なんでこんな田舎に？」

その声に振り返ると、キリヤ少年とトシヒコさんがいた。

「田舎で悪かったな」

「え？」

「キリヤ、ここはハルマくんの地元だ」

「あっ……！」

トシヒコさんの言葉に、キリヤくんはしまった、という顔をする。

「ご、ごめんなさい、いや、でもなんていうか、思ってたよりも都会というか……」

「キリヤ、それはフォローになってないぞ」

トシヒコさんが呆れてため息をつく。

「気にするな、実際田舎だからな」

キリヤくんとトシヒコさんも、今日のイベントに関わっている。といっても、格闘選手としてではなくプロゲーマーとマネージャーという形で、だ。今日のオープニングアクトとして、『ヴァルキリーズ』の選手がゲスト出演する格闘ゲームのエキシビションマッチが開催されていたのだ。

『ミラクルマシーン』の三人はカズマに敗れて現実世界へ帰ってきたが、全員がレベルカンストしていたこともあり、復活の際にはかなりの能力を持ち越していた。そこでキリヤくんは自分たちが得た高い動体視力や反応速度に目をつけ、ふたりを誘ってプロゲーマーを目指した。

俺はたまたま彼らのゲーム配信動画を見てそのことを知ったのだが、どうやらキリヤくんたちはお金に困っているようだった。デスペナルティとでも言うべきか、あちらで死んで帰還した人は、現世でもなにかしらの理由で金銭を失い、経済的に困窮する傾向にあるらしい。

そこで俺は同期のよしみということもあり、金銭的な援助を申し出た。買った覚えのない宝くじの当選金という名目で、俺には十数億が振り込まれていたからだ。うちのパーティーメンバー全員にもそういう金が振り込まれており、あちらでの所持金がそれくらいだったので、これが完全攻略報酬ということらしい。

キリヤくんたちはその出資金を元に、マネージャーのトシヒコさんの手腕もあって、配信者として一気に知名度を上げ、人気者となった。まだあどけなさの残る現役高校生と、くたびれたおじさんという組み合わせがよかったみたいだ。俺の出した金額は数倍になって返ってきた。

「ダンペイさんは？」

「楽屋でいちゃついてんじゃない？」

俺の問いに、キリヤくんは肩をすくめてそう答えた。

「あいかわらずお熱いようで」

ちなみにダンペイさんといちゃついているお相手は、ソウカだ。なんと彼女のほうからダンペイさんに猛アタックし、恋人関係になったらしい。普段は凛々しいソウカだが、ふたりきりのときはダンペイさんをダーリンと呼んで甘えているのだとか。

「みんな、人生を満喫してるようだな」

「そうだね」

エリナたちの様子を見ながらふと呟くと、ナギサが少し寂しげに言った。俺は目覚めて以来、とくになにもしていない。大金が手に入ったため仕事を辞め、だらだらと過ごしていた。

セラのいない寂しさを埋めるように、ナギサはずっとそばで俺を慰めてくれた。気づけば彼女も仕事を辞め、今はのんびりふたり暮らしだ。レベル150だった俺は、元探索者の誰よりも高い能力を持っているはずだが、なにかをやる気にはなれなかった。ナギサはのんびり暮らせるのが幸せだと言って、そんな俺とともに過ごしてくれた。

ずっとメンバーの消息を探していたナギサのおかげで、エリナたちが『ヴァルキリーズ』に加入したことを知り、それをきっかけにメンバー全員が再会した。エリナとイノリは格闘家として、アヤノはふたりのサポーターとして、ミサキさんとヨシエさんは旅仲間として、新たな人生を歩み始めている。そんな彼女たちが眩しくて、俺はなんとなく距離を置いていた。

俺は、なにをしたいんだろう。

俺には、なにができるだろう。

俺もそろそろ、新たな一歩を踏み出すべきなのだろうか。

久々に再会したみんなと談笑しながら、そんなことを考えていたときだった。

――ゴゴゴゴゴ……。

少し強めの地震が発生した。揺れは一分ほどで収まり、新設されたばかりの県立体育館にはほとんど被害はなさそうだったが、次の瞬間、スマートフォンが鳴動した。試合直後で手ぶらのエリナとイノリ以外の、その場にいた全員が端末を取り出す。地震速報だろうか。

「えっ!?」

というキリヤくんの驚く声を耳にしながら端末に目をやると、通知の詳細を確認するより先に顔認証でロックが解除され、メッセージアプリが起動される。

『探索者諸君、ごきげんよう。少々困ったことになったので、力を貸してほしい』

そんな文言から始まる文章が目に飛び込んできた。

慌てて差出人を確認すると、そこには『ギルドマスター』と表示されていた。


俺は実家を目指して自動車を飛ばしていた。高速道路でアクセルをべた踏みしながら、先ほどのメールを思い出す。

ギルマスからのメッセージを簡単に要約すると、以下の通りだ。

あちらのダンジョンにイレギュラーな最終ボスが出現し、それがあろうことか現実世界の日本に転生してしまった。大惨事になることを懸念(けねん)したギルマスは、富士山麓にダンジョンを生成し、その奥深くにラスボスを封印した。じきにダンジョンからモンスターが溢れ出してくるから、元探索者はそれに対処してほしい。そんな内容だった。それに加えて、元探索者は異世界のようにレベルアップやスキル習得の能力を取り戻せたが、レベルは1、アイテムはゼロ、そして先天スキルのみという初期状態からの再スタートとなることも伝えられた。

この通知を受け、ナギサがエリナたちと話し合うことになり、俺はひとりで会場をあとにした。おそらく、俺に気を使ってくれたのだろう。

このイレギュラーラスボスってのは、きっとカズマのことだ。

本来のラスボスを相手に食ったか食われたかしたカズマは、あの世界でも特異な存在になったのだろう。そんなアイツの未練や執着が、現実世界への転生という事態を巻き起こしたのかもしれないが、細かいことはどうでもいい。いまはとにかく、家に帰らなければ。

ガレージに自動車を駐めた俺は、庭を駆け抜けて玄関の鍵を開けた。扉をくぐり、家の中へ。

「セラ！　来てくれぇーっ!!」

俺がそう叫ぶと、目の前に光が現れた。

光はどんどん大きく、そして明るくなり、思わず目を閉じる。

やがてまぶたの向こう側が徐々に暗くなっていくのを感じたので、おそるおそる目を開いた。

目の前に、レオタードのような白っぽいボディスーツに身を包んだ女性が立っていた。

「やっほー！　〈召喚天使〉のセラ……」

耳を親指と人差し指で挟むようにしてＯＫマークを作った彼女は、俺を見るなり大きく目を見開き、言葉を詰まらせた。

「……ご主人、さま？」

しばらく固まっていた彼女は、絞り出すように声を出す。

「ああ、俺だ。ハルマだよ」

俺がそう告げると、セラは目の端から涙をこぼし、顔をくしゃりと歪めた。

「うわあーん！　ご主人さまぁー!!」

彼女はそう叫びながら、俺に抱きついてきた。

「ご主人さまぁ、会いたかったよぉ……！」

「俺も、会いたかった……ずっと、セラに会いたいと思っていた……！」

腕の中に彼女の温もりを感じながら、俺も涙を流していた。

ずっと会いたかったセラが、現実世界に存在している。そのことが、嬉しくてしょうがなかった。

「おかえり、セラ」

「うん……ただいま、ご主人さま」

いつもとは立場が逆になったな。そう思いながら、俺たちは強く抱き合った。

「突然お別れになって、セラすっごく寂しかったよ」

「うん、ごめんな」

「もう、二度と会えないと思ったら、悲しくて……」

「そうだな、俺も悲しかった。本当に……」

そこでセラは抱擁を緩めて少しだけ身体を離し、俺を見上げた。

「でも、また会えたね！」

そう言って、にっこり笑った。

涙と鼻水で顔はぐしゃぐしゃになっていたけど、それでも眩しくて……まさに天使の笑顔だった。

「ああ、また会えたな」

俺もきっとボロボロの顔だろうけど、精一杯の笑顔を返してやった。

カズマのせいで、セラと別れて現実世界へ戻ることになった。でもそんなアイツが現実世界への転生なんていうワケのわからないことをしてくれたおかげで、またセラに会うことができた。

恨みも感謝もひとしおだ。次に会ったらきっちり、成仏させてやろうじゃないか。

でも、その前に……探索を再開する前にやるべきことがある。

俺はいまレベル1で、ろくなスキルもなく、役に立つアイテムすら持っていない。

だから……。

「セラ」

「なに、ご主人さま？」

愛らしい天使を見つめながら、俺は昂ぶる感情のまま彼女に告げる。

「セックスしようぜ」


〈了〉

あとがき

先日、作中のハルマよろしく町の集まりに参加したときのこと、隣の席の女性が中学どころか幼稚園から高校までの同級生でした。お互い既婚者ということもあって雑談以上のなにごともなかったのですが、ちょうど完結編の書籍化作業中だったこともあり、なんだか妙な気分でした。

お世話になっております、作者のほーちです。

おかげさまで完結編を出すにいたり、ハルマとセラたちの物語を最後まで描ききることができました。本作を手に取っていただいたみなさまに、心より感謝申し上げます。

そして素敵なイラストで『絶頂ガチャ』を彩ってくださった一ノ瀬ランド先生、コミカライズでセラたちの新たな魅力を引き出してくださった桐野いつき先生、そのほか出版に関わる関係者のみなさまに、あらためてお礼を申し上げます。

二〇二三年十月　ほーち

●本作は小説投稿サイト「ノクターンノベルズ」(https://noc.syosetu.com)にて掲載中の『天使をイカせてアイテムゲット!! 絶頂ガチャでダンジョン攻略!』を修正・改稿したものです。

Variant Novels
天使をイカせてアイテムゲット!!
絶頂ガチャでダンジョン攻略! 完結編

2023年11月29日初版第一刷発行

著者…………………………… ほーち
イラスト………………… 一ノ瀬ランド
装丁…………………5gas Design Studio

発行人…………………………………後藤明信
発行所…………………………株式会社竹書房
〒102-0075 東京都千代田区三番町8−1
三番町東急ビル6F
email:info@takeshobo.co.jp
竹書房ホームページ http://www.takeshobo.co.jp
印刷所…………………………共同印刷株式会社